AF140252

MARGIT KRUSE

Rosensalz

DER CLUB DER TOTEN KÖCHINNEN Vier Frauen, alle in der alten Zechensiedlung aufgewachsen, gründen einen Koch-Club und treffen sich regelmäßig, um füreinander so wie in den TV-Serien zu kochen. Nach einem Kochabend findet man Barbara tot, mit einem Gläschen Rosensalz in der Hand, unter dem Wohnturm, in dem Margareta Sommerfeld wohnt. Als nach einem weiteren Abend Inge spurlos verschwindet – nur das Rosensalz bleibt zurück –, geraten die anderen Damen in Panik und bitten Margareta um Hilfe. Mutter Waltraud hat ganz andere Sorgen. Gernot, ihr frisch verwitweter Schwager und Margaretas Onkel, ist mit Sack und Pack zu ihr in die alte Siedlung gezogen. Die Nachbarn halten ihn für den Mörder und denken an Selbstjustiz, wollen ihn auf dem Konsumplatz an dem riesigen Baum aufhängen. Margaretas Ermittlungen gehen jedoch auch in andere Richtungen. Hält Barbaras untreuer Ehemann die verschwundene Inge in seinem Gartenhaus gefangen? Oder hat der plötzlich untergetauchte Lebenspartner von Inge Dreck am Stecken? Ein Pseudo-Kochen soll den Täter anlocken …

Margit Kruse wurde 1957 in Gelsenkirchen geboren. Bekannt wurde sie vor allem durch ihre Revier-Krimis »Eisaugen«, »Zechenbrand«, »Hochzeitsglocken« und »Rosensalz«. Sie ist ein echtes Kind des Ruhrgebiets. Seit 2004 ist die Gelsenkirchenerin als freiberufliche Autorin tätig. Neben zahlreichen Beiträgen in Anthologien hat sie bislang zehn Bücher veröffentlicht, darunter ein Roman, der für den Literaturpreis Ruhr 2009 nominiert war. Labrador Enja ist stets dabei wenn Margit Kruse sich auf Recherche-Tour begibt. Besonders der Hauptfriedhof ihres Heimatortes hat es der Autorin angetan. Die Autorin ist Mitglied im Syndikat sowie im Verband deutscher Schriftsteller.

Bisherige Veröffentlichungen im Gmeiner-Verlag:
Schneeflöckchen, Blutröckchen (2017)
Opferstock (2017)
Rosensalz (2016)
Wer mordet schon im Hochsauerland (2015)
Hochzeitsglocken (2014)
Zechenbrand (2013)
Eisaugen (2011)

MARGIT KRUSE

Rosensalz

Kriminalroman

GMEINER SPANNUNG

Die automatisierte Analyse des Werkes, um daraus
Informationen insbesondere über Muster, Trends und
Korrelationen gemäß § 44b UrhG (»Text und Data Mining«)
zu gewinnen, ist untersagt.

Bei Fragen zur Produktsicherheit gemäß der Verordnung
über die allgemeine Produktsicherheit (GPSR) wenden Sie
sich bitte an den Verlag.

Besuchen Sie uns im Internet:
www.gmeiner-verlag.de

© 2016 – Gmeiner-Verlag GmbH
Im Ehnried 5, 88605 Meßkirch
Telefon 0 75 75 / 20 95 - 0
info@gmeiner-verlag.de
Alle Rechte vorbehalten

Lektorat: Claudia Senghaas, Kirchardt
Herstellung: Mirjam Hecht
Umschlaggestaltung: U.O.R.G. Lutz Eberle, Stuttgart
unter Verwendung eines Fotos von: © sehbaer_nrw / Fotolia.com
Druck: Libri Plureos GmbH, Friedensallee 273, 22763 Hamburg
Printed in Germany
ISBN 978-3-8392-1924-9

ROSENSALZ

Mit Rosensalz zubereitete Speisen sind eine anregende Geschmacksexplosion, die der Fantasie Flügel verleiht – so prickelnd und geheimnisvoll wie Tausendundeine Nacht.

Rosensalz ist eine Mischung aus naturbelassenem Meersalz und getrockneten und fein zerstoßenen Rosenblütenblättern. Diese sorgen für die außergewöhnliche rotviolette Färbung – fast wie Blut –, seinen verführerischen Duft und den außerordentlichen Geschmack. Man sagt Rosensalz eine stark aphrodisierende Wirkung nach. Spitzenköche verwenden es gern als optisches Highlight der Speisen. Rosensalz schmeckt hervorragend zu Quark, Salaten, Frischkäse, Fisch, Gemüse, hellem Fleisch und Kartoffelgerichten.

1. KAPITEL

Margareta lag auf ihrer alten Rollliege und blickte in den Himmel. Um sie herum jede Menge Sommer. Sie verbrachte ihren Urlaub zu Hause auf der tristen Wiese vor dem Haus, in dem sie wohnte, im Schatten des Wohnturms mit Blick auf drei Stalltüren. Neben sich ein Tischchen, auf dem sich ein Buch und ein selbst gemachter Eistee befanden. Richtig schön angerichtet, mit Strohhalm, Pfirsichhälften und klimpernden Eiswürfeln. Nein, nicht sie hatte dieses tolle Getränk zubereitet. Sebastian, ihr Nachbar und bester Freund, war es gewesen. Einmal einen Wunsch geäußert, versuchte der junge Mann, ihr diesen zu erfüllen, besorgte mitten in der Nacht von der Tankstelle saure Gurken, wenn Madame Sommerfeld danach war, oder am späten Abend eine Zeitschrift vom Kiosk, zu dem er einen Schlüssel besaß. Seine Mutter war stolze Inhaberin dieser Ruhrpottbude. Gerade hatte sie Mittagspause und saß mit ihrem Sohn auf der Bank vor dem Haus, um zu kniffeln. Margareta schüttelte den Kopf. Wer kniffelte heute noch? Als Kind hatte sie dieses Spiel mit ihrem Vater gespielt, bis sie vom Würfeln rote Ohren bekam.

Sebastian war ein Schatz, stellte Margareta einmal mehr fest. Seit einem guten halben Jahr bewohnte er die Dachwohnung direkt über ihrem Zuhause und war ihr mit seiner freundlichen zuvorkommenden Art zum Freund geworden. Vor einem Jahr hatte seine Frau Martina, mit der er bis dahin eine glücklich geglaubte Ehe führte, ihn verlassen. Sie war nach ihrer Reha, die sie in Bad Sassendorf durchführte, gar nicht erst nach Hause gekommen, sondern ging mit Rolf, den sie dort kennenlernte, direkt nach Kassel. Ja Rolf, der würde sie verstehen, hätte stets ein offenes Ohr für ihre Sorgen und Nöte, meinte sie. Nicht so wie Sebastian, dem angeblich nur sein Beruf als diplomierter Betriebswirt in einem Stromkonzern im Kopf saß. Die Beziehung zwischen Martina und Rolf überdauerte jedenfalls die Wolke 7 Phase der Kur, in der die Hormone nicht selten verrückt spielten, und sich, egal ob Weiblein oder Männlein, oft schon in der ersten Nacht aufeinander gestürzt wurde, als hätten sie noch nie Sex gehabt. Wie Knastbrüder, die Jahrzehnte lang eingesperrt waren und sich, nachdem die Tore sich öffneten, auf alles stürzten, was nicht bei drei auf dem Baum war. Martina wohnte nun in einem kleinen Dorf bei Kassel, hatte ihren Beruf an den Nagel gehängt und lebte als Hausfrau. Eine Männer versorgende, Marmelade kochende, Socken stopfende, kleine kuschende Hausfrau. Als sie noch bei Sebastian wohnte, machte sie in der Küche keinen Finger krumm, ließ sich von ihrem Ehemann verwöhnen, wo es nur ging. Und dann kam Rolf, ein Seelenverwandter, der sie angeblich viel besser verstand. Wochen nach der Kur, kamen die beiden mit einem 7,5 Tonner und holten einen Teil der Möbel. Der kleinhirnige, jedoch körperlich riesige Rolf übergab Sebastian eine Liste mit den finanziellen Ansprüchen, die Martina an ihn stellte. Die schöne Eigentumswohnung, nah am Berger See gelegen, kam unter den Hammer. Sebastian blieben nur die Schulden. Er verlor die Lust, zu arbeiten und überhaupt morgens aufzustehen. Als seine Abteilung geschlossen wurde und man den Mitarbeitern hohe Entschädigungen anbot, wenn sie freiwillig das Feld räumten, sagte er sofort ja, nahm die Abfindung und suchte sich eine günstige Wohnung. Seine Mutter, die unweit der alten Zechensiedlung im Schievenfeld einen Kiosk betrieb und auch gleich gegenüber wohnte, freute sich, ihren kleinen Liebling nun in der Nähe zu haben.

Soeben strich er sich eine Haarsträhne aus seinem verschwitzten schmalen Gesicht und stützte sich mit den Ellbogen auf dem wackeligen Tisch auf. Wie ein kleiner Junge hockte er da und schrieb akribisch genau Zahlen in den Kniffel-Block.

»Ich kriech doppelte Punktzahl. Dat war Pasch!«, schrie seine Mutter und schubste den schmalen Mann fast von der Bank.

»Ach komm, hören wir auf, bei der Hitze macht das doch keinen Spaß.« Sebastians blonde Haare standen ihm zu Berge. Seine grünen Augen schauten müde in Margaretas Richtung.

Hannelore kannte jedoch kein Erbarmen und schüttelte wild ihren blonden Lockenkopf. »Nix da, der Arzt hat gesacht, ich soll wat für meine geistige Fitness tun. Wat sachst du dazu, Gretchen?«

»Ach Hannelore, da halt ich mich raus. Bei der Hitze kniffeln ist auch nicht das Wahre. Da kann ich Sebastian verstehen«, rief sie der korpulenten Frau zu.

»Jaja, du hälts wieda mit mein Sohn.« Lauthals lachte sie los, dass ihr großer Busen in dem roten Pulli nur so wippte. Sie hoffte noch immer, dass aus ihrem Basti und Margareta ein Paar werden würde. Nichts wünschte sie sich sehnlicher. Dass Margareta in einer festen Beziehung lebte, ignorierte sie eisern.

»Du bist doch wohl geistig fit genug«, meinte Sebastian. »Schließlich arbeitest du noch Vollzeit in deinem Kiosk. Außerdem bist du erst 60 und keine 80.«

»Ach hau doch ab, die alten Holzköppe, die an meine Bude kommen halten mich doch nich geistig fit.«

Margareta schmunzelte. Sie mochte Hannelore, dieses Gelsenkirchener Urgestein. Ihre Aussprache war tiefstes Ruhrpott-Deutsch. Sie lauschte der Auseinandersetzung der beiden und wünschte sich, sie mögen endlich die Klappe halten, damit sie weiter träumend in den Himmel schauen konnte. Die Wolken legten an Geschwindigkeit zu und zogen, als hätten sie es eilig, gen Norden.

Sie fragte sich, was wohl Stefan gerade machte? Erst gestern hatte er sich darüber beschwert, dass schon lange kein interessanter Fall mehr reingekommen wäre. Er sehnte sich nach einem richtig spektakulären Mord. Margareta dagegen hatte die Nase voll, sich in irgendwelche Mordermittlungen zu stürzen. Seit sie mit Stefan liiert war, lebte sie richtig solide. Ja, man könnte fast sagen, langweilig. Vor einem guten halben Jahr waren die beiden sich näher gekommen. Silvesterparty in der Buerschen Markthalle. Margareta hatte gerade den Mord an Harald Kleinschnittger, dem Heiratsschwindler, verdaut, der letztendlich mit ihrer Hilfe gelöst werden konnte. Da stieß sie doch tatsächlich auf den Hilfssheriff Stefan Kornblum, Kommissar Blauländers rechte Hand. Total abgefüllt redeten sie sich ihre Sorgen von den Seelen. Margareta stöhnte über ihr langweiliges Dasein als Damenoberbekleidungsverkäuferin, wogegen Stefan sich über seinen unmöglichen Chef beklagte und sich in seinem Suff überlegte, wie er ihn beseitigen könnte. Sie betranken sich bis in die frühen Morgenstunden und erwachten völlig perplex am Nachmittag in Margaretas Bett, drei Kilometer von der Markthalle entfernt.

Acht Wochen später zog Stefan mit zwei Koffern bei

ihr ein. Dass sie auch zu ihm in die tolle Wohnung nach Polsum ziehen könnte, verdrängte er. Er wollte sich die Rückzugsmöglichkeit freihalten, schließlich konnte er Margareta noch immer nicht richtig einschätzen. Nachdem sie sich in den letzten Jahren in drei Mordermittlungen eingemischt hatte und oft mehr als lästig wurde, war er vorsichtig geworden. Obwohl er mehr für sie empfand, als ihm lieb war.

Gerade zog eine Wolke in einer besonders bizarren Form vorbei. Margareta erkannte in ihr eindeutig das Profil eines Mannes. Hohe Stirn, schmale Nase, vorstehendes Kinn, glatte zurückgekämmte Haare. Die Wolke sah original aus wie ihr Onkel Gernot. Sie schreckte auf ihrer Liege hoch. Das durfte doch nicht wahr sein. Was wollte diese vorbei eilende Wolke ihr sagen? Ein böses Zeichen? Fast im gleichen Moment vibrierte ihr Handy.

Sie kramte danach und nach einem kurzen Blick auf das Display stöhnte sie auf. Ihre Mutter Waltraud, die nur ein paar Häuser weiter wohnte.

»Was ist passiert?«, fragte Margareta genervt, nachdem sie das Gespräch angenommen hatte. Erst gestern hatte sie Waltraud klar zu machen versucht, dass sie Urlaub hatte und nicht gewillt war, rund um die Uhr Mutter-Bereitschaftsdienst zu schieben. Noch immer blickte sie der Onkel-Gernot-Wolke nach, die sich langsam auflöste und in eine lange Wurst verwandelte.

»Gretchen, rate mal, wer hier ist?«, kam es aufgeregt von Waltraud.

»Onkel Gernot …«, kam es aus Margaretas Mund. Sie wollte ihrer Mutter erzählen, dass sie eine Onkel-Gernot-Wolkenerscheinung hatte.

»Ja, woher weißt du das?«, fragte Waltraud ihre Tochter überrascht.

»Er ist tatsächlich da?«, schrie Margareta über den Hof. Sebastian und seine Mutter horchten auf.

»Ja, stell dir vor. Er ist total am Ende. Hat Depressionen. Wird mit dem Tod von Christa überhaupt nicht fertig und bleibt nun erst mal hier.«

Margareta war von der Liege aufgestanden und lief im Stechschritt auf der Wiese auf und ab. »Sag mal, bist du bescheuert? Du kannst doch diesem Sittenstrolch keinen Unterschlupf gewähren. Wer weiß, was der im Schilde führt, der perverse Kerl.«

»Margareta, wie redest du von deinem Onkel! Immerhin war er der Mann meiner Schwester gewesen, und er ist in Not.«

»In Not? Dann soll er sich einer Gruppe anschließen oder ins Krankenhaus gehen. Christa ist seit einem halben Jahr tot. Außerdem hattet ihr vor Christas Tod seit gut zehn Jahren überhaupt keinen Kontakt mehr. Und bei der Beerdigung machte er nicht gerade einen verzweifelten Eindruck. Waltraud, wach auf! Weißt du nicht mehr, wie der uns jahrelang rasend gemacht hat?«

»Man kann doch einem Menschen in Not nicht die Tür weisen. Außerdem kommen die Depressionen erst später, Gretchen, dieser totale Zusammenbruch, wenn der Partner stirbt. Ich muss mich jetzt um Gernot kümmern. Er hat Hunger.«

»Schleppst du ihn hier an, passiert was!«, rief Margareta noch ins Handy, bevor sie sich völlig geschockt auf die Liege setzte.

Hatte ihre Mutter den Verstand verloren? Wie konnte sie dieses Ekelpaket bei sich aufnehmen? Hatte sie vergessen, was er ihrer Schwester und der gesamten Familie angetan hatte?

»Äih, jetzt sach nich, dat der Mönnich wieder hier ist. Da werden sich einige Damen in der Siedlung aber freuen.« Hannelore packte ihre Kniffel-Utensilien in den Karton. »Nee, nee, nee, muss aber auch immer wat passieren.«

Sebastian war aufgesprungen und zu Margareta geeilt. Beschützend legte er den Arm um ihre Schultern. »Wer ist denn das, dieser Onkel Gernot? Vielleicht fährst du besser doch noch ein paar Tage weg.«

Kein Wort kam über Margaretas Lippen. Wie erstarrt blickte sie in Richtung Sandkasten. Ihre Gedanken gingen auf eine Zeitreise in das Jahr 1984. Sie musste als Teenager völlig allein mit Onkel Gernot ins Sauerland fahren, wo ihre Mutter und deren Schwester Christa bereits seit Tagen in einer Pension in Bödefeld weilten. Gernot hatte nicht früher Urlaub bekommen, und Margareta musste noch eine alles entscheidende Klassenarbeit schreiben. So wurde im Familienrat beschlossen, dass die beiden nachreisen würden. Margaretas Vater wollte an diesem Urlaub überhaupt nicht teilnehmen, da er Gernot hasste.

Frühmorgens ging es los. Gernot, damals 42 Jahre alt und vom Äußeren her kein übel Anblick, leckte sich über seine Lippen und stieg in seinen winzigen tannengrünen Polo, dass die kleine Karre nur so wackelte. Immerhin war Gernot ein Bär von einem Mann.

»Steig ein, mein Kind«, grölte er los und drehte das Radio voll auf. Nena sang »Irgendwie, irgendwo, irgendwann«.

Keiner hatte auf Margareta gehört. Wie hatte sie sich dagegen gewehrt, mit dem ungeliebten Onkel Gernot diese Urlaubsfahrt anzutreten. Alle wussten doch, wie sehr sie den Mann verabscheute. Für sie war er schon damals nichts weiter als ein geiler Sittenstrolch, der, kaum dass die Dämmerung angebrochen war, mit seinem verklebten Feldstecher in die Schlafzimmer der Zechensiedlung spähte, um eventuell eine sich ausziehende Frau zu entdecken. Wie oft hatte er ihr, angeblich rein zufällig, an die Brust gefasst oder an den Hintern.

Nun musste sie mit ihm zwei Stunden allein durch die Gegend fahren, wo er doch überhaupt nicht Auto fahren konnte. Die halbe Siedlung hatte sich über ihn totgelacht, wenn er mit 10 km/h die Steigerstraße hinauffuhr, obwohl er freie Bahn hatte und die Straße noch nicht, wie heute, Spielstraße war.

Auf der Autobahn hielt er noch die Klappe, schnalzte hin und wieder mit der Zunge, zog Speichel durch seine Zahnlücken, was ekelhafte Geräusche verursachte.

Später, auf der kurvenreichen Sauerlandhöhenstraße verging ihr endgültig der Spaß. Schweiß trat auf Gernots zerfurchte Stirn. An seinem ohnehin schon verklebten zurückgekämmtem Haar tropfte ebenfalls der Schweiß herunter. Er fuhr so langsam, dass Margareta das Gefühl hatte, sie fuhren rückwärts. Dann hielt er plötzlich mitten im Wald in einer Einbuchtung hinter einem Holzstapel an, stellte den Motor ab und strich mit seinen langen Griffeln über ihren Oberschenkel.

»Lass das, du Schwein!«, schrie Margareta und schlug ihm auf die Hand.

»Freches Blag du, der Hintern gehört dir versohlt«, erwiderte Gernot mit belegter Stimme.

»Und du gehörst eingesperrt, du geiler Bock! Du glotzt auf dem Friedhof in die Toilettenfenster der Damenklos.

Man hat dich beobachtet, wie du am Regenwasserrohr hochgeklettert bist. Jeden Abend starrst du mit dem Fernglas in beleuchtete Fenster, igitt!«

Für Margareta unverständlich, dass alle in der Familie es wussten und niemand etwas unternahm.

Er sagte nichts, stieg zitternd aus, erledigte sein kleines Geschäft an dem Holzstapel und kletterte wieder in den winzigen Wagen.

Margareta war zu dem Zeitpunkt fest überzeugt, dass er sie gleich vergewaltigen würde, zumindest befummeln. Suchend schaute sie sich nach Wanderern oder dem Förster um. Doch nichts.

»Los, geh auch pinkeln«, herrschte der keuchende Gernot sie an.

»Ich muss nicht. Außerdem sind wir gleich da.«

»Steig aus!«

Sein wutverzerrtes Gesicht duldete keine Widerrede. Zitternd stieg sie aus und ging einige Meter den Waldweg hinauf. Es roch feucht und modrig. Tränen liefen ihr die Wangen hinunter. Jeden Moment würde er kommen und sie schnappen, war sie überzeugt.

Wider Erwarten kam sie wenig später unverletzt in Bödefeld an und warf sich ihrer Mutter weinend um den Hals. Der ganze Urlaub mit Onkel Gernot war ein einziger Albtraum. Ständig spürte sie seine Blicke auf ihrem kleinen Busen oder ihren langen staksigen Beinen. Er leckte sich die Lippen und grinste nur gehässig. Christa, seine Frau, schaute weg und sagte gar nichts. Sie hatte Angst vor ihm und seinen großen Händen.

Von da an sprach er kein einziges Wort mehr mit Margareta. Er war sowieso ein wortkarger, unhöflicher Mensch, der in der ganzen Siedlung verhasst war. Die Frauen hatten Angst vor ihm, allen voran seine eigene. Schon als Kind hatte er nicht einen einzigen Freund besessen und sollte noch als zehnjähriger Junge auf dem engen Balkon auf einem Schaukelpferd gesessen haben, wusste eine Bekannte von Waltraud zu berichten.

Ein Jubelschrei ging durch die Straßen, als er vor gut zehn Jahren mit seiner inzwischen total verhuschten Christa nach Essen zog.

Hatte denn Waltraud alle Boshaftigkeiten von damals vergessen? Wie er sich ständig Geld von ihr lieh und nie wieder zurückgab? Wie er sie mit in die benachbarte Stadt zum Einkaufen nahm und sie dort einfach stehen ließ? Wie er ihr Pornovideos auf den Küchentisch legte, wenn ihr Vater zur Arbeit war?

Als er endlich die Siedlung verließ, kehrte Ruhe innerhalb der Familie ein. Der Kontakt der beiden Schwestern schlief ein, weil Gernot es so wollte. Dann kam die Todesanzeige. Christa war an Krebs verstorben. Zähneknirschend begleitete Margareta ihre Mutter zur Beerdigung und sah diesem grinsenden Scheusal in die Augen. Er machte keineswegs den Eindruck eines gebrochenen Mannes.

Vielleicht hatte Stefan ja bald seinen spektakulären Mordfall. Margareta war felsenfest davon überzeugt, dass Gernot Mönnich Unglück über die stille Siedlung bringen würde.

Schluchzend fand sie sich an Sebastians Schulter wieder.

»Aber er ist doch inzwischen ein alter Mann geworden. Vielleicht ist er ja harmlos«, versuchte er, sie zu beruhigen.

»Je oller, je doller! Kennst du das Sprichwort nicht?«

»Erzähl mir mehr von ihm«, forderte Sebastian Margareta auf und hockte sich neben ihrer Liege ins Gras.

2. KAPITEL

»Frischer Kaffee.« Mit einem strahlenden Lächeln kam Inge Wienert aus dem Hinterausgang des Mietshauses, in dem sie eine Parterrewohnung bewohnte, und steuerte auf die Campingsitzecke auf dem Hof zu, an der es sich Margareta gemütlich gemacht hatte. Sie stellte die Thermoskanne auf den nett gedeckten Tisch, auf dem schon ein Teller mit selbst gebackenem Butterkuchen darauf wartete, gegessen zu werden. Inge strich sich die langen blonden Haare aus dem Gesicht und klemmte sie hinter ihr rechtes Ohr. In ihren knallengen Jeans und dem roten Top machte sie für ihre 50 Jahre noch eine sehr gute Figur. Ihr dezent geschminktes Gesicht war glatt und rosig. Gefühlte 100 Mal schon hatte Inge aus dem Nebenhaus Margareta auf einen Kaffee eingeladen, und heute nun endlich hatte sie die in der Siedlung berühmte Frau zu Gast. Mit Blick auf den imposanten Wohnturm im fränkischen Baustil saßen sich die beiden Frauen gegenüber und beäugten sich skeptisch.

Onkel Gernot hatte Margareta so weit gebracht, die Einladung von Inge anzunehmen. Nicht, dass Margareta etwas gegen Inge hätte, doch hielt sie solche Kränzchen für überflüssig und spießig. Wie oft hatte sie oben an ihrem Küchenfenster gestanden, hinaus auf die große Wiese geschaut und das fröhliche Treiben der Frauen beobachtet, die ihre Zeit ihrer Meinung nach sinnlos verplemperten. Heute kam ihr Inges Einladung jedoch gerade recht, nach den nächtlichen Onkel-Gernot-

Angstträumen, für die Stefan überhaupt kein Verständnis zeigte.

»Solch einen Arsch hat doch jeder in der Familie«, hatte er lapidar gemeint, sich umgedreht und weiter geschnarcht. Seit Margareta Urlaub hatte, kam er ihr verändert vor, betrachtete sie dauernd skeptisch, wenn er sich unbeobachtet fühlte, und mäkelte an allem, was sie tat, herum. Besonders störte ihn, dass sie auf der Wiese zwischen all den Proleten, wie er ihre Nachbarn nannte, abhing. Konnte sie etwas dafür, dass sie kein Geld zum Verreisen hatte? Na klar, war auf der vermoosten Wiese im Schatten des Turmes rumzugammeln, nicht ihr Urlaubstraum.

Die herzliche Inge setzte sich und schaute Margareta nachdenklich an. »Irgendetwas bedrückt dich. Du hast doch was.«

Margareta starrte auf die Blümchenteller und überlegte, ob sie der Frau, die sie erst kurze Zeit kannte – schließlich war Inge in der Siedlung nur eine Zugezogene –, von ihrem Onkel erzählen sollte. Diese Sorge hätte sie sich sparen können.

»Ist es wegen deines Onkels? Diesem alten Sittenstrolch? Wohnt der tatsächlich jetzt bei deiner Mutter?« Mit weit aufgerissenen Augen schaute Inge Margareta an.

»Ja, Gernot Mönnich ist bei meiner Mutter untergeschlüpft, jedoch nur für ein paar Wochen. Dass es allerdings schon die ganze Siedlung weiß, hätte ich nicht gedacht. Der Nachrichtendienst scheint ja zu funktionieren.« Tränen traten in Margaretas Augen.

»Na hör mal. So eine Tratsche bin ich ja nun auch nicht. Wir haben gestern bei Conni in Erle gekocht, und da war auch Barbara. Du weißt schon, Barbara Fischer aus dem Wetterweg. Der Mönnich hat doch damals genau bei ihr gegenüber gewohnt, als deine Tante noch lebte, und da hat sie mir erzählt, dass er immer in ihr Schlafzimmerfenster geschaut hat. In seinem Stall hätte er Vögel geschnitzt und sie ständig gerufen, sie möchte sich die Dinger doch mal ansehen. Du musst zugeben, dass der irgendwie komisch ist.«

Wütend zuckte Margareta mit den Schultern. Am liebsten hätte sie ihr ordentlich den Kopf gewaschen, musste jedoch zugeben, dass Inge und Barbara nicht unrecht hatten. Normal war Gernot nicht. Das mit der Vögelschnitzerei war allerdings sehr lange her.

Obwohl Margareta schon einen dicken Hals bekam, wenn sie die stämmige blonde Barbara Fischer vor sich sah. Man warf ihrer Meinung nach nicht mit Steinen, wenn man selbst im Glashaus saß. Jeder in der Siedlung wusste, dass ihr schwerhöriger biertrinkender Robert es mit der dümmlichen Nachbarin zu seiner Rechten trieb, sobald Barbara das Haus verließ. Das war wahrscheinlich das Einzige, was diese taube Nuss mit der grauen Vokuhila-Frisur auf die Reihe bekam. Der eine schnitzte in seinem Stall Vögel, und der andere vögelte Hausfrauen. Jedem das Seine. Barbara war inzwischen in Rente. Bis zum letzten Arbeitstag hatte sie in dem kleinen Spar-Laden in der Siedlung gearbeitet, stand da in ihrem weißen Riesenkittel mit den von Impfnarben verunzierten Oberarmen und wog Bananen ab oder schnitt Blumenkohlköpfe durch. Welch ein Leben. Und diese burschikose Person maßte sich an, über ihren Onkel – okay, er war ein Schwein – abzulästern?

Margareta wechselte genervt das Thema. »Ihr kocht

zusammen? Einfach so zum Spaß? Was gab es denn gestern?«

Themenwechsel war scheinbar eine gute Idee gewesen. Inges Augen leuchteten auf. »Kennst du die Sendung ›Das perfekte Dinner‹?«

»Nee, habe ich was verpasst?« Margareta erinnerte sich schwach, schon mal flüchtig in diese Vorabendsendung im TV hineingeschaut zu haben. Da aber Kochen nie ihre Stärke war, blieb das Interesse gering.

»Unbedingt! Reihum wird dort gekocht, und die anderen bewerten. Wer am Ende der Woche die meisten Punkte hat, trägt den Gewinn nach Hause. Wir punkten natürlich nur so zum Spaß. Conni hat gestern was ganz Tolles auf den Tisch gebracht. Sie kennt dich übrigens noch von früher. Die ist ja auch hier in der Siedlung aufgewachsen. Ja, und dann war da noch Susanne Zielinski. Die wohnt in Hassel, stammt aber auch aus der Siedlung. Du kennst doch Susanne, oder?«

»Ja, kann schon sein. Was hat Conni denn Gutes gekocht?« Margareta konnte sich kaum vorstellen, dass diese bestrickte Wuchtbrumme, an die sie sich schwach erinnern konnte, am Herd gestanden und für die anderen gekocht hatte.

»Och du! Einmalig. Ein richtiges Ruhrpottgericht. Dicke Bohnen mit Bauchspeck, vorweg eine Rindfleischsuppe und zum Nachtisch gab es Arme Ritter mit Vanillepudding.«

Margareta drehte sich der Magen um, wenn sie an Dicke Bohnen mit Bauchspeck dachte. Als Kind wurde sie gezwungen, dieses fetttriefende Gericht, das zu den Lieblingsspeisen ihres Vaters gehörte, zu essen. Sie hatte getobt und geheult, doch ihre Mutter war hartnäckig.

So hatte sie einige Fleischstücke noch Stunden später im Mund und erst heruntergeschluckt, als ein Nachbar ihr erzählte, dass gleich ein Mann mit einer Eisenstange kommen und ihre Speiseröhre erweitern würde.

»Igitt, wer kocht denn noch so was Fettiges? Das ist doch Nahrung für Schwerstarbeiter. Und Arme Ritter, diese durch Eiermilch gezogenen und anschließend gebratenen Weißbrotscheiben! Gab es das nicht im Krieg, als nichts anderes da war?«

»Hast du eine Ahnung! Die Ruhrpottküche ist wieder total trendy.« Inge stopfte sich den Butterkuchen in den Mund und spülte ihn mit Kaffee hinunter.

»Nächste Woche kochen wir in Hassel, bei Susanne. Vielleicht möchtest du auch mal mitmachen? Ich könnte die anderen fragen.«

»Ach lass mal. Ich muss auch nächste Woche wieder arbeiten.«

»Ja, ich arbeite auch ab nächster Woche wieder«, erwiderte Inge beleidigt. Allerdings erwähnte sie nicht, dass sie nur halbtags als Bürokauffrau tätig war. Damit sie über die Runden kam, putzte sie noch bei einigen Nachbarinnen Treppenhäuser. Hin und wieder gab ihr Klaus, ihr Freund, etwas zum Haushalt dazu. Die beiden pflegten eine eigenartige Beziehung. Jeder hatte seine eigene Wohnung, und oft sahen sie sich wochenlang nicht, bedingt durch Klaus' Beruf als Fernfahrer. Margareta mochte den aufbrausenden Kerl nicht.

»Susanne hat schon verraten, was es nächste Woche gibt. Westfälisches Blindhuhn.«

»Oh Mann, das wird ja immer schlimmer. Ich hasse Eintöpfe.« Margareta hätte sich schütteln können, wenn sie nur an dieses Gericht dachte. Da kam nämlich gar kein

Huhn hinein, sondern ebenfalls fetter Bauchspeck, und das nicht zu knapp. Auch dieses Essen gehörte damals zu den Lieblingsgerichten ihres Vaters.

Inge war verstimmt, dass Margareta nicht in Begeisterungsstürme ausbrach und unbedingt dabei sein wollte.

Margareta interessierte sich ganz einfach nicht fürs Kochen. Außerdem bevorzugte sie die leichte Küche. Allein der Gedanke, dass diese vier Weiber in ihrer Wohnung hockten, die Tischdeko kritisierten, ihre Nasen in alles steckten, sich überall umsehen würden und anschließend noch ihr Essen bemäkelten, schickte ihr kalte Schauer über den Rücken. Sie könnte außerdem danach tagelang die Küche säubern. Nein danke!

Wenig später servierte ihr Sebastian eine selbst gemachte Pizza mit Thunfisch und Zwiebeln und wartete auf ihre Reaktion. Er kochte oft und gerne und hatte Margareta spontan zum Mittagessen in seine düstere Dachwohnung eingeladen.

»Morgens Butterkuchen, mittags Pizza. Ich muss auf mein Gewicht achten, sonst sucht Stefan sich eine andere.« Mit Begeisterung schnitt sie sich eine große Ecke aus der dampfenden Pizza. »Hm, lecker!«

»Ich habe euch beobachtet, Inge und dich. Seit wann trinkst du mit der Kaffee? Und das am frühen Morgen!«

»Hätte ich mir echt schenken können. Die hat irgendwie eine Macke. Stell dir vor, die wusste schon von meinem Onkel Gernot. Angeblich hätte sie es gestern beim Kochen erfahren. Sie treffen sich zu viert regelmäßig um nach der Art ›Das perfekte Dinner‹ zu kochen. Was die Weiber für ein Zeug zusammenbrutzeln, das kannst du dir nicht vorstellen. Dicke Bohnen mit Schweinebauch!« Genüsslich säbelte Margareta weiter an ihrer Pizza herum und trank dazu Weißwein, den sie mitgebracht hatte. Sie wusste, dass es um Sebastians Finanzen nicht zum Besten stand, seit er seinen Job als Controller verloren hatte. Okay, er hatte noch den größten Teil seiner Abfindung, doch wusste sie, dass er Schwierigkeiten hatte, sein Geld zusammenzuhalten. Ein Blick streifte seine alten ehemals weißen Küchenmöbel, die vor Elend schon auseinanderfielen. Diesen Sperrmüll hatte er von der verstorbenen alten Frau, die zum Schluss bei lebendigem Leib quasi verweste, übernommen. Jedes Mal, wenn Margareta die hustende Omi durch den Flur huschen hörte, hatte sie gebetet, dass sie nicht wieder bei ihr klingeln und sie um irgendeinen Kram anbetteln würde. Oft hatte sie sich ein Ei oder eine Tasse Mehl geliehen. Wenn sie in ihrem zerfallenden Steppmorgenmantel aus den 50er Jahren vor ihr stand, mit den zurückgekämmten fettigen Haaren, bissen sich Margaretas Augen jedes Mal an der mandarinengroßen Beule auf ihrer zerfurchten Stirn fest, und sie hätte würgen können. Auf ihren Rat hin, doch mal mit dem Monstrum, was auch immer das gewesen war, einen Arzt aufzusuchen, winkte die alte Nachbarin nur ab und meinte, das Ding sei eben Schicksal, und ließ es wachsen. Ihre Kinder ließen sich kaum mehr blicken, und eines Tages war sie tot, lag zum Glück nur drei Tage in ihrer Wohnung, bevor sie gefunden wurde. Zurück blieben museumsreife marode Möbel, die Sebastian, bis auf die Küche, entsorgt hatte.

»Ja, ich habe schon von deren Kochorgien gehört. Die strunzen ja genug damit in der Gegend herum, wollen allerdings keinen dabei haben.«

»Mich hat Inge eingeladen. Das hätte mir gerade noch gefehlt!«

»Ach, schau an!« Sebastian sah auf seinen rechten Socken, aus dem der große Zeh vorwitzig herauslugte.

Margareta musste schmunzeln. »Stopfen zählt wohl nicht zu deinen Stärken, was? Kauf dir neue Socken! Gibt doch schon welche für 99 Cent. Stell dir vor, du wirst vom Bus überfahren. Meine Mutter hat immer gesagt: Unterwäsche und Socken müssen stets in Ordnung sein. Was sollen die im Krankenhaus denken, wenn sie dich ausziehen?«

»Das ist mir so was von egal!« Müde schaute er Margareta an.

»Du, das war ein Scherz.« Freundschaftlich schlug sie Sebastian auf die Hand, die er auf dem Tisch abgelegt hatte.

»Was hat die blöde Inge denn über deinen Onkel gesagt?«

»Du magst sie nicht, was? Dabei hat sie dir doch nichts getan. Oder hast du etwa versucht, bei ihr zu landen? Die ist doch viel zu alt für dich. Könnte deine Mutter sein. Oder stehst du auf Mutti-Typen? Gut sieht sie ja aus.« Margaretas Fantasie ging mit ihr durch, und sie stellte sich die wilde gut proportionierte Blondine vor, wie sie sich den schmalen Basti zwischen ihre drallen Schenkel klemmte.

»Die Alte ist ätzend. Und ihr Freier erst. Parkt mit seinem Lkw direkt vor ihrem Fenster. So ein Proll. Du hast doch gerade selbst gesagt, dass die 'ne Macke hat. Was weiß sie nun von deinem Onkel?«

»Ach, im Groben das, was ich dir gestern schon erzählt habe. Allerdings konnte ich mich gar nicht mehr daran erinnern, dass er in seinem Stall damals Vögel geschnitzt hat und die Weiber damit reinlocken wollte. Mensch, dass der aber auch hier auftauchen musste. Ich hoffe, Waltraud schleppt den nicht an.«

»Mütter! Ich kann dir sagen«, Sebastian rührte in seinem Kaffee und schaute träumerisch aus dem Fenster. »Wie kommst du bloß darauf, dass ich auf die Wienert scharf sein sollte? Ich habe genug von Frauen. Ein für alle Mal!«

Margareta schaute in das liebe Gesicht von Sebastian und schüttelte seufzend den Kopf. »Wenn die Frauen wüssten, was hier für ein Juwel wohnt, die würden dir die Bude einrennen.« Und das meinte sie auch so, wie sie es sagte. Margareta kannte keinen Mann, der so lieb und fürsorglich war, so rücksichtsvoll und hilfsbereit. Schade, dass er so gar nicht ihr Typ war. Als Freund war er eine echte Kanone, doch als Liebhaber konnte sie ihn sich nicht vorstellen.

Er wiederum sah in Margareta mehr als nur eine Freundin. Als sie aufstand und zum Fenster ging, um einmal mehr die tolle Aussicht von hier oben zu loben, betrachtete er sie wohlwollend. Ihr Äußeres gefiel ihm. Die Art, wie sie sich kleidete, wie sie darauf pfiff, wie andere sie fanden, faszinierte ihn. Mode hin, Mode her, Margareta kaufte sich das, was ihr gefiel. Sie hatte ihren eigenen Stil. Manchmal musste er über einige verrückte Kleidungsstücke schmunzeln. Stundenlang hätte er in ihr schmales Gesicht mit den blauen Augen schauen können. Ihr Äußeres, gepaart mit der großen Klappe und dem riesigen Herzen, ließen in ihm schnell den Wunsch aufkommen, diese Frau besitzen zu wollen. Für immer, ganz, mit Haut und Haaren. Doch schnell merkte er, dass ihr nur an Freundschaft gelegen war, und er war dankbar, so eine Freundin zu haben. Sie hatte immer ein offenes Ohr für seine Probleme, was allerdings auf Gegenseitigkeit beruhte. Als dann wenige Wochen nach seinem Einzug dieser Kommissar in ihr Leben trat, war er schon sehr enttäuscht, denn ab da hatte er die Hoffnung, aus ihnen würde vielleicht doch noch ein Liebespaar werden, endgültig begraben. Ihre Freundschaft konnte der Kommissar allerdings nicht verhindern, da ließ sie sich nicht hineinreden.

Sebastian sah es als seine Pflicht als Freund, sie nun ein wenig moralisch zu unterstützen, bis ihr dämlicher Onkel wieder das Weite suchte. Und sei es nur mit einem guten Essen oder tollen Drinks wie seinem berühmten Eistee. So eine Depression würde nicht ewig dauern, und sicherlich würde Gernot bald zurück nach Essen fahren, hoffte er.

Gegen 16 Uhr nahm Margareta ihren Platz an der Sonne auf dem Hinterhof ein. Mit vollem Blick auf die Stalltüren und die hässlichen Mülleimer, führte sie gerade ihr Glas zum Mund, um sich einen kräftigen Schluck der Pfirsichbowle zu genehmigen, die ihr Sebastian noch mitgegeben hatte. Hannelore, Bastians Mutter, schenkte ihr noch zwei Zeitschriften vom Kiosk, und Margareta dachte fast schon, wie schön so ein Daheim-Hof-Urlaub doch sein konnte, als sie zwei lange Schatten wahrnahm. Vor ihr standen in voller Größe Waltraud und Gernot.

Gernot lächelte breit, straffte die Schultern und rief mit sonorer Stimme über den Hof: »Guten Tag, Margareta. Deine Mutter meinte, ich sollte dir einen Besuch abstatten.«

»Hallo, Gretchen«, grüßte ihre Mutter Waltraud kleinlaut und verlegen.

Wie sie wieder aussah, in ihrem grünen Trachtenjanker und dem alten Tirolerhut. Und das bei 28 Grad im Schatten. Grausam, fand Margareta.

»So, meinte sie das?« Margareta schäumte vor Wut. Der konsumierte Alkohol in Form von mehreren Gläsern Wein zur Pizza, einem halben Glas Sekt und, nicht zu vergessen, der Pfirsich-Bowle, machte sie mutig. So mutig, dass sie dem dämlichen Gernot am liebsten einen kräftigen Tritt in den Unterleib verpasst hätte.

Er stand selbstherrlich da, als hätte Margareta nur darauf gewartet, dass er ihr endlich seine Aufwartung machen würde. Sein Gesicht war grau und hatte die gleiche Farbe wie seine altertümliche Leinenhose. Das gelb gestreifte Hemd spannte über seinem Bauch. Mit lässiger Kopfbewegung schleuderte er seine schmalzige Haartolle nach hinten. Seine grünen Augen taxierten Margareta von oben bis unten und blieben schlussendlich an dem Schritt ihrer Shorts hängen. Angeekelt stand Margareta auf.

»Nun mach mal den Stuhl frei und lass deinen alten Onkel sitzen«, befahl er in rauem Ton und schaute auf die Sitzgelegenheit neben ihrer Liege, auf dem sich einige Utensilien, wie Zeitungen und Bücher befanden. Eben all das, was auf dem Tischchen keinen Platz mehr fand.

»Wieso sollte ich? Habe ich dich etwa eingeladen?« Margareta atmete tief durch und redete sich gut zu, locker zu bleiben. Die ganzen Onkel-Gernot-Begebenheiten liefen wie ein Film in ihrem Kopf ab.

Nun fing er auch noch an, den Speichel durch die Zähne zu ziehen, wie er es seit je her auf Familienfeiern gemacht und alle Anwesenden damit vergrault hatte. Dieses Geräusch kannte Margareta nur zu gut. Ihr Puls beschleunigte sich, Schweiß trat auf ihre Stirn. Wütend schaute sie Waltraud an. »Was bringst du den hierher? Das habe ich dir doch verboten. Die ganze Siedlung spricht schon über uns.«

Wieder lächelte Gernot breit und überheblich. »Was habe ich dir gesagt, liebe Waltraud? Das war keine gute Idee, hierher zu kommen. Deine Tochter ist nun mal ein ungezogenes Gör. War sie ja schon immer. Ihr gehörte mal richtig der Hintern versohlt.«

Waltraud senkte den Blick und schwieg. Sie wusste, dass es eine Fehlentscheidung war, ihren Schwager anzuschleppen.

Margaretas Hände begannen zu zittern. Was hatte dieser Psychopath da eben gesagt? Sie wäre ein ungezogenes Gör? Tickte er noch ganz richtig? Immerhin war sie eine gestandene Frau von 42 Jahren, die sich nie im Leben etwas hatte zuschulden kommen lassen. Und da kam dieser Sittenstrolch daher und wollte ihr den Hintern versohlen? Wie abartig war das denn?

Und was tat Waltraud? Nichts, stand nur da wie ein dummes Huhn und senkte den Blick. Was zu viel war, war zu viel. Ganz ruhig ging Margareta auf ihren Onkel zu und schüttete ihm den Inhalt ihres Glases, welches sie noch immer in der Hand hielt, mitten ins Gesicht. Gernot verfiel sofort in Schnappatmung angesichts der Eiswürfel, die in sein gelocktes Dekolleté rutschten und für Abkühlung sorgten. Einige Pfirsichstückchen blieben an seinem Hemd kleben.

»Du gehörst eingesperrt, da sind sich alle Frauen der Siedlung einig. Alle haben Angst, seit du hier aufgetaucht bist. Haben Angst, dass du abends wieder mit dem Feldstecher in ihre Schlafzimmer starrst oder ihnen Schweinereien hinterherrufst. Na, schon auf dem Friedhof gewesen und durch die Klofenster geglotzt?«

»Margareta, was redest du da?« Waltraud riss die Augen weit auf und hielt sich die Hand vor den Mund.

»Die Wahrheit Mutter, nichts als die Wahrheit. Die willst du ja nicht hören. Oder hast du mir damals geglaubt, dass er mir auf der Fahrt ins Sauerland an die Knie gefasst hat? Nein, keiner hat mir geglaubt.« Tränen der Wut rannen ihr die Wangen herunter.

»Was erlaubst du dir?«, vernahm sie die sonore Stimme ihres Onkels. »Hast dich doch geziert, du dummes Blag.« Verlegen stand er da wie eine Litfaßsäule. Er wusste, dass er das Falsche gesagt hatte, und sah sich unsicher um.

Jetzt platzte ihr endgültig der Kragen.

Margareta holte mit der rechten Hand aus und schlug Gernot mit aller Kraft mitten ins Gesicht. Blut strömte aus seiner spitzen Nase, und schon klatschte er wie ein nasser Sack zu Boden, wand sich auf der Wiese wie ein Epileptiker während eines akuten Anfalls.

»Kind, was hast du getan?« Waltraud war fassungslos.

Margareta ebenfalls. Niemals hätte sie es für möglich gehalten, dass sie in der Lage sein könnte, mit ihrer Hand den großen wuchtigen Gernot niederzuschlagen. Stolz erfüllte sie.

»Ich habe das getan, was längst mal fällig war, Mutter. Und merke dir eins: Solange du diesem Mann Unterschlupf gewährst, kennen wir uns nicht. Hast du verstanden? Komm mir jetzt bloß nicht wieder mit Nächstenliebe.«

Da kamen auch schon Sebastian und Stefan, der gerade vom Präsidium zurückgekehrt war, angerannt und halfen dem sich am Boden windenden Onkel auf die Beine. Margareta lief weinend nach oben in ihre Wohnung.

»Anzeige werde ich erstatten«, rief ihr Gernot noch hinterher, bevor die Haustür ins Schloss fiel.

»Nun bleib mal locker, Opa! Nicht, dass Margareta Anzeige erstattet. Wegen versuchter Vergewaltigung.« Stefan wischte sich die Hände an seinen Jeans ab, als hätte er sich an dem sonderbaren Onkel schmutzig gemacht. Er hoffte, dass Gernot nicht wusste, dass versuchte Vergewaltigung nach 20 Jahren verjährt war.

»Das war höchstens sexuelle Belästigung, und das ist gar kein Straftatbestand. Außerdem hatte sie keine Zeugen.« Gernot hakte sich bei Waltraud unter und humpelte davon.

»Du auch nicht, Opa«, sagte Stefan und sah Waltraud eindringlich an.

Mehr als wütend stürmte Stefan die alte Holztreppe zur Wohnung hinauf. In was für eine Lage brachte Margareta ihn bloß?

3. KAPITEL

Inge und Barbara betraten die kleine Puppenstubendoppelhaushälfte im Nateweg, die mitten in einer alten Zechensiedlung in Hassel lag und inklusive ausgebautem Dachboden über 75 Quadaratmeter verfügte. Alles äußerst gemütlich, im Stil der 70er Jahre eingerichtet. Im zeltähnlichen Dachzimmer fristete Susannes an Alzheimer erkrankter Schwiegervater ein bescheidenes Dasein. Da die Treppe zu diesem Verlies eher einer Leiter glich, kam der alte Mann nicht oft in den Genuss, sein Pfadfinderzelt zu verlassen. So starrte er die meiste Zeit aus dem winzigen Dachfenster auf das alte Zechengelände, auf dem nur noch das Maschinenhaus stand. Der Rest war wenigen Wochen zuvor der Abrissbirne zum Opfer gefallen.

Die Frauen gingen durch in die Küche, wo Conni schon am Tisch saß und die beiden Ankommenden taxierte. Conni, die Konfektionsgröße 54 trug und in einer schwarzen Radlerhose steckte, begutachtete voller Neid die Freundinnen, Inge im kleinen Schwarzen und Barbara in Jeans und rotem Top. Da konnte Connis selbstgestricktes Oberteil aus gelber Baumwolle nicht mithalten. Vor allem hielt es den Megabusen nicht zusammen.

Susanne stand mit hochrotem Kopf am Herd und rührte in verschiedenen emaillierten Töpfen mit Apfelmotiv, ein Hochzeitsgeschenk des Schwiegervaters. Sie trug ihre schwarzen langen Haare offen. Diese wehten wie eine Gardine in den Gemüsetopf. Sie putzte sich die Hände an ihrer Schürze ab, starrte durch die beschlagenen Brillengläser orientierungslos in die Gegend und beorderte die Damen nach draußen auf die Terrasse zum Aperitif. Ihr schweißüberströmter Göttergatte Uli goss gerade den Sekt in die Bleikristallsektgläser, in denen sich schon jeweils ein Schuss Holundersirup befand.

Das gibt Punktabzug, dachte Conni, und starrte auf die behaarten Beine des untersetzten Mannes. Kurze Hose beim perfekten Dinner ging gar nicht. Okay, einer

Schnibbelhilfe würde sie dieses gerade noch zugestehen, jedoch nicht dem die Gäste begrüßenden Ehemann. Das Schlimmste an ihm war das gelbe Achselshirt, welches sie an Wolfgang Petri in seinen besten Zeiten bei Live-Auftritten erinnerte. Der Schweiß perlte von Ulis Stirn. Seine Fingernägel waren schwarz wie die Nacht. Zu seiner Entschuldigung brachte er hervor, dass er gerade dabei sei, Sträucher umzupflanzen.

Als Amuse-Gueule präsentierte Susanne kleine Schnittchen mit elend aussehendem Fleischsalat. Conni schüttelte verschämt ihren schwarzen Pagenkopf, Inge und Barbara sahen sich angeekelt an. Einzig Uli, der gar nicht mitspielte und nur eine Randfigur war, griff nach so einem Häppchen und stopfte es sich in den Mund.

Susanne begrüßte die Freundinnen noch einmal, diesmal mit geschwollenen Worten, und zog sich in die Küche zurück, nachdem die Runde sich um den klapprigen Tisch gesetzt hatte. Gedämpft hörte man den alten Schwiegervater aus dem Dachfenster husten. Im Garten zur Rechten erklang türkische Musik, in dem zur Linken bellten zwei Terrier um die Wette. Der Garten von Susanne und Uli, Marke Bergmannstraum, war äußerst gepflegt und der ganze Stolz der Familie, zu der noch zwei erwachsene Töchter gehörten.

In einem winzigen Teich, der an ein völlig überfülltes Warenlager erinnerte, drehten unzählige Koikarpfen ihre Runden und schnappten aufgeregt nach Luft.

Kaum wurden die Frauen ins kleine Esszimmer gerufen, stürzte Uli sich auf die Schnittchen und aß sie auf.

Skeptisch wurde die Tischdeko von den Frauen beäugt. Schrillbunte Platzdeckchen aus der Pril-Blumen-Zeit, das beste Geschirr, das cremefarbene mit dem Goldrand sowie das Tafelsilber von Oma Lisbeth zierten den winzigen Esstisch, der unter dem Schießschartenfenster zur Straße stand. Ein Gartenblumenstrauß stand in der Mitte des Tisches. Als kleines Give-away lag an jedem Platz eine Seife, die es als Dreingabe in der Apotheke an der Ecke gab.

Nervös schnupperte Conni an ihrer rechten Achsel und fragte sich, ob das mit der Seife vielleicht ein Wink mit dem Zaunpfahl sein sollte. Acht Kilometer stetig bergauf, vom tiefsten Erle bis nach Hassel mit dem Rad zu fahren, war schließlich kein Pappenstil. Kein Wunder, wenn man da ins Schwitzen kam.

Susanne servierte völlig nervös die Vorspeise: Tuc-Kräcker mit Ziegenkäse, dazu einen Weißwein aus dem Aldi-Markt, der Tetrapack zu 1,59 Euro.

Der Hauptgang war dann wider Erwarten besser, als von den Frauen vermutet. Köstlich sah das urwestfälische Gericht ›Blindhuhn‹ aus. Die frische Petersilie obenauf duftete verführerisch. Die grünen Bohnen, die Möhren und die Apfelstückchen, alles aus dem eigenen Garten, verbreiteten ein tolles Aroma und waren ein Augenschmaus. Der geräucherte Speck in dem Eintopf war mager und zart. Die Damen lobten überzeugt das Gericht, und selbst die skeptische Conni musste zugeben, dass die Hauptspeise gelungen war.

Das Vanilleeis zum Nachtisch war selbst zubereitet, die Kirschen, die heiß serviert wurden, stammten aus dem Glas. Der Kirschlikör dazu war ein Eigengebräu von Uli.

Nach dem letzten Gang setzten die Frauen sich noch in den Garten und hörten sich Ulis Taubengeschichten an, die er zu erzählen wusste. Sein bestes Stück, die Gerda, kehrte am letzten Wochenende von ihrem Flug nicht heim, was den armen Frührentner doch sehr beutelte. So manchen Preis hatte ihm seine Gerda schon eingebracht, und nun war sie fort.

Aus dem Dachfenster rief der Schwiegervater, dass er Hunger hätte. Uli stand stöhnend auf und ging in die Küche, um ihm den Rest Blindhuhn in ein Schälchen zu füllen und unters Dach zu bringen.

Gegen 22 Uhr, nach der Punktevergabe, die Sonne ging bereits unter, machten sich die Frauen auf den Heimweg. Conni schmiss sich auf ihr Rad, und die beiden anderen Damen stiegen in Inges Wagen. Eigentlich hätte Inge kein Fahrzeug mehr lenken dürfen, wo sie an diesem Abend dem Alkohol doch mehr als üblich zugesprochen hatte. Guter Dinge fuhren sie in Richtung Erler Norden, nachdem sie sich ausgiebig von Susanne, die immerhin mit 27 von 30 möglichen Punkten gut dastand, verabschiedet hatten.

Lustig ging es auf der Heimfahrt zu. Helene Fischers ›Atemlos‹ klang aus dem Radio, und die Frauen sangen fröhlich mit. Sie freuten sich auf das nächste Dinner, das schon in der nächsten Woche bei Conni in Erle stattfinden sollte. Inge bog in die Alleestraße ein, durchfuhr den Wohnturm und hielt an der Ecke Wetterweg, gegenüber ihrem Wohnhaus an. Inzwischen war es stockdunkel.

»Gern fahre ich dich auch bis vor die Haustür«, meinte Inge nervös, mit einem Blick auf den Lkw ihres Freundes, der vor dem Haus parkte. Doch Barbara bestand darauf, die letzten Meter zu Fuß nach Hause zu laufen. Es wäre doch so eine laue Sommernacht, meinte sie noch beim Abschied …

4. KAPITEL

Ausgerechnet Stefan Kornblum, Hauptkommissar des KK11 des Buerschen Polizeipräsidiums und Margaretas Liebhaber, fand Barbara am nächsten Morgen tot an einem Pfeiler der Arkaden des Wohnturms gelehnt, als er ausnahmsweise schon gegen sechs Uhr in der Früh zur Arbeit fahren wollte. Die Sonne schien bereits, und der blaue Himmel versprach wieder einen herrlichen Sonnentag. Stefan sah sich suchend um, doch niemand war zu sehen. Außer einem Specht, der oben von der Dachrinne herunterblickte und die Lage peilte, war alles wie ausgestorben. Eine klaffende Wunde teilte Barbaras blonde Kurzhaarfrisur. Bereits angetrocknetes Blut verklebte ihr Gesicht und ihr üppiges Dekolleté. Jemand hatte ihr brutal den Schädel eingeschlagen. Stefan suchte am Boden nach der Tatwaffe. Nirgendwo ein Gegenstand zu erblicken. Obwohl er schon viele Tote mit eingeschlagenem Kopf gesehen hatte, spürte er seinen Pulsschlag überall. Er wurde das Gefühl nicht los, dass der Täter sich noch in der Nähe befand. Mit gebrochenem Blick starrte Barbara an die Decke des Gewölbes, als stünde dort der Name des Mörders geschrieben. Stefan zog notgedrungen sein Handy aus der Tasche und rief die Wache in Buer sowie seinen Chef, den Ersten Hauptkommissar Helmut Blauländer, an. Am liebsten hätte er die Kurve gekratzt und es einem anderen überlassen, den Leichenfund zu melden. Er hoffte, dass Margareta nicht gleich die Treppen heruntergerannt kam. Spätestens wenn die

Polizeisirenen ertönen würden, wüsste sie sowieso, was los war, würde sich beleidigt auf ihn stürzen und mit Fragen bombardieren: »Wieso bist du nicht sofort nach oben gekommen, um von dort in aller Ruhe zu telefonieren? Sollte ich es etwa als Letzte erfahren?« Und so weiter und so fort. Darauf hatte er überhaupt keine Lust. Klar, sie könnte ihm sofort sagen, um wen es sich bei der Toten handelte. Das würde er jedoch noch früh genug erfahren, sagte er sich. Ein weiteres Mal beugte er sich über die Frau. Sie wohnte in der Siedlung, und Margareta kannte sie, war er sich sicher. Den Namen der Frau wusste er allerdings noch nicht. Er könnte in ihrer Handtasche herumwühlen, die neben ihr stand. Sicherlich hatte sie ihren Ausweis dabei. Doch wollte er das lieber dem lieben Blauländer überlassen. Nun entdeckte er in der rechten Hand der Toten ein kleines Gläschen mit der Aufschrift ›Rosensalz‹. Was hatte das zu bedeuten? Er berührte es jedoch nicht, wollte auf die SpuSi und den Gerichtsmediziner warten.

Nur eine halbe Stunde später sah die Sache schon völlig anders aus. Die ruhige verschlafene Siedlung mit dem bewachenden Turm war zum hektischen Tatort geworden. Polizeibeamte zogen ihre Absperrung. Zwei SpuSi-Männer liefen mit ernsten Mienen hin und her. Der Gerichtsmediziner sprach, über Barbara gebeugt, mit nuschelnder Stimme in sein Diktiergerät. Blauländer stand direkt hinter der Toten und schüttelte den Kopf. »Eigenartig, das müssen Sie schon zugeben, Kornblum. Direkt unter ihrem Liebesnest, in dem Sie es seit geraumer Zeit mit der Sommerfeld treiben, wird eine Tote gefunden. Ob diese sensationslüsterne Frau da nicht ihre Hand im Spiel hatte?« Provozierend schaute er Stefan an, der vor Wut fast überschäumte.

»Was soll der Scheiß? Margareta hat nichts damit zu tun. Ich kann mich an Zeiten erinnern, da waren Sie selbst scharf auf sie, haben sie mit in die Ermittlungen einbezogen, sich andauernd mit ihr getroffen, weil sie die Nase vorn hatte. Nur weil sie Ihnen bei dem letzten Fall, in dem ihre eigene Mutter gekidnappt wurde, mal richtig den Marsch geblasen hat, ist sie Luft für Sie. Und was heißt hier ›mit der Sie es treiben‹? Neidisch? Weil Ihre Anni es nicht mehr bringt?«

»Aber sie kannte die Tote doch sicherlich. Wo ist Ihr Schätzchen überhaupt?«

»In so einer Siedlung kennt jeder jeden. Sie ist los, um dem Ehemann Bescheid zu geben.«

»Ist das nicht Sache der Polizei?« Blauländer gab einfach keine Ruhe. »Ich hoffe nur, Ihre Freundin geht nicht wieder auf Mördersuche.«

Stefan Kornblum hätte seinem Vorgesetzten am liebsten in seinen unförmigen Hintern getreten. Schon vor einigen Jahren hatte er ihm den Krieg erklärt, weil er ihn wie einen dummen Jungen behandelte. Wieder einmal fragte er sich, wieso der Dicke nicht mal einem Verbrechen zum Opfer fiel. Gerne würde er selbst Hand anlegen, um ihn von der Bildfläche verschwinden zu lassen. Oft malte er sich im alkoholisierten Zustand aus, wie er ihn im Berger See während einer gemeinsamen Kahnfahrt ertränken oder ihn an die Füße fassen und aus dem Dachfenster seines Büros schmeißen würde, während er wieder einmal frische Luft schnappte. Aber bisher war es bei Fantasien geblieben.

Margareta rückte keine Minute später mit Robert

Fischer, Barbaras Ehemann, an. Doch am rot-weißen Flatterband endete ihr Weg, bis zur Toten ließ man die beiden nicht vor. Robert trug blaue Boxershorts und ein rotes T-Shirt. Seine fettigen grauen Haare hatte er zu einem Zopf zusammengebunden. Fast schien es, als ob es ihm wenig ausmachen würde, dass man seine Gattin ermordet aufgefunden hatte. Im Gegenteil. Gerade heute, wo er mit seinem Kumpel zum Angeln wollte, passte es ihm nicht in den Kram. Margareta hatte ihn schon mehrmals gefragt, ob er denn nicht gemerkt habe, dass Barbara am Abend nach dem Kochen bei Susanne nicht heimgekommen war. Darauf erwiderte er zuerst nichts, zeigte auf seine Riesenlauscher und suchte erst einmal seine beiden Hörgeräte, ohne die er fast taub war. Endlich angelegt, antwortete er höchst genervt auf Margaretas Fragen. Er hätte geschlafen, und Margareta könne von Glück sagen, dass er sie zufällig vor der Haustür sah, als er pinkeln war und dabei aus dem Fenster geschaut hatte. Das Klingeln hätte er nämlich nicht gehört. Außerdem sei seine Frau erwachsen und bräuchte keinen Aufpasser, meinte er noch.

Margaretas und Blauländers Blicke trafen sich. Keiner verzog eine Miene, kein Lächeln, kein Gruß. Dabei hatten sie sich doch mal so gut verstanden. Jedoch setzte sich der Kommissar sofort in Bewegung, um den Ehemann der Toten, den er in dem Mann an Margaretas Seite vermutete, zu befragen.

Margareta war nicht nur sauer auf Blauländer, sondern auch auf Stefan. Wieso hatte er sie nicht gleich gerufen? Sie hätte ihm doch den Namen der Toten nennen können. Dieses erledigte stattdessen noch vor Eintreffen von Polizei und Kripo ihre Mutter Waltraud auf dem Weg zur Bushaltestelle. Sie wollte unbedingt den 397er um 6.15 Uhr erreichen, da sie einen Blutabnahmetermin in der Stadt hatte. Den Termin ließ sie nun ohne schlechtes Gewissen sausen, stellte sich möglichst nah ans Geschehen, um auch alles genau mitzubekommen. Weitere Nachbarn stürmten aus ihren Häusern und machten es den Polizeibeamten schwer, sie zurückzuhalten. So war das in einer Zechensiedlung. Hier hielt man noch zusammen, meinten die Anwohner jedenfalls.

Inge, die auf dem Weg zur Arbeit war, ließ ihr Auto, mit dem sie vom Hof gebraust kam, mitten auf der Straße stehen und rannte zum Tatort. Als sie erfuhr, dass es sich bei der Toten um ihre Freundin Barbara handelte, brach sie weinend unter dem Turm zusammen. »Ich hätte sie bis vor die Tür fahren sollen. Ich bin schuld!«, schrie sie durch die morgendlich sonnige Siedlung.

Eine weitere halbe Stunde später hieß der noch nicht gefasste Täter bereits in aller Munde der ›Rosensalzmörder‹, und jeder fragte sich, was es mit dem Salzgläschen in Barbaras Hand auf sich hatte.

Ein Krisenstab, der sich aus Sebastian, seiner Mutter, Inges Freund Klaus, Waltraud und drei weiteren neugierigen Weibern gebildet hatte, saß auf der wackeligen Bank und Campingstühlen, die rasch aus dem Keller geholt worden waren, am Hauseingang direkt neben dem Turm. Trotz des grausamen Fundes aßen sie belegte Brötchen vom Bäckerladen 50 Meter weiter und tranken Kaffee, von Sebastian gekocht. So warteten sie auf ihre Vernehmungen.

Margareta konnte nicht fassen, was sie da sah. Hatte sie Waltraud nicht verboten, hier aufzutauchen bevor Onkel Gernot verschwunden war? Langsam ging sie auf das bunte Volk zu und strafte ihre Mutter mit bösen Blicken.

»Setz dich zu uns, Gretchen«, meinte Hannelore, Sebastians Mutter, und rückte auf der Bank ein Stück zur Seite. »Wat meinste, ob dat der Mönnich war?«

»Bis gestern war er nur ein Sittenstrolch, nun ist er gleich ein Mörder«, sagte Margareta mehr zu sich selbst und kehrte der kleinen Gesellschaft den Rücken.

Doch der Gedanke, Gernot könnte der Mörder sein, machte sich, während sie sich in ihre Wohnung zurückzog, in ihrem Hirn breit wie ein Virus.

5. KAPITEL

Gernot saß auf der Bank vor der Trauerhalle unter der ausladenden Kastanie und ließ sich die Sonne ins Gesicht scheinen. Er seufzte einige Male. Wut hatte er im Bauch. Unsägliche Wut. Was bildete Waltraud sich eigentlich ein?, fragte er sich wieder und wieder. Predigte Nächstenliebe und behandelte ihn wie den letzten Dreck. Kreuzschmerzen quälten ihn. Er durfte nicht einmal auf dem bequemen Mohairsofa nächtigen. Jeden Abend musste er eine alte dreiteilige Matratze, die noch aus Nachkriegstagen stammte und fürchterlich roch, nach oben schleppen und sie in der großen Küche in der Ecke platzieren, wo sich unter dem Tisch sein Nachtlager befand. Allmorgendlich trug er das Monstrum wieder in den Keller. Auf sein Jammern, dass er mehrere Bandscheibenvorfälle hätte und schlecht vom Boden hochkäme, reagierte Waltraud nicht. Nicht nur, dass diese Matratze modrig roch. Sie war durchgelegen, und die alten Federn knackten beim Umdrehen. Er fühlte sich durch das am Boden Liegen gedemütigt, erzählte er ihr. Außerdem würde er von den Wollmäusen, die unter dem Küchentisch um die Wette tanzten, Hustenanfälle bekommen. Dann solle er sie wegsaugen, meinte sie nur, auf das gute Sofa im Wohnzimmer würde kein Mann mehr zu liegen kommen.

So hatte er sich das jedenfalls nicht gedacht, als er bei seiner Schwägerin Unterschlupf suchte. Verwöhnen lassen wollte er sich, seinen Kummer, der ihn seit dem Tod seiner Frau quälte, ein wenig vergessen. Im Stillen hatte er sich erhofft, Waltraud würde an ihm als Mann Gefallen finden, und er könnte dauerhaft bei ihr einziehen. Kost und Logis inklusive ein wenig Sex, das hätte ihm gefallen. Dem war nun leider nicht so. Nach dem Eklat bei ihrer Tochter auf dem Hof hatte sich das Blatt gewendet. Nichts mehr mit hilfsbereiter Schwägerin. Sie zeigte ihm die Zähne und fragte sogar schon, wie lange er zu bleiben gedenke. Als man nun noch Barbara tot unter dem Turm fand, verschlechterte sich seine ohnehin schon bescheidene Ausgangslage stündlich. Seinen roten VW-Vento hatte man in der letzten Nacht mit Zahnpasta verunziert und auch noch mit Tomatenketchup *Mördersau* auf die Frontscheibe geschrieben.

Trotz 25 Grad im Schatten und herrlichem Sonnenschein fröstelte er in seinem gelben Oberhemd und der langen Leinenhose. Er blickte auf die Uhr. Gleich elf Uhr. Um zwölf Uhr erwarteten ihn die Kommissare Blauländer und Kornblum. Mit Kornblum hatte er ja schon Bekanntschaft gemacht. Er fragte sich, was sie noch von ihm wollten. Er hatte für die Tatzeit ein Alibi. Oder etwa nicht? Würde Waltraud vielleicht mit den Schultern zucken und nicht bezeugen, dass er schlafend in der Küchenecke gelegen hatte, während man Barbara den Schädel einschlug? Ihn wunderte, dass die Kripobeamten nicht schon gestern aufgekreuzt waren.

Einige Meter vor ihm setzte sich gerade ein Beerdigungszug in Bewegung, die Trauernden folgten dem bescheidenen Kiefernsarg. Der hat es hinter sich, dachte Gernot und beobachtete eine mollige Frau im engen schwarzen Kleid, die plötzlich aus dem Pulk der Menschen ausscherte und in Richtung Toiletten hastete. Gernot erwachte aus seinen Tagträumereien, starrte der blonden Frau auf die prallen Waden, leckte sich kurz über die Lippen und entschloss sich, der Frau auf den Hof, der zu dem Backsteingebäude, in dem sich die Toiletten befanden, führte, zu folgen. Am Eingang zu den Damentoiletten blieb er stehen. Die Tür stand offen, und er steckte den Kopf in den Vorraum, um die Lage zu sondieren. Er hörte die Frau stöhnen. Er betrat den Raum und ging durch zu den Toilettenkabinen. Die erste Tür war verriegelt, alle weiteren standen auf. Er betrat das zweite WC und verschloss die Tür hinter sich. Seine Ohren auf Empfang stellend ließ er seiner Fantasie freien Lauf, bei den Geräuschen, die der Toilettengang der schwarzgekleideten Dame verursachte. Vor Erregung trat Schweiß auf seine Stirn. Ihm war nun gar nicht mehr kalt, ganz im Gegenteil. Mutig geworden, stieg er auf den Toilettenrand, hielt sich an der rechten Fliesenwand fest, um über die Abtrennung zu schauen.

Die blonde Dame schien den Spanner gar nicht zu bemerken, riss mindestens fünf Meter Papier von der Klorolle ab um sich entsprechende Körperteile zu reinigen. Anschließend stand sie von der WC-Schüssel auf, um sich ihre Bekleidung zu richten.

Der Anblick der schwarzen Unterwäsche der Dame versetzte den alten Gernot dermaßen in Taumel, dass er fast vom Klopott gestürzt wäre. Ein geiles Grunzen entfuhr ihm. Die Frau blickte erschrocken nach rechts oben und sah seinen verschwitzten Kopf mit den riesengroßen grünen Augen über der Trennwand und fing hysterisch an zu schreien. Geistesgegenwärtig griff sie nach der versifften Klobürste, die an der Wand in einem ebensolchen Halter steckte und schlug damit auf Gernots Gesicht ein. Wieder und wieder drosch sie gegen seinen Kopf.

In Panik stürzte Gernot nach draußen. Die Schreie der Frau verfolgten ihn, als er über den Hof irrte. Wer konnte denn ahnen, dass diese Frau so austickte. Ein Friedhofsangestellter kam aus der kleinen Trauerhalle, die direkt neben der Toilettenanlage lag, und hastete zum Damen-WC, von wo die verzweifelten Schreie kamen. Den davoneilenden Gernot beachtete er nicht weiter. Viele Friedhofsbesucher kürzten ihren Weg über diese kleine Grünanlage ab.

Gernot hetzte über den Platz und schlug den erstbesten Stichweg, der sich am Ende befand, ein. Bevor die Alte alles rebellisch machte und dieser Knabe noch die Polizei holte, musste er verschwunden sein. Der Weg wurde schmaler, und er musste sich quälen, um schnell vorwärts zu kommen. Sein alter Körper wollte einfach nicht mehr so wie sein Geist und vor allem nicht so wie sein Trieb, der ihm mal wieder übel mitspielte. An der nächsten Abzweigung blieb er stehen, um ein wenig zu verschnaufen. Er hielt sich an einer Birke fest und atmete tief durch. Durch die dichten Bäume konnte man kaum den wolkenlosen Himmel sehen.

Weiter, geh weiter, mahnte ihn eine innere Stimme, bevor sie dich schnappen und unangenehme Fragen stellen. Er bog links ab, nachdem er wieder besser Luft bekam, und gleich wieder rechts. Gut, dass er sich hier auskannte. Die Hauptwege wollte er meiden, hier auf diesem großen Friedhof, der wie ein Stadtteil für sich war. Kaum Menschen waren an diesem herrlichen Tag unterwegs. Der Weg führte ihn zum Eulenbrunnen, der unter ausladenden Lärchen lag. Rechts daneben befand sich eine schattige Bank, der er sich nun näherte.

Am Brunnen angekommen, drehte er den Wasserhahn auf und erfrischte sich, trank von dem kühlen Nass und ließ es anschließend über seine Arme laufen. Dann streckte er den Kopf weit hinunter und schüttete sich mit den Händen das kalte Wasser in den Nacken. Die beiden bemoosten Steineulen schauten aus luftiger Höhe auf ihn hinab. Ihm war, als würden sie grinsen und sich über ihn lustig machen.

»Ey, dat gippet doch gar nich, der Mönnich. Wat machs du denn hier? Wat war da hinten los? Da hat doch 'ne Olle geschrien?«

»Da schau an, der Klaus. Was treibt dich auf den Friedhof?« Auf die Frage, wer denn da geschrien hätte, ging Gernot gar nicht ein. Er wunderte sich, was der Freund von Inge Wienert hier zu suchen hatte.

Dieser tippte auf seine riesige Plastikgießkanne. »Gießen. Bei meine Omma. Liegt da vorne.« Der dunkelhaarige Klaus, der in superbuntem Hawaiihemd und kurzer Hose auf der Bank saß und genüsslich eine Zigarette rauchte, deutete mit dieser auf das gegenüberliegende Feld.

Diese Fürsorglichkeit hätte Gernot diesem Proleten, der aussah wie Meister Propper mit Haaren auf dem Kopf, gar nicht zugetraut. Er hielt ihn für einen hirnlosen Gernegroß. Grab der Großmutter gießen, passte so gar nicht zu der Vorstellung, die er von ihm hatte.

»Na, bisse nonnich bei de Bullen? Alle sagen, du hättes die Barbara umgebracht?« Mit gelben Zähnen grinste er Gernot an.

Eben noch positiv über den Kerl gedacht, hätte Gernot ihm am liebsten mit seiner Mega-Gießkanne über den pickligen Schädel geschlagen. »Wieso sollte ich der Mörder sein? Was habe ich mit der Barbara zu tun?« Von seiner Vorladung aufs Präsidium erzählte er ihm nichts. »Vielleicht warst du es ja. Die Freundschaft zwischen deiner Inge und der Barbara war dir doch schon lange ein Dorn im Auge. Auch, dass die beiden zusammen gekocht haben, passte dir nicht in den Kram.«

»Möcht wissen, wer dich dat erzählt hat, Mönnich. So gut kenn wir uns ja au nich.« Mit dem Zeigefinger seiner rechten Pranke wühlte er seelenruhig in seinem vernarbten Kolben herum.

»Margareta Sommerfeld hat es ihrer Mutter erzählt.« Gernot schaute angewidert auf den sitzenden Lkw-Fahrer hinab. Was findet eine so patente Frau wie die Wienert bloß an diesem Kerl?, fragte er sich.

»Die Sommerfeld, diese blöde Kuh. Soll ma vorsichtich sein, dat die nich die Nächste is. Hetzt die Weiber bloß auf. Fehlt nur noch, dass die auch noch mit kochen geht. Die Weiber mit ihre Scheiß-Kocherei. Ham die nix Besseret zu tun?«

»Ja, Frauen sind schon komisch«, stimmte er Klaus zu. Er konnte noch den Schlag spüren, den seine angeheiratete

Nichte ihm zugefügt hatte. Rache hatte er sich geschworen. Bittersüße Rache. Eher würde er die elende Zechensiedlung nicht verlassen. Obwohl er Klaus nicht leiden konnte, setzte er sich zu ihm auf die Bank.

Auf dem Feld, den Männern direkt gegenüber, war eine Frau gerade dabei, an einem Grab die Geranien von verwelkten Blättern zu befreien. Sie trug ein rotes Jerseykleid, das kaum ihr Gesäß bedeckte. Das eng anliegende Teil hatte einen enorm tiefen Ausschnitt. Sie strich sich aufreizend das lange blonde Haar aus dem Gesicht und tänzelte dabei mit ihren hochhackigen Pumps um die Grabeinfassung. Nun bückte sie sich weit nach vorn, sodass die beiden Männer wie gebannt auf ihre braungebrannten Beine starrten.

»Die Olle tickt nich echt. So geht man donnich aufen Fritthoff. Und dann wundern die Weiber sich, wenn se gepackt und vergewaltigt wern. Selber schuld sind se.« Der kleingeistige Hilfsarbeiter mit Führerschein hatte seine eigenen Moralvorstellungen.

Gernots Augen fielen fast aus den feuchten Höhlen. »Mann, wenn ich ein paar Jährchen jünger wäre, würde ich der schon bei der Grabpflege helfen. Doch so einen alten Mann, da kann sie drauf verzichten. Mit meinem Lungenemphysem kriege ich kaum Luft. Schon Mist.«

»Ey, bisse blöd, Mönnich. Da darfse donnich lange fragn? Wenn se dich gefällt, angreifen!«

»Und dann lande ich im Kahn, wenn sie nicht will und mich anzeigt.«

»Na und? Kommz auch wieda raus. Sieht aus wie Helene Fischer, näh? Mich will die au nich. Ich bin ihr zu schäbbich.«

Gernot blickte den Mann neben sich an und musste ihm recht geben. Eine Schönheit war er tatsächlich nicht.

Während die Frau in ihrem Mega-Outfit das Grab versorgte, ergossen die beiden ungleichen Männer sich in ihren ausufernden Fantasien.

»Deutsche Weiber sind schwierig. Mein Kumpel Eddi hat sich jetzt aussem Urlaub in Thailand 'ne Lotusblüte mitgebracht. Du, die pariert, kann ich dich sagn. Kocht, putzt, ist sparsam und immer willich. Muckt nie auf.«

Ohne einen Abschiedsgruß stand Gernot von der Bank auf und trat über Schleichwege den Heimweg an. Lotusblüte, stets willig, sparsam und fleißig. Klaus' Worte gingen ihm nicht mehr aus dem Kopf. Seufzend musste er sich eingestehen, dass eine weite Flugreise nach Thailand in seinem Gesundheitszustand nicht mehr infrage käme. Außerdem wäre er finanziell gar nicht in der Lage, so eine Reise zu bezahlen, bei 1.280 Euro Rente im Monat. Seine Christa war sparsam gewesen, hatte sich nie beklagt, dass er so eine kleine Rente bekam. Sie hatte es verstanden, mit wenig Geld leckere Mahlzeiten zu zaubern. Ihre Kleidung hatte sie sich teilweise selbst genäht. Bei der Kleiderkammer der Diakonie hatte sie sich öfters nach gebrauchter Kleidung umgesehen und sie entsprechend aufgepeppt. Sparsamer würde eine Lotusblüte auch nicht sein, dachte Gernot. Vielleicht besser im Bett. Seine fromme Christa kam ihm ewig mit Zitaten aus der Bibel. Prüde und verklemmt wie eine marode Kneifzange war sie gewesen. Er hatte ihr des Öfteren geraten, mal ein Glas Wein zu trinken, da das locker machen würde. Um ihn nicht zu verstimmen, trank sie den Dosenprosecco in einem Zug aus. Zitternd saß sie anschließend da und wartete darauf, dass etwas Schlimmes, von Gott Gesandtes passieren würde. Während Gernot den samstäglichen Geschlechtsverkehr vollzog, betete Christa leise mit geschlossenen Augen ›Herr, hole mich zu dir, jetzt, sofort‹.

Nein, wenn er noch mal heiraten würde, dann nicht so eine verkniffene Abstinenzlerin in Sachen Sex. War es denn da ein Wunder, dass er sich das, was sie ihm versagte, woanders holen wollte? Leider kam es nie zum Letzten. Entweder hatte er sich zu blöd angestellt, oder die Frauen fanden ihn ganz einfach abstoßend und hässlich. Er wusste keine Antwort darauf. Doch eines wusste er genau. Er brauchte eine Frau und das möglichst bald. Die geschalteten Bekanntschaftsanzeigen im Stadtspiegel kosteten nur Geld und brachten keinen Erfolg. Die Weiber, bieder und hässlich wie die Nacht, wollten alle möglichst schnell heiraten, mehr nicht. Die meisten, total verschuldet, suchten nur einen Unterschlupf. Es müsste eine Sendung nach der Art ›Tiere suchen ein Zuhause‹ geben, nur eben für alte heimatlose Fregatten, fand Gernot.

Er schlich sich bis zum unteren Weg, der an der Haunerfeldstraße in völliger Dunkelheit lag. Der Weg links würde ihn zurück in die Siedlung führen.

Am vorletzten Tor, bereits im neuen Teil – der Friedhof verfügte über 13 Zugänge –, angekommen, musste er umdisponieren, da zwei Polizeibeamte, die gerade einem Streifenwagen entstiegen, den Ausgang versperrten. Sein Herz raste. War man ihm etwa schon auf der Spur? Hatte dieser Friedhofsmensch tatsächlich die Polizei geholt? Er schlich den Trampelpfad direkt am Zaun entlang und versteckte sich hinter einem Busch. Nun würde er es nicht mehr rechtzeitig nach Buer zum Polizeipräsidium schaffen. Was sollten die Kommissare von ihm denken? Machte ihn das nicht noch verdächtiger?

Da hatte er ja noch einmal richtig Glück gehabt. Die Polizei war nicht seinetwegen am Friedhof gewesen. Handtaschendiebe hatten zwei Pkw aufgebrochen, die auf dem Parkplatz vor dem Friedhofseingang geparkt hatten.

Vor dem Haus, in dem Waltraud wohnte, schaute er auf die Uhr. Zehn Minuten vor zwölf. Wenn er sich beeilte, könnte er es noch schaffen, rechtzeitig im Präsidium zu sein. Oder sollte er sich dort einfach krankmelden? Bauchschmerzen vortäuschen?

Waltraud, die sich weit aus dem Fenster im Obergeschoss lehnte, nahm ihm die Entscheidung ab. »Wage es nicht, raufzukommen. Denk an deinen Termin und gib Gas. Wenn du in Buer bist, kannst du auch gleich dort essen. Hier bleibt heute die Küche kalt.«

Seufzend stieg er in seinen alten Wagen und fuhr Richtung Turm, hinaus aus der Siedlung, nach Buer.

6. KAPITEL

Heute vor einer Woche rauschte dieser Vollidiot hier an. Von jetzt auf gleich, ohne Vorwarnung. Margareta saß missmutig am Frühstückstisch und ließ die letzte Woche, seit Gernots Ankunft, noch einmal Revue passieren. Sie hatte ihren Onkel Gernot geschlagen. Schon immer hatte sie davon geträumt, einmal richtig zuzuschlagen. Hatte sich gefragt, was das wohl für ein Gefühl wäre, jemandem Schmerzen zuzufügen. Sie, die keiner Fliege etwas zuleide tun konnte. Gernot war der erste Mensch, der sie so gereizt hatte, dass sie erbarmungslos reinhaute. Dass sie das getan hatte, wovon sie Jahrzehnte träumte.

Ihr gegenüber saß, ebenso mies drauf, ihr Nachbar und bester Freund Sebastian. Mit verkniffenem Gesicht kaute er auf einem Nutellabrötchen herum und starrte aus dem Fenster.

Donnerstagmorgen zehn Uhr, und in ihrem Kopf miaute es wie verrückt. Der Mega-Kater gab einfach keine Ruhe. Nach einem heftigen Streit mit Stefan gestern Abend hatte sie sich bei einbrechender Dunkelheit mit einer Flasche Rotwein nach unten in den Hof verzogen und an den gammeligen Tisch gesetzt. Etwas mulmig war ihr schon gewesen, sich gegen 22 Uhr alleine vors Haus zu hocken. Was, wenn der Rosensalzmörder wieder zuschlagen würde?

Doch sie blieb nicht lange allein. Keine fünf Minuten später schlug Sebastian, ebenfalls mit einer Flasche Wein bewaffnet, auf. So, als hätte er an Margareta einen unsichtbaren Peilsender befestigt, um immer zur rechten Zeit am rechten Ort zu sein.

Die halbe laue Sommernacht lang hatten sie sich den Frust von den Seelen geredet, wieder einmal, wie schon so oft. Der Mord an Barbara war Gesprächsthema Nummer 1 gewesen. Wieder und wieder hatten sie ohne Ergebnis alle Einzelheiten durchgekaut.

Nun saß sie völlig übermüdet herum und überlegte, ob sie sich in Schale schmeißen und ihrer Mutter einen Besuch abstatten sollte. So könnte sie dem ekeligen Gernot ein wenig auf den Zahn fühlen. Doch wollte sie das wirklich? Hatte sie Stefan nicht hoch und heilig versprechen müssen, sich dieses Mal rauszuhalten und nicht auf Mördersuche zu gehen? Stundenlang hatten sie diskutiert, und er hatte ihr klar zu machen versucht, dass es unter Umständen für sie gefährlich werden und der Mörder eventuell ein zweites Mal zuschlagen könnte. Außerdem würde sie ihn lächerlich machen, wenn sie wieder kräftig mitmischen würde, betonte er mehr als einmal. Sie musste ihm außerdem versprechen, Barbaras Trauerfeier fernzubleiben. Immer wieder, hoch und heilig. Zuerst war sie sogar erleichtert, Stefan und seinem Chef die Ermittlungen zu überlassen und sich ganz einfach passiv zu verhalten und die restlichen Urlaubstage zu genießen. Doch spätestens seit Stefan ihr eröffnet hatte, dass er für eine Woche allein nach Mallorca fliegen würde, um fern von diesen bescheuerten Leuten der Zechensiedlung, wie er ihre Nachbarn nannte, mal richtig zu relaxen, stieg der Wunsch in ihr auf, den beiden Kommissaren mal wieder zu zeigen, wo der Frosch die Locken hatte. Sie fühlte sich von ihm betrogen. Jetzt wo ihr Jahresurlaub fast zu Ende ging, tischte er ihr die Flugreise auf, wo er ihr doch etliche Male versichert hatte, in diesem Jahr auch nicht zu verreisen. Im nächsten Jahr wollten beide gemeinsam an die Nordsee fahren, hatten sogar schon einen Ort ausgesucht. St. Peter Ording. Dort würde angeblich so richtig die Post abgehen, sagte er. Mit ihr brav wie Mutti und Papi an die Nordsee reisen, einen auf heile Welt machen und dann völlig allein nach Mallorca fliegen und sich zwischen barbusigen Blondinen an den Strand legen. Wenn er alle Zechensiedlungsmenschen zu Proleten degradierte, war sie ja auch einer, schließlich lebte auch sie hier.

Über seine Ermittlungen hüllte er sich ebenfalls in Schweigen und erzählte ihr absolut nichts. Nichts von der SoKo Fischer, die das KK11 gebildet hatte, nichts von den Vernehmungen und nichts von der Tatwaffe. Weder ob schon jemand verhaftet wurde noch ob vielleicht schon ein Haftbefehl vorlag. Das machte sie rasend. Dabei kam er sonst immer so redselig daher, hatte ihr jeden kleinen Disput, den er mit Helmut Blauländer hatte, brühwarm erzählt. Und nun absolute Funkstille. Den tätlichen Gernot-Angriff konnte er ihr auch schlecht verzeihen, fand ihn assi-mäßig, unterste Schublade und prollig. Auch wenn sie zigmal dagegen hielt, dass es die einzige Sprache war, die Gernot verstand, schaute er seither auf sie herab. Dass es sie innerlich zerriss, so weit gegangen zu sein, auf die Idee kam er nicht. Schöner Geliebter!

Margareta kämpfte mit sich, ob sie nun zu ihrer Mutter gehen oder lieber Inge aufsuchen sollte, um eventuell etwas Neues zu erfahren. Am Telefon hatte die gute Inge ihr erzählt, dass Gernot sich gestern auf dem Friedhof herumgetrieben hätte, und dass dort auf dem Damen-WC eine Frau belästigt worden sei. Ob da ein Zusammenhang bestand? Inge wusste leider auch nur das, was ihr Freund Klaus ihr erzählt hatte. Ziemlich makaber fand Margareta, dass sie und ihre Freundinnen schon in der nächsten Woche ihre Kochrunde fortsetzen wollten. Ohne die liebe Barbara.

Mutter oder Inge, der innerliche Kampf in Margareta war noch nicht ausgefochten. Gerne würde sie sich bei ihrer Mutter ein wenig lieb Kind machen, nachdem diese ihr am Telefon versprochen hatte, Gernot links liegen zu lassen und ihn mittlerweile sogar bedrängte, das Feld zu räumen. Nicht schuldlos daran war der Fund, den Waltraud in seiner Reisetasche gemacht hatte, als er auf dem Friedhof war und sie nach der Tatwaffe suchte. Einen original verpackten schwarzen Dildo, Big Mr. Softee, prall geädert, hatte sie gefunden. Von dem Moment an war ihr klar, dass Gernot sich auch im Alter nicht geändert hatte. Sollte Big Mr. Softee etwa ein Geschenk für Waltraud sein? Na, der Schuss war eindeutig nach hinten losgegangen. Waltraud empfand nur noch Ekel für den alten Schwager.

Außerdem wollte Margareta ihre Mutter noch einmal eindringlich warnen. Wenn Gernot tatsächlich Barbara auf dem Gewissen hatte, war sie vielleicht die Nächste. Also hatte der Waltraudbesuch oberste Priorität. Inge konnte sie danach immer noch aufsuchen.

»Also was ist, womit verbringst du deinen Tag?« Margareta schaute in Sebastians Gesicht. Irgendwie sieht er noch aus wie ein Schulkind, dachte sie. Und so führte er sich auch auf. »Setz dich an den PC und schreib Bewerbungen. Ich habe dir doch einige Adressen rausgesucht. Jetzt sag nicht, du gehst wieder zu deiner Mutter und stellst dich in den Kiosk, um Lakritz und Gummibärchen zu verkaufen.«

»Ich verkaufe nicht nur Gummibärchen. Gestern zum Beispiel habe ich die Tiefkühltruhe abgetaut und ausgewaschen. Die hatte es nötig, kann ich dir sagen. Meine Mutter hat sich vielleicht gefreut.« Ein warmes Lächeln erschien auf Sebastians verkatertem Gesicht.

»Da wüsste ich etwas Besseres, als meiner Mutter den Kühlschrank abzutauen. Mensch, Basti, du hast studiert und mal eine Abteilung in einem großen Konzern geleitet. Da kann es einen doch nicht befriedigen, in einem Kiosk Hilfsarbeiten auszuführen. In dir steckt viel mehr.«

»In dir steckt auch mehr, als Mäntel und Jacken zu verkaufen. Trotzdem rennst du da immer noch hin und jammerst rum.«

»Von irgendwas muss ich leben«, seufzte Margareta.

»Ich finde schon was.« Beleidigt stand Sebastian vom Tisch auf und ging zur Tür.

»Jetzt sei doch nicht gleich eingeschnappt. Ich meine es doch nur gut.« Sie hielt ihn am Ärmel seines Jeanshemdes zurück und umarmte ihn herzlich.

Er genoss diese Zärtlichkeit, strich ihr im Gegenzug über ihr Haar. »Ach Margareta. Wir sind schon zwei, was? Der Kerl ist dein Untergang. Schmeiß ihn raus.«

»Was du aber auch immer gegen Stefan hast.« Margareta wand sich aus der Umarmung und sah ihren Freund mit ernstem Blick an.

»Sollen wir nachher im Hof grillen? Ich könnte Kartoffelsalat machen«, schlug Sebastian begeistert vor.

»Das würde Stefan sicher nicht prickelnd finden. Nee, lass mal, ich koche ihm was Schönes.«

»Da wird der auch noch für sein schnödes Verhalten belohnt. Dir ist echt nicht zu helfen.«

»Ich weiß.«

Schade um den tollen Mann, dachte Margareta und fragte sich wieder einmal, wieso sie nicht ihn lieben konnte. Dass er aber auch keine Frau fand. Alle nutzten ihn nur aus. An erster Stelle seine Mutter. Tiefkühltruhe abtauen! So ein Schwachsinn. Und heute wollte er seine eigene Kühltruhe abtauen, die bei ihm im Keller stand. Margareta hatte ihn mehr als einmal gefragt, was er überhaupt mit so einer Riesentruhe, in der mindestens zwei zerlegte Schweine Platz fanden, wollte. Daraufhin meinte er nur, dass es ein echtes Schnäppchen gewesen sei.

Na ja, sie schwiegen sich zwar an, Waltraud und ihr Schwager Gernot, doch allein wie sie dasaßen, ließ Margareta innerlich kochen. Obwohl sie nicht miteinander redeten, herrschte irgendwie eine vertraute Harmonie zwischen den beiden. Waltraud aß die Erbsensuppe, die sie nur für sich gekocht hatte, wie sie mehrfach betonte, und Gernot pulte mit seinen langen Griffeln in einem halben Hähnchen herum, welches vom Wochenmarkt in Buer stammte. Angeblich um seine altertümlichen Klamotten zu schonen, saß er in einer Schiesser-Unterhose mit Eingriff und Feinripp-Unterhemd mit Halbarm am Tisch. Waltraud trug wegen der Hitze nur einen Polyester-Unterrock, ebenfalls schon älteren Baujahrs. Margareta zog nicht nur der Erbsensuppengeruch in die Nase, sondern auch der von mittelprächtigem Schweiß. Wer von den beiden nun so ungewaschen roch, konnte sie nicht ausmachen. Die beiden essend – wenn auch schweigend – am Tisch zu sehen, weckte Erinnerungen an Kindertage. Als ihr Vater noch lebte, hatten sie auch hier gesessen, an heißen Tagen ebenfalls in Unterwäsche und übel duftend. Damals ging der herbe Geruch von ihrer Mutter aus. Deosprays waren in der Zechensiedlung noch verpönt, gebadet wurde nur samstags, da noch keine Badezimmer vorhanden waren, und der Badeofen im Keller nur einmal die Woche in Betrieb genommen wurde. So nahm Waltraud mit dem Waschläppchen vorlieb, das allmorgendlich über die Hautpartien gezogen wurde, die unmittelbar miteinander in Berührung kamen. Als besonderes Highlight tupfte sie sich nach der Wäsche mit einem Wattebausch Puder aus einem Bleikristalltöpfchen unter die Achseln. Dieser Körperpuder machte die Sache nur noch schlimmer, verklebte zwar die Poren, schaffte es jedoch nicht, den unangenehmen Geruch zu vertreiben. Der gebrauchte Wattebausch kam wieder in die Dose und sah nach der zigsten Verwendung zum Würgen aus. Ein Hund hätte daran große Freude gehabt.

Die angebotene Erbsensuppe holte Margareta ins Hier und Jetzt zurück. Sie lehnte ab und begnügte sich mit einer Tasse Kaffee. Gernot aß zum Huhn ein Schälchen Kartoffelsalat, in dem sich schon Leben tummelte. Margareta wünschte ihm eine Salmonelleninfektion vom Allerfeinsten. Noch nicht einmal begrüßt hatte er sie. Margareta konnte einfach den Blick nicht von ihm lassen. Diese Situation in der spießigen Zechensiedlungsküche war einfach zu grotesk.

»Sag mal, kannst du dich nicht anständig anziehen? Du bist hier Gast und sitzt nur in Unterwäsche am Küchentisch. Findest du das nicht geschmacklos?« Margareta konnte und wollte den Mund nicht halten. »Das Gleiche gilt für dich, Waltraud. Hast du denn gar keinen Anstand?«

»Draußen sind 30 Grad. Mir ist heiß«, kam es beleidigt von ihrer Mutter.

»Was geht dich das an?«, murrte Gernot. »Schlägst du gleich wieder zu? Ja?« Demonstrativ hielt er ihr seine rechte Wange hin.

»Keine Angst. An dir mache ich mir nicht noch einmal die Hand schmutzig.«

Mit Tränen in den Augen stand sie von ihrem Stuhl auf und verließ die Küche. Den Besuch hätte ich mir sparen können, dachte sie wütend und wollte Gernot noch ein paar passende Abschiedsworte an den Kopf werfen, ließ es aber sein.

Ihrer Mutter, die ihr in ihrem verwaschenen Unterrock in die Diele gefolgt war, musste sie allerdings noch ein paar Worte da lassen. »Ich dachte, du schmeißt ihn raus. Sag mal, schämst du dich gar nicht? Denkst du nicht mal an deinen guten Ruf? Du beherbergst einen Mordverdächtigen. Außerdem soll er auf dem Friedhof eine Frau belästigt haben.«

»Alles bloß dummes Gerede.« Waltraud senkte den Blick. Sie war sich schon bewusst, dass das großer Käse war, was sie da abzog und dass sie Gernot schon längst hätte die Tür weisen müssen.

»Ach, aber gehört hast du scheinbar schon davon, oder?«

Grußlos trennten sich Margareta und ihre Mutter.

Bei Inge konnte sie sich dann gleich weiterärgern. Auch sie schien heute mit Dummheit gepudert zu sein. So kam es Margareta jedenfalls vor. Quasselte in einer Tour davon, was sie zu Barbaras Beerdigung anziehen würde, gleichzeitig sprach sie von der bevorstehenden Kochaktion am Montag bei Conni in Erle und wie sehr sie sich darauf freuen würde. Barbara würde noch nicht mal unter der Erde liegen, während die anderen drei lustig weiter kochten, als hätte es die Freundin gar nicht gegeben. Dann folgten Jammerarien über Klaus, der unzuverlässig und blöd sei, sich nur bedienen ließe und sie ausnutzen würde. Dann weg mit ihm, hatte Margareta ihr geraten, schließlich war sie nicht von ihm abhängig, vielleicht sexuell, jedoch nicht finanziell. Vor ein paar Tagen noch war Klaus der tolle Liebhaber und Lebenspartner. Wie schnell das Blatt sich doch wenden konnte.

Margareta schaute ein wenig nervös auf ihre Uhr. Gleich 15 Uhr. Wenn sie Stefan noch was Anständiges auf den Tisch bringen wollte, müsste sie sich jetzt auf die Socken machen. Außerdem knurrte ihr Magen. Bis auf ein paar trockene Butterkekse gab es bei Inge nichts. Ein letztes Mal schnitt sie das Mordthema an, woraufhin Inge nur seufzte und auch noch zu gähnen begann.

»Sag mal, du tust ja gerade so, als wäre Barbara für dich bereits abgehakt und vergessen. Interessiert es dich denn nicht, wer sie auf dem Gewissen hat? Mensch, ein paar Meter vor deiner Haustür wurde ein Mord verübt. Lässt dich das kalt?« Margareta sah sie fassungslos an.

»Was ändert das, wenn ich mir den Kopf zerbreche? Du hast doch selbst gesagt, du mischst dich diesmal nicht in die Mordermittlungen. Also hast du den Fall auch schon ad acta gelegt«, erwiderte Inge schulterzuckend.

»Moment mal«, ereiferte sich Margareta, »Barbara war nicht meine Freundin, und obwohl ich mich nicht in die Ermittlungen mischen will, zermartere ich mir trotzdem mein Hirn, wer es war. Es tut mir unendlich leid, dass Barbara nicht mehr lebt.«

»Was sagt denn dein neunmalkluger Freund dazu? Der ist doch sicherlich schon dem Täter auf der Spur, oder?«

Margareta missfiel die plumpe Vertraulichkeit, die Inge an den Tag legte. »Ich wüsste nicht, was dich das angeht. Ich glaube, es ist besser, ich gehe jetzt.« Sagte es und stand auf, um Inges Wohnung zu verlassen.

»Warte einen Moment«, meinte Inge völlig ruhig und ging zur Abstellkammer, öffnete die Tür und entnahm einem Regal einen Beutel, den sie nun auf den Schuh-schrank knallte.

Da nur wenig Tageslicht in die Diele fiel, konnte Margareta auf den ersten Blick nicht erkennen, um was es sich genau handelte.

»Das kannst du deinem Freund geben.«

War Inge wirklich so cool und abgebrüht, wie sie sich gab? Stand sie etwa unter Tabletten? Könnte die Situation anders gar nicht ertragen?

»Was ist das?«, fragte Margareta neugierig und nahm den Beutel in die Hand. Vor Schreck hätte sie ihn fast fallen lassen. Geschockt starrte sie auf den Inhalt des handelsüblichen Gefrierbeutels. Sie betrachtete den Beutel, aus dem ein Holzstiel hinausragte, nun ganz genau. Er war schwerer, als sie vermutet hatte. Ein blutverschmierter Vorschlaghammer, schätzungsweise anderthalb Kilo schwer, befand sich in der Tüte.

»Ist das der Hammer, mit dem Barbara erschlagen wurde?« Margareta konnte nicht fassen, was sie da in den zitternden Händen hielt.

»Ja, nehme ich an. Barbara ist doch durch stumpfe Gewalteinwirkung zu Tode gekommen. Stand in der Zeitung. Wird dir doch dein Freund erzählt haben.«

»Hat er nicht. Wo hast du ihn her?«

»Ich habe ihn vorhin hier in der Kammer gefunden.«

»Du meinst, Klaus hat ihn da hingelegt? Du meinst, Klaus hat Barbara …« Margareta konnte keinen klaren Gedanken fassen. Dass Klaus der Täter war, konnte sie sich absolut nicht vorstellen. Und wieso gab Inge ihr erst jetzt, als sie gehen wollte, den Hammer?

»Ich weiß es nicht«, kam es flüsternd von Inge, bevor sie weinend zusammenbrach.

7. KAPITEL

»Zieht eure Schuhe aus«, rief Conni ihren beiden Freundinnen zu. Inge und Susanne sahen sich an und schmunzelten. Beide wussten, wie pingelig die Gute war. Neidlos mussten sie zugeben, dass Conni von allen vieren das schönste Zuhause hatte. Na ja, Barbaras war Geschichte. Um ihren heimeligen Herd würden sie sich nie wieder versammeln können. Dass sie überhaupt am heutigen Montag ihren Kochabend durchzogen, war schon recht makaber. Außerdem hatten sie erst vor zwei Wochen bei Conni gekocht. Eigentlich war Barbara an der Reihe. Doch die trat übermorgen ihre letzte Seilfahrt an. Gegen Klaus, der seit einigen Tagen von der Bildfläche verschwunden war, lag ein Haftbefehl vor. Margareta hatte den blutverschmierten Hammer natürlich sofort von Stefan abholen lassen. Dieser hatte eine Großfahndung eingeleitet. Inge hatte Klaus jedoch vorgewarnt. Er hätte immer wieder beteuert, dass er mit dem Mord an Barbara nichts zu tun hatte. Den Hammer hätte Klaus draußen im Gebüsch unter dem Küchenfenster gefunden und voller Panik erst einmal mit hinein genommen und in der Kammer deponiert. Wenn er es nicht war, wieso machte er dann so ein Geheimnis daraus? Wer wollte Klaus den Mord in die Schuhe schieben? Inge hatte das Gefühl, sie befände sich in einem schlechten Traum, bräuchte sich nur einmal kurz zu schütteln, um wieder in der Gegenwart zu sein. Dem war leider nicht so.

Nun hatte der Kochabend erst einmal oberste Priorität. Über alles andere konnten die Freundinnen sich später noch Gedanken machen.

Wie befohlen zogen sie sich die Schuhe aus und betraten den riesigen schwarz gefliesten Wohnraum, in den die hypermoderne weiße Küche integriert war. Die breite Terrassentür stand auf, und Conni bat die Freundinnen zum Aperitif nach draußen. Wuchtige Holzstühle mit roten Auflagen passend zur Tischdecke, die den Holztisch bedeckte, waren eine Augenweide. Dass dieses Haus in der Surkampstraße in Erle, das von außen eher bescheidene Spießigkeit ausstrahlte, über so ein feudales Innenleben verfügte und dem sich auch noch so ein Gartenparadies anschloss, vermutete niemand. Die Frauen hatten sich oft gefragt, wie Conni es schaffte, dieses Haus zu unterhalten und zu pflegen. Ihr Mann hatte sich vor einigen Jahren einer attraktiveren Frau zugewandt und das Weite gesucht. Der gemeinsame Sohn war erwachsen und aus beruflichen Gründen nach Süddeutschland gezogen. Conni selbst gab ihren Beruf als Arzthelferin auf und kümmerte sich nur noch um Haus und Garten. Von was genau sie lebte, blieb ihnen ein Rätsel. Einen reichen Liebhaber schlossen die Freundinnen aus, da Conni vom Äußeren her – sie hatte die gleiche Frisur wie Mireille Mathieu – nicht gerade ein Hingucker war. Doch kochen konnte sie. Es roch bereits verführerisch gut im ganzen Haus.

Inge rollte die aufwändig gestaltete Speisekarte auseinander und musste schlucken. Die Vorspeise ›Ochsenschwanzsuppe mit selbstgebackenem Brot‹, fand ja noch Anklang bei ihr, wogegen sich ihr bei der Hauptspeise ›Ziegenkeule in Altbiersoße‹ der Magen zusammenkrampfte. Inge liebte kleine Ziegen über alles. Bei der Vorstellung, eine solche hier und heute essen zu müssen, wurde ihr echt übel. Die Nachspeise, der Bratapfel, passte ihrer Meinung nach nicht in den Hochsommer, sondern eher in die kalte Weihnachtszeit.

Auch Susanne schüttelte den Kopf, als sie die Speisefolge las. »Ziege? Wie kamst du denn auf diese Idee? Hattest du nicht von was anderem gesprochen?«

Conni strahlte übers ganze Gesicht. »Überraschung! Na, die ist mir doch wohl gelungen, oder?«

»Wo hast du die Ziege her?«, wollte Inge wissen.

»Doch keine ganze Ziege, nur eine Keule. Hat mir mein Onkel aus Bottrop mitgebracht«, erklärte Conni stolz.

Barbara und ihr unschönes Ableben traten in den nächsten Stunden in Vergessenheit. Die Frauen waren mit Kochen, Essen, Genießen, Bewerten und Kritisieren beschäftigt. Die Ochsenschwanzsuppe war, O-Ton Inge, unappetitlich, würde übel riechen und käme bestimmt aus der Dose, was Conni heftig bestritt. Sie hätte sie schon gestern zubereitet, damit sie kräftig ziehen konnte. Das wäre bei so einer Suppe nicht nötig, meinte Susanne. Auch beim Brot zweifelten die Frauen die Selbstherstellung an.

Gläser wurden gegen Licht gehalten, ob sie auch sauber genug waren, die Tischdeko niedergemacht, zu pompös, kitschig und übertrieben. Mit der Ziege hatten die Frauen echte Probleme. Sie sahen ein kleines weißes Zicklein über die Wiese hüpfen und niedlich blöken. Die Altbiersoße würde nach Männerklo riechen und hätte nur Päckchenqualität, was Conni wütend dementierte. Das Püree wäre zu dünn und der Rotkohl viel zu grob geschnitten. Der Dessertwein käme im Abgang zu schwer daher, der Bratapfel für den Sommer zu mächtig, außerdem von minderwertiger Qualität. Inge ließ mas-

senhaft Frust heraus und goss sich neben dem Dessert-
trunk noch kräftig Sekt in den Hals. Das Thema Mord
wurde eisern verdrängt.

Ordentlich gepunktet hatte Conni auch nicht, was sie
noch wütender machte. Ihrer Meinung nach wussten die
Freundinnen dieses tolle Mahl überhaupt nicht zu wür-
digen. Perlen vor die Säue geworfen war das, fand sie.

So fiel der Abschied frostig aus. Die schwankende Inge
ließ ihren Wagen stehen und fuhr in Susannes Gefährt
mit.

Als sie den Wohnturm passierten, brach Inge plötzlich
in Tränen aus, schmiss sich Susanne, die abrupt bremsen
musste, an den Hals und verließ schleunigst deren Fahrzeug, um den Rest des Weges zu Fuß zurückzulegen.

Kopfschüttelnd schaute Susanne ihr nach. Sie wartete,
bis Inge in die dunkle Hofeinfahrt einbog, und schaute auf
die Uhr, die 23 Uhr anzeigte. Sie wendete ihren Wagen,
um Richtung Hassel zu fahren.

Susanne war wohl die Letzte, die Inge lebend gesehen
hatte. Wie vom Erdboden verschluckt blieb die Gute, seit
Susanne sie einige Meter vor ihrem Zuhause abgesetzt
hatte. Als sie morgens nicht zur Arbeit erschien, rief ihr
Chef bei ihrer Oma an, die im gleichen Hause wie Inge
wohnte. Die schaute gegen elf Uhr mit dem Zweitschlüssel
in der Wohnung der Enkelin nach und fand das Bett unbenutzt vor. Deshalb rief sie bei Susanne an. Susanne alar-
mierte Conni, und beide zusammen wenig später die Polizei. Dort wurden sie erst einmal abgewimmelt, nicht lange
genug fort wäre die Gute, als erwachsene Person, hätte
sich vielleicht abgesetzt. Erst als die Freundinnen von
dem Gläschen Rosensalz sprachen, welches sie draußen

auf der Küchenfensterbank fanden, schaltete der Beamte die Kripo ein.

Gegen 13 Uhr standen Conni und Susanne noch immer auf dem Hof vor dem Küchenfenster, die heulende Oma tröstend, und starrten das Rosensalzgläschen an.

»Du meinst, der Rosensalzmörder hat ein zweites Mal zugeschlagen? Doch wo ist Inge? Hat er sie mitgenommen? Vielleicht lebt sie ja noch, und er hält sie gefangen?« Susanne strich sich ihr Haar aus dem verschwitzten Gesicht und dachte nach.

»Oder es war ein ganz anderer? Ein Trittbrettfahrer. Oder Klaus steckt dahinter«, mutmaßte Conni.

»Falls es kein Trittbrettfahrer war, will der Mörder offensichtlich die Kochgruppe ausschalten, und eine von uns ist die Nächste.« Susanne riss die Augen weit auf. »Eigentlich müsste ich nach Hause. Mein Göttergatte ist nicht da, und mein Schwiegervater hat bestimmt schon Hunger.«

»Was ist wichtiger, der Mordfall oder dein klappriger Schwiegervater? Der wird schon nicht verhungern.« Conni schüttelte wütend ihr kurzes Haar.

»Wie lange wollen wir das Gläschen denn noch bewachen? Wann wollte die Kripo hier sein?« Immer wieder sah Susanne auf die Uhr.

Inges Oma hatte sich inzwischen jammernd ins Haus verzogen und den beiden das Versprechen abgenommen, sie sofort zu holen, wenn die Kripo käme.

Susanne zückte ihr Handy und tippte wild darauf herum.

»Wen rufst du an?«, wollte Conni wissen.

»Margareta natürlich. Dir ist doch wohl klar, dass Eile geboten ist, den Mörder zu finden. Oder willst du die Nächste sein?«

»Eine innere Stimme sagt mir, dass Inge noch lebt. Vielleicht hat sie sich mit Klaus abgesetzt?«

»So ein Unsinn. Wieso sollte sie das tun?«

Keine fünf Minuten später kam eine maulige Margareta auf den Hof. Sie zog ein Gesicht wie sieben Tage Regenwetter.

»Wenn Stefan mich hier sieht, ist es mit uns endgültig aus.« Sie ging zur Fensterbank und bestaunte das kleine Einmachgläschen mit dem Rosensalz. »Schon eigenartig. Sie hat mir den Hammer, mit dem Barbara erschlagen wurde, gegeben, und kurze Zeit später ist sie verschwunden? Wieso schon wieder eine Frau aus der Kochrunde? Da muss doch ein Zusammenhang bestehen.«

Susanne schluckte, konnte die Tränen kaum zurückhalten. »Du musst uns helfen, Margareta. Nicht, dass ich der Kripo nicht traue, doch die sind so was von lahmarschig. Was haben die denn bis jetzt vorzuweisen? Nichts!«

»Mit der Kochrunde, das hat sich wohl nun von selbst erledigt. Zu zweit werdet ihr doch wohl nicht weitermachen, oder?«

»Ach, wir hätten gestern gar nicht kochen sollen. Das war so blöd und taktlos Barbara gegenüber.« Conni lehnte sich an die Hauswand und verbarg ihr Gesicht in den Händen.

Heute Morgen noch felsenfest davon überzeugt, sich nicht in die Ermittlungen zu mischen, disponierte Margareta spontan um. Schöne, heiße Stefan-Nacht hin oder her. Die Frauen und ihr Leben bedeuteten ihr mehr. Letztendlich war der neue Wohnungsverwalter nicht schuldlos an ihrem spontanen Entschluss. Dieses Monster versetzte sie heute Morgen schon in Angst und Schrecken.

Okay, er konnte nichts für sein Aussehen. Dafür war der liebe Gott verantwortlich. Doch nicht nur, dass er mit seinem gitarrenförmigen Schädel äußerst gruselig aussah. Der liebe Gott schien außerdem vergessen zu haben, diesen Riesenkopf zu befüllen. Ehe er Margareta mitteilte, dass er gekommen war, um nach dem defekten Fensterladen zu sehen, dauerte es mindestens zehn Minuten und 50 gestammelte Urlaute. Margareta konnte den Blick nicht von ihm wenden. Sie wusste, dass es nur ein Klischee war und dass ein Mörder nie wie einer aussah, doch dieser Mann gäbe einen Supermörder ab. Jedenfalls vom Äußeren her. Auch solche Leute muss es geben, und auch diese müssen irgendwo arbeiten. Doch warum gerade als Wohnungsverwalter, fragte sie sich immer wieder, während er sie ununterbrochen anstarrte und dabei kräftig sabberte.

»Klar helfe ich euch. Sagt mal, kennt ihr eigentlich den neuen Verwalter?«

Beide Frauen starrten Margareta sensationslüstern an.

»Klar, wieso? Meinst du, der war der Mörder?«, wollte Susanne wissen.

»Nein, ich habe ihn doch heute erst kennengelernt. Aber mal ganz ehrlich. So wie den stellt man sich doch einen Rosensalzmörder vor, oder etwa nicht?«

Jetzt mussten die Frauen trotz ihrer Sorgen lachen und ihr zustimmen.

»Aber so was von«, meinte Conni. »Wir haben ihn letztens bei Inge gesehen, als er ihren Abfluss im Badezimmer reparierte.«

Wenn Margareta da an den Verwalter aus Kindertagen dachte. Eine Respektsperson im grauen Anzug. Er kam daher, nur um zu verwalten. Für alles andere hatte er seine Leute. Da war der Geldsäckel der Wohnungsbaugesellschaft noch gut gefüllt. Die Teppiche wurden dem Verwalter ausgerollt. Die Hausfrauen schmolzen dahin, wenn er seinem roten VW-Käfer entstieg. »Der Verwalter kommt«, hallte es durch die Siedlung und ließ die Hausfrauenherzen höher schlagen. Krampfhaft suchten die Frauen in ihrem Hirn nach Dingen, die sie den Verwalter fragen konnten, erfanden verstopfte Klos und undichte Fenster. Notfalls halfen sie selbst schnell nach, wenn der Wagen des Verwalters die Alleestraße entlang fuhr.

»Tasse Kaffee, Herr Verwalter? Einen Kurzen, Herr Verwalter? Stückchen Kuchen, Herr Verwalter?« Der lustmolchige Verwalter sagte nicht Nein, stopfte Kuchen in sich hinein, goss Kaffee nach und einen Klaren gleich hinterher. Dafür floskelte er die Weiber voll, bis sie rot wurden. Die Kerle waren ja nicht daheim, da brauchte er mit den schlüpfrigen Witzen aus seinem Verwalterrepertoire nicht sparsam umzugehen. Was für eine jämmerliche Gestalt war dagegen dieser Kerl, der aussah wie Godzillas Sohn?

Das Lachen sollte Margareta jedoch schnell vergehen, als Stefan auf den Hof fuhr. Keine Polizeibeamten als Vorhut, kein Kommissar Blauländer als Rädelsführer dabei. Stefan Kornblum ganz allein schwang sich aus seinem BMW. Wie ein Zuhälter seine Pferdchen ansah, betrachtete Stefan Margareta. Der Blick ließ das Blut in ihren Adern gefrieren.

Er beachtete sie ansonsten überhaupt nicht. Tat so, als wäre sie Luft. Hämisch lächelnd packte er das Rosensalzglas in einen Asservatenbeutel und schüttelte den Kopf.

»Das hat noch gar nichts zu bedeuten. Da wird sich jemand einen Scherz erlaubt haben. Einer mit ganz viel Zeit. Hat Frau Wienert vielleicht noch mal wegfahren sehen und das Glas dorthin gestellt.«

»Und wo ist Inge dann?«, wollte Susanne wissen.

»Wahrscheinlich da, wo ihr Freund ist«, meinte Stefan nur, stieg wieder in seinen Wagen und fuhr grußlos davon.

Margareta kochte vor Wut. Sie kam sich vorgeführt und wie der letzte Dreck behandelt vor. »Jetzt erst recht«, sagte sie laut zu den beiden Frauen. »Ich finde ihn, das verspreche ich euch. Den Mörder von Barbara und auch denjenigen, der Inge entführt hat. Ich gehe davon aus, dass es ein und dieselbe Person ist.«

Zur Krisensitzung nahm sie Susanne und Conni mit in ihre Wohnung. So konnte Stefan nicht mit ihr umgehen. Genau das Gegenteil von dem, was er wollte, hatte er nun erreicht. Margareta war voll dabei. Die Suche nach dem Mörder konnte beginnen.

8. KAPITEL

Als Margareta am Nachmittag des 29. Juli ihre Mutter besuchen wollte und gerade aus ihrem Auto stieg, bog Onkel Gernot um die Ecke. Seine dünnen behaarten Beine lugten aus einer altertümlichen kurzen Popelinhose hervor, dazu trug er ein ockergelbes Oberhemd. In der Hand schwang er seine nostalgische rote Lederimitat-Reisetasche und pfiff fröhlich vor sich hin, als er sie auf den Rücksitz seines Ventos stellte.

»Du verlässt endlich die Siedlung?«, fragte Margareta ihn. »Können wir heute tatsächlich deine Abreise feiern?«

»Das hättest du wohl gerne, du dummes Blag. Ich mache einen Ausflug. Heute Abend bin ich wieder da.« Marionettenartig kletterte er in seine Karre, startete sie und ließ den Motor aufheulen.

Margaretas Gedankenkarussell überschlug sich.

Reisetasche!

Ausflug!

Da stimmt doch was nicht. Wo wollte er mit der Tasche hin? Etwa zu Inge? Hielt er sie irgendwo gefangen? Das würde bedeuten, dass Inge noch lebte.

Gernot gab Gas und brauste die Alleestraße herunter. Margareta winkte ihrer verdutzten Mutter, die oben am Küchenfenster stand, kurz zu, schmiss sich in ihren Polo, startete hektisch und wendete mit quietschenden Reifen, um die Verfolgung aufzunehmen. Vergessen waren die Versprechungen, die sie heute Nacht Stefan zwischen heißen Küssen gegeben hatte. Sie hatte ihn nur aushorchen wollen, ihn bei Laune halten, als sie diese Verführungsaktion mit allem Pipapo abzog. Da musste man schon so manches Mittelchen einsetzen. Blauländer würde blöd schauen, wenn sie ihm den Mörder von Barbara und den Kidnapper von Inge präsentieren könnte. Was war die Kripo auch so ignorant. Hatte das Rosensalzgläschen überhaupt nicht zur Kenntnis genommen. »Tinnef«, hatte Stefan nur gesagt, nicht relevant. Für ihn war Inge mit ihrem per Haftbefehl gesuchten Freund Klaus untergetaucht. Basta! Nach dem fünften Glas Wein rückte er noch immer nicht mit den Ermittlungsergebnissen der SoKo

Fischer heraus. Vielleicht, weil es gar keine gab? Margareta hätte diese SoKo längst in ›SoKo Rosensalzmörder‹ umgenannt.

Einzig Sebastian verstand sie, hörte ihr stets aufmerksam zu, überlegte und schilderte ihr immer wieder seine Sichtweise. Er ging, genau wie Margareta, davon aus, dass es sich in beiden Fällen um ein und denselben Täter handelte, und sich beide Verbrechen gegen die Kochgruppe richteten.

Bei Gernot muss ich ansetzen, sagte sie sich fest entschlossen und nahm die Verfolgung des alten Ventos auf, der soeben den Wohnturm durchfuhr und geradeaus den Gartmannshof hinaufkroch. In ihm vermutete sie den Mörder und Entführer. Sie hoffte, dass er sie nicht bemerkte, hielt ihn jedoch für kleingeistig genug, sie überhaupt nicht wahrzunehmen. Wenn alles klappte, könnte Inge bald schon frei sein und Gernot hinter Gittern, frohlockte Margareta ziemlich voreilig.

Oben an der Cranger Straße angekommen, setzte der alte Mann den Blinker rechts und fuhr Richtung Buer, vorbei am Schloss Berger Park. Margareta ließ ein Auto dazwischen, bevor sie ebenfalls Richtung Buer einbog. Sie hatte sein altes Auto im Auge.

Ihr Blick richtete sich auf die Tankanzeige, und sie hoffte, dass sein Inge-Versteck nicht allzu weit entfernt lag. Würde eine Viertel Tankfüllung reichen?

Mit Tempo 30 hielt Gernot mit seiner Rostlaube den ganzen Verkehr auf. Es ging am geschäftigen Wochenmarkt vorbei weiter Richtung Hassel. Margareta fragte sich, was er wohl in seiner Monstertasche transportierte. Vielleicht Essen für Inge? Doch hätte Waltraud nicht merken müssen, was er da aus dem Haus trug? Sie überlegte, ob sie Waltraud nicht anrufen sollte, verwarf den Gedanken jedoch wieder. Sie musste an ihm dranbleiben, durfte ihn nicht verlieren.

Inzwischen durchfuhren sie den Stadtteil Hassel. Gernot chauffierte noch immer wie der erste Autofahrer und schien Margareta, die nun direkt hinter ihm war, überhaupt nicht zu bemerken.

Margareta malte sich aus, was er alles in seiner perversen Tasche mitführte. Vielleicht Kleidung für Inge, eine warme Decke, falls er sie in einem Kellerverlies gefangen hielt. Das Wichtigste war natürlich Nahrung. Doch wie sollte Gernot bloß so schnell an ein geeignetes Versteck gekommen sein? So etwas bedurfte einer gründlichen Planung. Dazu hatte er weder Zeit noch ausreichend Gehirnzellen in seinem Kopf. Und wieso mussten ausgerechnet zwei Frauen aus der Kochgruppe dran glauben? Dass er Wut auf Barbara hatte, konnte sie noch irgendwie nachvollziehen. Was hatte jedoch Inge damit zu tun? Wieso entführte er gerade Inge? Aus sexuellen Gründen? War er scharf auf sie gewesen?

Als hätte er einen Autopilot eingebaut, fuhr er immer geradeaus, Kilometer für Kilometer. Sie hatten bereits Polsum hinter sich gelassen und näherten sich Dorsten. Wo wollte er hin? Etwa zum Schloss Lembeck? Hielt er Inge dort in einem Kerker gefangen? Machte er gemeinsame Sache mit irgendeinem Schlossangestellten? Margareta merkte, dass ihre Fantasie langsam überschwappte.

Er befand sich noch immer auf der L 608 und näherte sich Wulfen. Scheinbar hatte er noch gar nicht bemerkt, dass es parallel zu der alten Straße eine Autobahn gab. Wenige Kilometer weiter befand sich Schloss Lembeck.

Was zum Teufel wollte er dort? Hatte er sich etwa bei einem Bauern einen alten Stall gemietet? Doch wozu das Ganze?

Nachdem er zuerst den Kanal und dann die Lippe überquerte, setzte er den Blinker rechts und fuhr in eine schmale Straße hinein, die in einen Wald führte. Margaretas Herz begann zu pochen. Jetzt musste er schon arg dämlich sein, sie noch immer nicht bemerkt zu haben, waren sie doch nun die einzigen Fahrzeuge in dieser Einöde.

Plötzlich stockte ihr der Atem. Sie hatte ihm einen Vorsprung von ungefähr 100 Metern gelassen. Nun hielt er an und parkte seinen Wagen unter ausladenden Lärchen. Margareta bremste und wartete ab.

Er stieg gut gelaunt aus dem Auto und entnahm ihm die Reisetasche. Fröhlich pfeifend trug er sie in den Wald hinein. Hier sollte er Inge gefangen halten? Schier unmöglich!

Margareta wurde von einem alten Golf überholt. Er reduzierte nun die Geschwindigkeit und parkte direkt hinter Gernots Wagen. Hatte Gernot etwa einen Komplizen? Auch dieser Mann stieg mit einer Tasche aus dem Wagen und verschwand in dem Wald. Gab es dort vielleicht einen privaten Puff, und die beiden komischen Typen wollten sich dort einfach nur austoben? Würden die so einen schrägen Opa wie Gernot überhaupt hineinlassen? Wenn er gut zahlte, ganz bestimmt. Doch war er dazu überhaupt in der Lage?

Etwa 50 Meter hinter den beiden geparkten Fahrzeugen hielt Margareta an und stellte ihren Wagen am Waldrand ab. Sie musste hinterher. Zum Glück hatte sie ihre Waffe eingesteckt. Klar, sie war seit einigen Monaten im Besitz einer alten Walther P7, die ihr Stefan auf ihr Drängen hin besorgt hatte. Sie musste ihm wieder und wieder versichern, damit keinen Unfug zu treiben. Bis auf ein paar Schießübungen in der Haltener Kiesgrube hatte sie dieses Teil niemals benutzt. Erst vor zwei Tagen war ihr wieder eingefallen, dass sie diese Waffe besaß.

Irgendwie war ihr der Wald unheimlich. Von den beiden Männern keine Spur. Einzelne Sonnenstrahlen funkelten gesiebt auf den Waldboden. Die Tiere des Waldes gaben urige Laute von sich, und Margareta hoffte, nicht auf ein Wildschwein zu treffen. Kein richtiger Wanderweg, sondern mehr ein Trampelpfad führte einen Hang hinauf. Die Knarre in ihrer Hosentasche gab Margareta Sicherheit. Ob sie im Fall einer ernsten Gefahr auch Gebrauch davon machen könnte? Gernot eiskalt abknallen, um Inge die Freiheit zu schenken? Weit und breit keine Spur von ihrem Onkel und auch nicht von dem anderen Mann. Sie meinte, Geräusche zu hören, die nichts mit den Waldtieren zu tun hatten, und schlug den Weg rechts ein. Ein noch schmalerer Trampelpfad. Die Großstadtpflanze Margareta fühlte sich hier in der Natur in dem einsamen Wald mehr als unwohl und umklammerte mit der rechten Hand umso fester die Knarre.

Plötzlich hielt sie inne.

Was war das für ein Geräusch? Sie kroch die Böschung hinauf. Kaum oben angekommen, löste der dunkle Wald sich quasi in nichts auf. Ihr Blick fiel auf riesige Wiesen, die bis zur Lippe führten. Sie sah sich immer wieder ängstlich um. Gernot musste sich hier verdammt gut auskennen. Sie erinnerte sich, dass er früher, als er noch in der Siedlung wohnte, immer Radtouren zur Lippe gemacht hatte. Und dann sah sie ihn. Er stand mitten in den Lippeauen, fast direkt am Flussufer und kramte in seiner Tasche herum. Hier hielt er Inge bestimmt nicht versteckt, musste Margareta sich enttäuscht eingestehen.

Einige Meter weiter packte der andere Mann seine Utensilien aus. Er wollte, genau wie Gernot, angeln. Obwohl sie noch ungefähr 50 Meter von ihrem Onkel entfernt war, konnte sie erkennen, dass er die alte rote Angel ihres Vaters – ein Weihnachtsgeschenk von ihr und extrem klein zusammenschiebbar – aus der Tasche holte.

Voller Wut ging sie auf ihn zu. Der Kerl machte aber auch vor nichts halt. Die Hand schloss sich immer noch fest um die P7 in ihrer Hosentasche und begann zu kribbeln. Abknallen, ich sollte ihn einfach abknallen, sagte sie sich mehr als einmal.

Der alte Gernot drehte sich um und grinste. »Na, bist du mir gefolgt? Was hast du erwartet, hier zu finden? Habe schon von deinen waghalsigen Ermittlungsmethoden gehört. Hast du gedacht, ich führe dich zum Versteck von Inge Wienert? Der böse Onkel Gernot hat die arme Frau entführt, nachdem er ihre Freundin Barbara ermordet hat? Oh, der gruselige Rosensalzmörder! Ich muss dich enttäuschen, Mädchen, ich will hier nur angeln.«

»Mit der Angel meines Vaters.«

»Ob sie im Keller vergammelt oder ob ich sie benutze? Dein Vater braucht sie ja nun nicht mehr.«

»Du hast unseren Keller durchsucht? Was nimmst du dir raus? Hast du überhaupt einen Fischereischein? Und einen Erlaubnisschein? So viel ich weiß, darf man hier nur angeln, wenn man einem Verein angehört. Für dich gelten andere Gesetze, was?«

»Verschwinde endlich. Fahr nach Hause! Du vertreibst mir nur die Fische mit deiner Biestigkeit.«

Margaretas rechter Arm begann zu zittern. Die Hand

umschloss noch immer die Pistole, und die innere Stimme flüsterte ihr zu, ihn hier und jetzt abzuknallen und in die Lippe zu werfen. Zum Glück meldete sich ihr Verstand rechtzeitig. Sie drehte sich um und trat den Rückweg an. Nach einigen Metern drehte sie sich noch einmal um. »Ich werde bei der Polizei anrufen und dich wegen Fischwilderei anzeigen.«

»Ja, mach das, Margareta!«, rief er ihr hinterher und richtete seelenruhig die Angel aus.

Sie hatte ihn unterschätzt. So blöd, wie sie dachte, war er nicht. Völlig aufgebracht, mit herunterlaufenden Tränen, trat sie die Rückfahrt an.

Sebastian konnte sich das Lachen kaum verkneifen, als sie ungefähr eine Stunde später mit tränenverschmiertem Gesicht an seinem Küchentisch saß, den Blick aus dem Fenster auf die Siedlung gerichtet.

»Das hätte ich dir vorher sagen können, dass der Mönnich Inge nicht entführt hat. Wie du ihn geschildert hast, ist der doch viel zu dämlich«, kam es arrogant aus seinem mit Dunkelbier verschmiertem Mund.

»Ach nee, du kennst ihn überhaupt nicht und gibst hier Prognosen ab.« Margareta schüttelte verständnislos den Kopf. Überhaupt kam ihr Sebastian heute irgendwie völlig durch den Wind vor. So hämisch hatte er noch nie gelacht.

»Mir auch, ehrlich gesagt, echt egal, was dein blöder Onkel so treibt. Ob er Dildos oder eine geklaute Angel in seiner Tasche rumschleppt.«

Margareta erkannte ihren Freund nicht wieder. »Was ist dir denn über die Leber gelaufen? Ärger mit Mutti? Musstest du wieder irgendwelche Küchengeräte reinigen oder vielleicht Lakritzbärchen abzählen?« Ganz langsam zog sie ihre Pistole aus der Hosentasche und richtete sie spaßeshalber auf seinen Kopf.

»Hey, lass das. Damit macht man keinen Scherz. Woher hast du die Wumme überhaupt?«

»Das ist kein Spaß. Was ist, wenn ich dir eine Kugel in den Kopf jage?«

»Dann bist du mich los. Musst mich nicht mehr ertragen, wenn ich schlechte Laune habe.«

»Ich gehe jetzt besser.« Margareta steckte die Waffe wieder in ihre geräumige Hosentasche und stand vom Tisch auf.

»Vielleicht hast du morgen bessere Laune.« Ihr fielen seine rot umränderten Augenlider auf. Nahm er etwa irgendwelche Drogen?

Sebastian zuckte nur mit den Schultern und schaute sie aus traurigen Augen an. »Kann schon sein! Wenn mein Alter sich dann beruhigt hat.«

»Was will der alte Oberlehrer von dir? Hast du ihn getroffen?« Neugierig geworden, setzte sich Margareta wieder an den Küchentisch.

»Ich war gestern bei ihm. Meine Mutter hat finanzielle Probleme. Eine dicke Steuernachzahlung ist ihr ins Haus geflattert, vielmehr in ihre kleine Verkaufsbude. Und da dachte ich mir, soll der Alte doch mal was locker machen. Hat sie flach gelegt, ihr ein Kind angedreht und sich kaum gekümmert. Kann doch auch mal was tun, dieser feine Herr Studienrat.«

»Lass mich raten, er hat natürlich nichts rausgerückt.« Tränen liefen Sebastian über seine Wangen. Laut schluchzte er auf. »Das ist so ein Schwein. Beschimpft hat er mich, dass nicht mehr aus mir geworden ist. Promovieren hätte ich sollen. Nur wer promoviert hat, zählt im Leben, meinte er. Allein schon sein protziges Klingelschild ›Dr. Hans-Horst Jochum‹. Und die stinkige Bude. Im Bademantel saß er da, unrasiert, mit seinen langen Locken, die ihm bis im Gesicht hingen. Jede Menge Ölgemälde an den Wänden, Skulpturen in jeder Ecke, feine Möbel, dicke Teppiche. Mir will es nicht in den Kopf, dass er ihr nicht sofort helfen wollte. Muss er sich überlegen, hat er gesagt. Vorhin rief er an und legte gleich wieder los, wieso ich arbeitslos wäre. Dann sagte er noch, meine Mutter soll selber kommen. So ein Charakterschwein. Auf die Knie soll sie vor ihm gehen. Das würde ihm gefallen. Kein Wunder, dass er keine Frau an seiner Seite hat. Wer würde es mit dem schon aushalten? Das musst du dir mal vorstellen. Steigt mit der Schulputzfrau ins Bett, der promovierte Heini. Tollen Vater habe ich.«

»Beruhige dich doch, Basti! Das war aber auch eine Schnapsidee, den anpumpen zu wollen. Vater hin oder her. Deinen Doktor kannst du außerdem immer noch machen.«

Sebastian riss seine Augen weit auf. »Sag mal, du hörst mir wohl nicht zu. Wieso sollte ich meinen Doktor machen? Und worin?«

»Schon gut, ich meine ja nur. Ewig hier nur abhängen, kann allerdings auch nicht die Lösung sein.«

»Ich hasse fromme Sprüche!«

»Soll ich ihn um die Ecke bringen?« Wieder fuchtelte Margareta mit der Waffe herum, hielt sie sich an die Schläfe und bot eine bühnenreife Selbstmordszene. Gekonnt ließ sie sich auf den Boden fallen.

»Keine schlechte Idee, diesen blöden Doktor um die

Ecke zu bringen.« Sebastians Augen begannen zu leuchten. »Leihst du mir das Ding mal aus?«

»Das wüsste ich aber«, erwiderte Margareta lachend, steckte die Waffe ein, gab Sebastian einen Kuss auf die Wange und verließ seine Wohnung. »Kommen auch bessere Zeiten.«

Das war aber auch ein Kreuz mit seinem Vater, dachte Margareta. Nie groß gekümmert hatte der Herr Studienrat sich um seinen Sohn, den er später sogar in Mathe und Deutsch unterrichtet hatte. Okay, gezahlt hatte er, doch ansonsten hatte er sich rar gemacht. Gelegentlich hatte er seinen Jungen zu sich eingeladen, um ihm einen schönen Nachmittag zu machen. Doch die Vorstellungen von einem schönen Nachmittag drifteten arg auseinander. Basti dachte an Kahn fahren, Eis essen und beschenkt werden. Herr Studienrat hingegen gab ihm bei Kakao und Kuchen Nachhilfe, die er weder nötig hatte noch wollte. Noch nicht einmal ein Zweimarkstück steckte er ihm zu, damit er sich hätte etwas kaufen können. Margareta konnte aber auch seine Mutter Hannelore nicht verstehen. Die Krügers waren nicht gerade angesehene Leute gewesen, wusste sie von Waltraud. Man rümpfte die Nase über die Familie, die die Faulheit gepachtet zu haben schien. Tochter Hannelore schlug sich nach der Schule, die sie ohne Abschluss verließ, mit Gelegenheitsarbeiten durch, da sich niemand fand, der sie als Auszubildende einstellen wollte. Gut sah sie ja aus, und die Jungen der Siedlung tobten sich ordentlich mit ihr aus. So war ihr Ruf schnell ruiniert. Irgendwann lernte sie so einen unscheinbaren Teufel kennen, der bei der Stadtverwaltung beschäftigt war und ihr den Putzfrauenjob an der Grundschule an der Neustraße besorgte. Anstatt sich nur aufs Putzen zu konzentrieren, immerhin wurde der Job gut bezahlt, verdrehte sie diesem staubtrockenen Lehrer den Kopf, zerrte ihn in den Kartenraum der Schule, um ihm zu zeigen, was so ein durchtriebenes Arbeiterkind so alles drauf hatte. Zwischen Landkarten von China bis Russland und mächtigen Kartenständern erfuhr Herr Doktor, dass es noch schönere Dinge gab als mathematische Formeln und den Satz des Pythagoras, denn die gestammelten Sätze der scharfen Hannelore ließen ihm Hören und Sehen vergehen. Irgendwann war Hannelore schwanger. Herr Studienrat flehte sie an, es nicht an die große Glocke zu hängen, er würde auch mehr als üblich zahlen. Sie zu ehelichen, gedachte der feine Herr nicht. Was Hannelore danach an Männern kennenlernte, war völlig ungeeignet, Sebastian ein guter Vater zu sein. Geistig minderbemittelte Kerle, faul und hässlich, die auch noch dem Alkohol zusprachen, waren ebenso darunter, wie nicht abzunabelnde Muttersöhne und körperlich Versehrte. In Hubert fand sie einen liebenden, treuen Mann einfacher Art und Herkunft, doch wenig später hängte er sich auf. Keiner wusste genau, wieso und warum.

9. KAPITEL

Inge fror. Sie war total benommen, wie betrunken. Sie öffnete die Augen. Alles dunkel in dem Raum. Sie wollte die Augen wieder schließen und weiterschlafen, später aufwachen, und alles war wieder gut. Sie würde in ihrem Bett in ihrem gemütlichen Schlafzimmer erwachen. Doch sie wusste, dass das nicht der Fall sein würde.

Ein modriger, feuchter Geruch stieg ihr in die Nase. Absolute Stille umgab sie. Nicht das kleinste Geräusch war zu hören. Diese Stille versetzte sie in Panik.

Wo bin ich? Jedenfalls nicht in meinem Bett, wurde ihr klar.

Ihre Angst wurde stärker. Sie nahm einen stechenden Schmerz an ihrem Hinterkopf wahr, schaffte es jedoch nicht, ihren Arm zum Kopf zu führen.

Langsam kam sie zu sich und versuchte, sich zu bewegen, was ihr wegen der Enge unmöglich war.

Lebte Barbara etwa auch noch und war hier irgendwo in der Nähe?

Inge versuchte, sich aufzurichten, doch die Raumnot machte ihr Vorhaben unmöglich. Dann dieser entsetzliche Gestank. Mit letzter Kraft stemmte sie sich hoch, stieß jedoch mit dem Kopf gegen etwas Hartes. Die Arme ließen sich kaum bewegen, fühlten sich eingeklemmt an. Sie musste in einer Kiste stecken, realisierte sie nach einiger Zeit. Vielleicht hatte die Kiste einen Deckel, und dieser ließ sich öffnen. Wieder und wieder versuchte sie, die Arme nach oben zu strecken. Wieso hatte man sie hier eingesperrt?

Das Letzte, woran sie sich nun plötzlich erinnern konnte, war ein kräftiger Schlag gegen ihren Hinterkopf, der sie jedoch nicht zusammensacken ließ. Als sie sich umdrehen wollte, spürte sie starke Arme, die sich von hinten um sie legten und mit sich zogen. Wie unlogisch, dachte Inge. Wieso schlug er nicht ein weiteres Mal zu? Stattdessen schleppte er sie hierher. Hatte der Täter seinen Plan plötzlich geändert?

Der Untergrund der Kiste war hart. Zum Glück, stellte Inge fest. Sie hatte letztens einen Psychothriller gelesen, da wurde eine Frau in einem Sarg wach. Unter ihr lag eine verweste Leiche. Da hatte sie doch noch mal richtig Glück im Unglück, dachte sie den makaberen Gedanken zu Ende. Sie lag nur in einer Kiste, ohne Leiche unter sich.

Ich muss hier raus!

Noch lebe ich!

Es ist noch nicht zu spät!

Oder etwa doch?

Langsam kam Panik in ihr hoch. Schön und gut, keine Leiche, auf der sie lag. Trotzdem war sie in einer Kiste eingesperrt. Wie lange würde die Luft reichen? Wann tauchte der Entführer wieder auf? Was hatte er mit ihr vor?

Vielleicht war alles nur ein böser Traum? Sie versuchte, zu schreien, doch kein Laut verließ ihre Kehle. Mit aller Kraft stemmte sie sich gegen den Deckel. Ich muss dieser Enge entkommen, sagte sie sich immer wieder.

Wie lange würde die Luft zum Atmen reichen? Mit den Händen, in die langsam Leben kam, tastete sie die obere Kante der Kiste ab und stellte fest, dass sie einen Spalt breit offen war. Das bedeutete, dass sie entkommen konnte. Ihr Herz setzte vor Freude einige Schläge aus. Doch zu früh gefreut. Der Deckel ließ sich nicht nach oben drücken.

Er sperrte. Nur einen winzigen Spalt stand er offen, wohl um ihr Luft zum Überleben zu lassen.

Erschöpft ließ sie sich zurücksinken. Sie räusperte sich mehrmals, und es gelang ihr sogar trotz des trockenen Mundes, einige Laute hervorzubringen.

»Barbara … Barbara wo bist du?«, krächzte sie heiser und kaum verständlich.

Die Hoffnung, dass Barbara sich vielleicht in einer ähnlichen Kiste ganz in ihrer Nähe befand beflügelte sie für einen Augenblick. Doch schnell holte die Realität sie wieder ein. Barbara war tot. Sie selbst hatte ihre Leiche unter dem Turm liegen sehen. Der Täter muss ihr etwas gespritzt haben, was ihre Sinne vernebelte.

Sie musste an den gestrigen Abend denken. An die Kochaktion bei Conni. Oder war es vielleicht schon länger als einen Tag her? Befand sie sich möglicherweise schon längere Zeit in dieser Kiste?

Das kleine Zicklein fiel ihr ein. Sie sah es über eine Wiese hüpfen und blöken. Wie kann man nur so ein niedliches Tier essen? Waren es vielleicht irgendwelche Tierschützer, die sie dafür bestrafen wollten? Sollte ich jemals heil hier raus kommen, werde ich zur Vegetarierin, schwor Inge sich. Kein Fleisch mehr, egal von welchem Tier! Nie wieder!

10. KAPITEL

Helmut Blauländer hasste seinen Job. Es kam nicht oft vor, doch heute war so ein Tag, an dem er jeden anwesenden Kollegen im Raum am liebsten gegen die Wand geklatscht hätte. Allen voran Stefan Kornblum, der das Grinsen wieder gepachtet zu haben schien. Dabei war das Wetter herrlich, ein wolkenloser Himmel, strahlender Sonnenschein. Anni zickte nicht herum, seine Schwiegermutter war gesund, was wollte er mehr? Da hatte er schon ganz andere Zeiten hinter sich. Oft Wochen an einem Stück quälten Krankheiten die alte Schwiegermutter, und seine Anni weinte sich die Augen aus. Teilweise war seine Frau wie gelähmt, sodass *er* die alte Dame waschen, ihr das fettige Haar kämmen, ihr den faltigen Rücken mit Franzbranntwein einreiben und sogar ihr Monstergebiss reinigen musste. Aber hallo!

Helmut richtete seinen Blick auf das rote Oberhemd von Stefan Kornblum. Adrett sah er aus. Bügelte die Sommerfeld ihm die Hemden, oder erledigte er das selbst? Seine Hemden waren zwar ebenfalls korrekt gebügelt, jedoch waren sie alt, unmodern und an den Kragenecken abgestoßen. Geiz und seine immense Konfektionsgröße hinderten ihn daran, sich mal ein paar neue Teile zu gönnen. Er blickte in die müden unmotivierten Gesichter der SoKo Rosensalz, die es nun seit gestern offiziell gab. Vage Vermutungen ließen ihn davon ausgehen, dass der Mord an Barbara Fischer und das Verschwinden von Inge Wienert zusammenhingen. Und trotzdem kamen sie keinen

Schritt voran. War der Mörder der Fischer wirklich ein Gegner dieser kochenden Weiber gewesen, und hatte er die Wienert auch gleich verschwinden lassen? Lebte sie noch oder lag sie inzwischen tot auf irgendeinem Acker? Was hatte dieses verdammte Rosensalz damit zu tun? Bei seiner Anni im Schrank stand auch ein Gläschen dieses feinen Gewürzes. Allerdings nicht so hübsch anzusehen wie diese beiden Einmachgläschen, die man gefunden hatte. Anni nahm es für Fleisch und war begeistert davon.

Vielleicht war die Wienert ja auch mit ihrem Freund Klaus auf und davon. Doch an die Theorie, dass der Kerl, nur weil er den Hammer gefunden hatte, gleich der Mörder der Fischer sei, konnte er nicht so recht glauben. Kornblum wollte ihm seine Version immer wieder überzeugend klarlegen. Dann war da noch dieser dämliche Onkel der Sommerfeld, der gefürchtete Gernot Mönnich. Ein Scheusal, wie es im Buche stand. Wie ein Häufchen Elend hatte er ihm gegenüber gesessen und fast geheult. Zwei Taubenväter aus der Siedlung hätten ihm bereits gedroht, ihn auf dem Lindrathplatz an der großen Kastanie aufzuhängen. Wie im Wilden Westen, hatte Blauländer nur gedacht. Mönnichs Aussage nach war seine Nichte, die tolle Sommerfeld, eine Schlampe, die ihm nur Böses wollte. Gern hätte er sich selbst mal mit Margareta unterhalten, was sicherlich sehr aufschlussreich gewesen wäre. Doch das würde Kornblum zu verhindern wissen. Kein Wort kam über seine Lippen, was Margareta betraf. Er machte ein großes Geheimnis um alles, was mit seiner Freundin zu tun hatte. Dass Margareta ihren Onkel niedergestreckt hatte, erfuhr er von einer redseligen Nachbarin. Es hatte ihn zum Schmunzeln gebracht. Das Einzige, was Kornblum ihm erzählte, war, dass die beiden anderen Frauen der Kochgruppe das große Zittern bekommen hätten und Margareta die Bude einrennen würden, sie möge ihnen doch helfen. Waren diese Conni Schulz und ihre Freundin Susanne Zielinski wirklich in Gefahr? Er konnte nicht so recht daran glauben.

Der kleingeistige Robert Fischer, der Witwer der ermordeten Barbara, kam für ihn viel eher als Mörder infrage. Mit diesem grausamen Kleinhirn hatte er sich schon zwei Mal abplagen müssen. Keine Spur von Trauer war bei ihm zu spüren. Es schien, als wäre er froh, seine Frau los zu sein. Ein Verhältnis mit seiner Nachbarin sollte er haben, wussten die Nachbarn zu berichten. Doch dazu äußerte er nicht viel. Außer »Na und, ich kann bumsen, wen ich will«, kam da kein weiterer Kommentar. Uli Zielinski, der Ehemann von Susanne Zielinski, kam Helmut Blauländer ebenfalls verdächtig vor. Irgendetwas störte ihn an den überfreundlichen Aussagen des Frührentners. Der hatte was zu verbergen, war er sich ganz schnell sicher.

Plötzlich gab es Streit, verbale Pfeile wurden durch den dunklen Vernehmungsraum im Dachgeschoss des KK11 im Buerschen Präsidium hin und her geschossen. Seine Kollegen schmissen sich Beleidigungen vom Allerfeinsten an den Kopf, bezichtigten sich gegenseitig der Inkompetenz, was die Herangehensweise an den Fall betraf. Wie im Kindergarten kam er sich vor. Kornblum wollte so schlau sein, wollte sein Nachfolger werden und benahm sich wie ein dummes Blag, dachte er kopfschüttelnd und schlug mit der Faust auf den Tisch. Anschließend zog er seine Börse aus der Hosentasche, warf schweren Herzens einen 20er auf den Tisch und befahl Jenny Gehrke, der Jüngsten in der Runde, für alle

Eis zu holen. Eifrig wurde ein Zettel vom Block gerissen und notiert, welche Sorten jeder Kollege gerne hätte. Und schon rannte sie los. Die vielen Treppen hinunter, hinaus auf die Straße, vorbei am IHK-Gebäude, hinüber zum ehemaligen Finanzamt, die schmale Straße entlang, die direkt in die City führte, wo sich das Eiscafé Botticelli befand. Wenn sie doch nur bei der Arbeit so eine Energie an den Tag legen würde, dachte Blauländer, während er die junge Kollegin aus dem Fenster beobachtete. Wie hysterisch wirkte ihr Gang. Ein Stechschritt vom Allerfeinsten trieb sie voran. Wahrscheinlich war ihr Hirn von den tollen Eissorten, die sie gleich vorfinden würde, bereits völlig vernebelt: Pistacio, Batida de Coco, Champagnertrüffel, Nutellata, Aftereight, Copa de Lago und Zimtparfait wurden heute angeboten. In seiner Kindheit gab es beim Eismann an der Ecke, der täglich mit seinem Opel Admiral vorgefahren kam, Eissorten wie Vanille, Nuss, Erdbeer und Banane, die Kugel zu 10 Pfennig, direkt aus dem Kofferraum.

Während wenig später alle zufrieden ihr Eis verzehrten, teilte Blauländer die Kollegen für den heutigen Tag ein. Brummig stimmten sie Eis schleckend notgedrungen zu. Mit Speck fängt man Mäuse, dachte der gute Helmut und grinste in sich hinein. Kornblum und er würden an der Beerdigung der Fischer teilnehmen, zwei weitere Kollegen wurden auf Gernot Mönnich und Uli Zielinski angesetzt. Anschließend sollten sie sich noch einmal den Entführungsort der Wienert ansehen. Ein wenig ums alte Haus schleichen und falls möglich, die Nachbarn und diesen komischen Kauz von Verwalter noch einmal befragen.

»Sagen Sie mal, Kornblum, dieses dünne Männchen, das da bei Ihnen im Haus wohnt und gut mit Ihrer Margareta befreundet ist, was ist eigentlich mit dem? Krüger, Sebastian Krüger, heißt der doch, oder? Gut, allein vom Äußeren kann man nicht darauf schließen, dass er Dreck am Stecken hat, doch er wirkt irgendwie wie ein Psychopath. Ist der astrein?« Blauländer hielt Kornblum zurück, als alle anderen die beendete Morgensitzung verließen.

Schulterzuckend blieb Stefan in der Tür stehen. »Ich frage mich manchmal auch, ob alles mit dem stimmt. Dauernd hängt er mit Margareta zusammen, bekocht sie, will einfach ihr guter Freund sein. Seine Frau hat ihn verlassen. Außerdem hat er seine Arbeit verloren. Jemanden umzubringen, dafür halte ich ihn jedoch für zu naiv. Außerdem hat der doch überhaupt kein Motiv.«

»Das weiß man bei solchen Typen nie, wie die ticken«, meinte Blauländer kopfschüttelnd.

Dieses Salz, woher hatte der Mörder bloß dieses Salz, fragte sich Blauländer. Die beiden gefundenen Gläschen, die aussahen wie kleine Einmachgläser, stammten aus Bad Sassendorf, wie unschwer am Etikett, das die Anschrift der Kurverwaltung trug, zu erkennen war. Wer hatte diese Gläser von dort mitgebracht? Oder hatte sich jemand diese Mitbringsel schicken lassen? Er nahm sich vor, gleich dort in der Kurverwaltung anzurufen. Vielleicht hatte sich der Mörder einen ganzen Vorrat davon mitgenommen. Wollte er ein Zeichen setzen? Eine Frau aus einer Kochgruppe wurde ermordet, eine weitere entführt, zurück blieb jeweils ein Gläschen Rosensalz. Waren die beiden anderen Frauen tatsächlich in Gefahr? Wie gern würde er sich mit Margareta darüber unterhalten. Mit der netten aufgeschlossenen Margareta, mit der er sich damals, als die beiden Morde auf dem Zechengelände passierten, oft auf der Caféterrasse von Schloss Berge traf. Bei dem letzten Fall, als ihre Mutter entführt wurde, entwickelte sie sich, wieso auch immer, zu einer echten Kratzbürste. Hatte ihr Onkel, der aus dem Mund penetrant nach Fleischwurst roch, tatsächlich recht, was seine Nichte betraf? Wieso kreuzte dieser Kerl nach so vielen Jahren hier wieder auf und machte die Frauen der Siedlung allesamt nervös? Vielleicht sollten diese alten Taubenväter die Sache unter sich ausmachen und ihn an der Kastanie auf diesem Platz, wie immer er noch gleich hieß, aufhängen. Das würde dem Steuerzahler viel Geld sparen. Kaum zu Ende gedacht, schalt sich Blauländer wegen seiner bösen Gedanken. Dachte so ein Erster Hauptkommissar?

11. KAPITEL

Margareta wollte sich gerade auf die andere Bettseite drehen in der Gewissheit, dass es heute der letzte Tag war, an dem kein Wecker klingelte und sie zur Arbeit musste. Sie hörte Stefan mit einem Stechschritt fluchend durchs Schlafzimmer hetzen, Schubladen und Schranktüren aufreißen, Kleiderbügel hin und her schieben. An seinem Nachtschränkchen blieb er stehen und stöhnte, nachdem er die Schublade bis zum Anschlag aufgezogen hatte.

»Sag mal, hast du einen Knall?« Er schnaufte wütend und wartete auf Margaretas Antwort.

Oh nein, dachte sie und zog sich die Bettdecke bis an den Hals. Die Waffe. Sie wollte sie gestern wieder in ihr Versteck deponieren, doch klingelte es plötzlich an der Tür, und mangels Zeit zog sie Stefans Sockenschublade auf und stopfte sie zwischen seine peinlich geordneten Strümpfe. Natürlich hatte sie vor, sie wenig später dort wieder herauszuholen. Nach dem aufregenden Besuch von Conni und Susanne hatte sie es jedoch ganz einfach vergessen.

»Margareta? Was macht die Waffe in meiner Schublade?«

Deine? Nichts gehört dir hier, wollte sie ihm an den Kopf werfen, entschied sich dann aber doch für Frieden.

»Es klingelte an der Tür, gerade als ich sie in das abschließbare Fach legen wollte. Später habe ich es vergessen«, gab sie kleinlaut von sich.

»Wieso hast du sie überhaupt herausgeholt? Was hattest du vor?« Neugierig und schon viel weniger wütend setzte er sich auf ihre Bettkante.

»Sie gab mir Sicherheit!«

»Wobei?«

»Ich bin Gernot hinterhergefahren, als er mit einer Reisetasche davonfuhr. Ich dachte, er würde mich zu Inges Versteck führen.«

»Wie kommst du darauf, dass der alte Kerl die Wienert entführt hat? Das kann ich mir beim besten Willen nicht vorstellen. Ausgeschlossen!«

»Habe ich dann auch gemerkt.«

»Du hattest also vor, ihn zu stellen und gleich vor Ort zu erschießen, oder wie?«

»Natürlich nicht. Wie schon gesagt, die Waffe gab mir Sicherheit. Ich wusste ja nicht, wohin er wollte.«

»Und wo wollte er hin?«

»Angeln.«

»Angeln?«

»Ja, er fuhr nach Dorsten zur Lippe, um zu angeln. Mit der Angel meines Vater.«

Schmunzelnd stand Stefan von der Bettkante auf, strich ihr liebevoll übers Haar und steuerte auf die Tür zu. »Das hätte ich dir vorher sagen können, dass die Fahrt vergebens war. Pass ein bisschen besser auf die Waffe auf. Ich kriege Ärger, wenn man dich damit erwischt.«

Margareta war überrascht, dass er gar nicht mehr wütend zu sein schien. Sie setzte ihr zauberhaftes Abschiedslächeln auf. »Du erzählst mir ja nichts«, beklagte sie sich.

»Und deshalb spielst du wieder Miss Marple? Weißt du was? Ich glaube, es ist ganz gut, dass du morgen wieder zur Arbeit gehst.«

»Ja, und du fliegst nach Malle und kannst es wahrscheinlich schon gar nicht mehr abwarten.«

»Nicht bevor der Fall abgeschlossen ist.« Und schon war er zur Tür hinaus, ohne Abschiedskuss.

Sie wusste nicht, ob sie sich darüber freuen sollte oder nicht, dass er vorerst nicht seinen Urlaub antreten würde. Trotzdem fragte sie sich, was das für eine Art Partnerschaft war, in der sie lebten. Sie kam sich vor wie eine Pensionswirtin. Keinen Finger krümmte der Herr Kommissar im Haushalt, ließ sich bedienen. Als Gegenleistung gab es gelegentlich Sex. Miete und Haushaltsgeld überwies er ihr jeden Ersten des Monats anteilsmäßig, auf den Cent genau. Wie armselig. Sie hatte sich das Zusammenleben mit ihm ganz anders vorgestellt. Unterstützend zur Seite wollte sie ihm stehen, was seine Polizeiarbeit betraf. Über den Fall hatte er noch immer nichts berichtet. Kein Sterbenswörtchen, was auf der letzten SoKo-Rosensalz-Sitzung besprochen wurde, kam über seine Lippen. Da war der muffelige Blauländer redseliger. Schade, dass ihrer beider Kontakt auf Eis lag. Ob sie ihn mal anrufen sollte? Sie sprang aus dem Bett und eilte ins Bad. Den letzten Urlaubstag wollte sie nicht sinnlos verplempern, nachdem sie sich gestern schon etliche Stunden das Gejammer der beiden Frauen hatte anhören müssen. Conni und Susanne waren verschreckt und verängstigt, trauten sich kaum mehr auf die Straße, weil sie Angst hatten, eine von ihnen könnte die Nächste sein, die der Rosensalzmörder sich holte. Margaretas Idee, ein Kochen zu veranstalten, was sie ganz groß ankündigen würden, um den Mörder anzulocken, verschreckte sie noch mehr. Sie erklärte sich sogar bereit, diese Aktion bei sich stattfinden zu lassen. Das musste doch den Mörder auf den Plan holen. Den könnte sie dann sofort dingfest machen. Conni und Susanne waren wenig begeistert, schüttelten total in Panik verneinend die Köpfe. Jammern auf höchstem Niveau und nichts tun wollen. Das ganze Leben war schließlich ein einziges Risiko.

Susanne hatte Streuselkuchen mitgebracht und Conni eine Flasche Sekt, die sie zum Kaffee getrunken haben. Nicht nur Margareta, auch die beiden Frauen waren angeblich nicht untätig gewesen, was die Mordermittlungen betrafen. Conni war mehrmals an dem Kiosk gewesen, der Sebastians Mutter gehörte, und hatte sich dort umgehört. Völlig erregt berichtete sie den beiden anderen, was für kuriose Typen sie dort getroffen hatte. Vor lauter Aufregung krallte sie sich in Margaretas Unterarm fest. Ihre Fingernägel hinterließen mondsichelartige tiefe

Einkerbungen, die Margareta fassungslos bestaunte. Dann war sie mehrmals ums Haus, in dem Margaretas Mutter wohnte, geschlichen, in der Hoffnung, ihren Onkel Gernot zu treffen. Einmal hatte er das Haus erst gegen 21 Uhr verlassen und war Richtung Friedhof geschlichen. Aus Angst hatte sie ihn jedoch nicht verfolgt. Muss ich abchecken, was der Kerl dort treibt, nahm Margareta sich vor. Susanne hatte sich ebenfalls den Friedhof vorgenommen und einen ganzen Tag lang das frische Grab ihrer Freundin Barbara beobachtet. Doch auch dieses ohne Erfolg. Einerseits gaben sie vor, sich kaum mehr auf die Straße zu trauen, und dann trieben sie sich auf dem dunklen Friedhof herum. Das muss man nicht verstehen, dachte Margareta.

Sie selbst erzählte von ihrem Besuch bei Barbaras Ehemann Robert, der gar nicht begeistert war, sie zu sehen. Er saß in der kleinen von Efeu umrankten Gartenecke an einem wackeligen Tisch und ließ sich von seiner Nachbarin und Geliebten, einem rothaarigen Gift, kaum der deutschen Sprache mächtig, die langen grauen Haare kraulen. Im Gegenzug kniff er ununterbrochen in die Oberschenkel der drallen Frau, die kicherte, als hätte sie nicht alle sieben Sinne beisammen. Die beiden tranken schon am Vormittag Bier aus Flaschen und aßen Fleischwurst, die sie sich großzügig von einem Riesenkringel abschnitten.

»Ich weiß echt nicht, was Sie von mir wollen. Alles, was ich weiß, habe ich schon den Leuten von der Kripo erzählt. Barbara ist tot und basta. Ich war es nicht!« Aus seiner verschmierten Kaufhausbrille sah er Margareta wütend an. Das Flittchen an seiner Seite lachte völlig unmotiviert auf. Wahrscheinlich war ihr die Kombi Fleischwurst mit Bier nicht bekommen.

»Haben Sie denn gar keine Vermutung, wer es gewesen sein könnte? Hatte Barbara vielleicht irgendwelche Feinde? Hat sie Ihnen nie etwas erzählt?« Margareta ließ nicht locker, ließ sich durch das Liebesgeplänkel der beiden überhaupt nicht stören.

»Verdacht, Verdacht! Feinde, Feinde! Klar hatte sie auch Feinde. Wer kam schon mit ihrer bescheuerten Art klar? Natürlich hat sie mir von einigen Leuten erzählt, doch wenn es mir zu bunt wurde, habe ich meine Hörgeräte rausgenommen. Und jetzt machen Sie sich vom Acker.«

Noch nicht einmal einen Kaffee hatte der Witwer ihr angeboten. Es folgte eine Schweigeminute, in der Margareta ihren Blick durch den winzigen Zechenhausgarten schweifen ließ. In der rechten Ecke machte sich ein Holzgartenhaus ziemlich breit. Hier soll er es mit seiner Nachbarin getrieben haben, während Barbara nebenan im Wohnhaus geschlafen hat, wurde ihr berichtet. Die Dachpappe war rissig und warf Falten, hing an einigen Stellen in Fetzen herab. Das Fenster dieser gammligen Bude war blind vor Dreck. Margareta fragte sich, was er wohl alles in diesem für den Garten viel zu großem Häuschen untergebracht hatte. Das ansonsten äußerst gepflegte Grundstück passte nicht zu der gammligen Hütte. Ihr Blick blieb an der Holzstufe unter der Eingangstür hängen. Dort konnte sie drei Blutflecken erblicken, die ziemlich frisch aussahen. Ihr Herz begann höher zu schlagen. Beruhige dich, sprach sie sich selbst gut zu. Vielleicht hielt er in dem Häuschen Kaninchen und hatte erst letztens eins davon geschlachtet. Es musste sich nicht unbedingt um Inges Blut handeln. Wäre ja auch irgendwie paradox. Seine Frau bringt er um, lässt sie unter dem Wohnturm liegen, und Inge schleppte er hierher in sein Gartenhaus. Wieso sollte er sie dort gefangenhalten? Von Inges Wohnung bis hierher waren es nur ungefähr 200 Meter. Also andererseits überhaupt kein Problem für den kräftigen Frührentner. Schließlich war er Bergmann unter Tage gewesen. Als Robert Fischer genervt aufstöhnte und sie mit bösen Blicken bedachte, stand sie endlich auf.

Als sie bereits das Gartentörchen geschlossen hatte und die Straße entlang ging, hörte sie, wie die beiden Proleten sich über sie lustig machten. Resigniert ging sie heim, nicht ohne einen letzten Blick auf die dämlich grinsenden Gartenzwerge des Herrn Fischer zu werfen. Menschen, die sich solche Figuren in den Garten stellten, sollen äußerst schwierige Zeitgenossen sein, hatte sie neulich erst gelesen.

Streuselkuchen und Sekt waren vernichtet und noch immer waren die Frauen um keine Erkenntnis reicher. Lebte Inge noch oder war sie bereits tot? Diese Frage beschäftigte die Frauen am meisten. Später gesellte sich noch Sebastian dazu. Die Stimmung sank in den Keller, da Conni und Susanne den Mann nicht mochten. Sie erzählten Margareta nicht, dass er auf ihrer beider Verdächtigenliste ganz oben stand, weil sie es vermutlich absolut nicht verstehen würde. Die Anekdoten, die er von seinem Lehrervater erzählte, fanden sie langweilig, ebenso die Geschichten aus seiner Ehe, die weder lustig noch spannend waren. Beide Frauen fragten sich, wieso Margareta so viel Zeit mit diesem Sebastian verbrachte.

Sie waren gerade beim Thema Rosensalz und seiner Verwendung, als der Kommissar Stefan Kornblum im Türrahmen erschien und widerwillig auf die illustre Gesellschaft blickte. Schnell suchten die zwei Frauen und allen voran Sebastian das Weite.

»Krisensitzung? Was wollten die Weiber hier? Von Sebastian ganz zu schweigen.« Kopfschüttelnd blickte er Conni, die auf ihrem Fahrrad davonradelte, aus dem Wohnzimmerfenster angeekelt hinterher.

»Du erzählst mir ja nichts. Mit irgendwem muss ich mich ja austauschen.«

»Klar, diese Weiber halten dich auf dem Laufenden! Was sollen die denn schon wissen? Margareta, du verwunderst mich. Dein Umgang lässt sehr zu wünschen übrig.« Genervt setzte er sich auf das Sofa und schaltete den Fernseher ein.

Wider Erwarten wurde es jedoch noch ein harmonischer Abend.

Zurück zur Realität. Nach der ausgiebigen Dusche setzte sich Margareta an den Küchentisch und überlegte, wie sie den letzten Urlaubstag verbringen sollte. Sie ärgerte sich, dass Conni und Susanne sich überhaupt nicht für dieses Pseudo-Kochen begeistern konnten. Das wäre eine gute Möglichkeit, den Täter anzulocken. Ob sie Blauländer ihren Vorschlag unterbreiten sollte?

Immer wieder gingen ihre Gedanken zu Robert Fischers Gartenhütte. Die Blutflecken auf der Eingangsstufe hatten sich in ihr Hirn gebrannt. Sie wollte sich Gewissheit verschaffen und nachsehen, was sich in der Hütte befand. Erst dann würde sie Ruhe finden. Dass dies nur bei Dunkelheit geschehen konnte, war ihr völlig klar. Außerdem war Fischer in der Nacht so gut wie taub, da er sich sicherlich seiner Hörgeräte entledigte, bevor er ins Bett stieg.

Mittagszeit, Rollliegenzeit! Heute würde Margareta dieses alte Teil vorläufig zum letzten Mal nutzen. Ab morgen würde Schluss damit sein. Mäntel und Jacken warteten darauf, von ihr verkauft zu werden. Sie spielte mit ihrem Handy. Ob sie es wagen sollte, Blauländer anzurufen? Was sollte sie sagen? Vielleicht: »Hey, wie geht's? Ich wollte mal hören, wie Sie so vorankommen, was die Ermittlungen betrifft? Vielleicht kann ich helfen?« Sie legte ihr Handy zurück auf den Hocker, obwohl sie sich dazu zwingen musste. Die Blutflecken an der alten Gartenhütte von Fischer könnten ihn interessieren. Stefan hatte sie gar nicht erst davon erzählt, da er es wieder als Hirngespinst von ihr abgetan hätte. Sollte sie Sebastian mit ins Boot ziehen? Vielleicht könnte er sie bei der Gartenhütteninspizierung begleiten. Gerade betrat er die Bildfläche und setzte sich an den Tisch vor dem Haus. Sicherlich kam seine Mutter gleich, um ihre Pause hier zu verbringen. Schluss mit der Ruhe.

Am Nachmittag wollte Margareta ihre Mutter besuchen, da sie einige Tage lang nichts von ihr gehört hatte. Vielleicht war der gute Gernot ja schon abgereist. Wieso war er am späten Abend auf dem Friedhof gewesen? Was wollte er dort finden? Sie nahm sich vor, ihrem ekeligen Onkel noch einmal auf den Zahn zu fühlen.

Ein knatterndes Motorengeräusch, das von einem museumsreifen Moped stammte, das gerade auf den Hof fuhr, durchbrach ihre Gedanken. Ein Helm, noch älter als das Moped, wurde von einem riesigen Kopf gezerrt und bot einen erschütternden Anblick. Der Verwalter!

»Mensch, 'ne alte Kreidler«, rief Sebastian euphorisch, sprang von der Bank auf und rannte auf den Verwalter zu. Dieser führte Sebastian stolz dieses Uraltteil vor. Eine Kreidler Florett, 50 ccm und sage und schreibe 6 PS, nannte dieser unattraktive Kerl sein Eigen. Die beiden ungleichen Männer fachsimpelten, dass Margareta schlecht wurde. Allein wie dieses Moped schon aussah. Tank und Sitz in Eiterbeige, der Rest in Braunmetallic. Die Chromteile blitzten in der Sonne. Der Verwalter verbrachte mit Sicherheit seine ganze Freizeit damit, dass die Maschine so aussah, wie sie aussah. Er sollte besser mal an sich Hand anlegen, fand Margareta und stellte soeben fest, dass dieses Moped mit dem Baujahr 1972 älter war als sie selbst. Ihr Blick blieb an dem Helm, in dessen Innenwänden mit Sicherheit schon Leben zu finden war, hängen. Sie überlegte, was ekeliger daherkam, der zerkratzte Helm, eine eitergelbe Schüssel mit zwei alten Lederlappen für die Ohren, oder der Verwalter.

Er grüßte freundlich, dieser von der Natur benachteiligte Mensch, kratzte sich mit seinen Wurstfingern die fettigen Haare wieder in Form. »Guten Morgen, Frau Sommerfeld. Ich bin hier mit Ihrem Onkel, dem Herrn Mönnich, verabredet, der will hier einziehen.« Der Verwalter zeigte mit dem kurzen, in Strick gehüllten rechten Arm auf die leerstehende Wohnung im Nebenhaus.

»Das muss sich um ein Missverständnis handeln. Mein Onkel hat eine Wohnung in Essen und wird bestimmt nicht hierher ziehen.« Beruhige dich, redete sie sich gut zu und kämpfte gegen den Anfall von Übelkeit und Herzrasen an.

Der Verwalter grinste nur und parkte seine alte Karre vor den Ställen. Sebastian begrüßte indes seine Mutter und setzte sich zu ihr auf die Bank.

Noch ehe der Verwalter Margareta weitere Erklärungen abgeben konnte, stolzierte mit großen Schritten Gernot Mönnich auf den Hof, direkt auf den Verwalter zu, um ihm freudig die Hand zu schütteln. Margareta nickte er nur kurz zu, bevor die beiden Männer auch schon im dunklen Hausflur des Nebenhauses verschwanden.

Margareta musste sich auf die Liege setzen. In ihrem Kopf herrscht ein heilloses Durcheinander. Gernot zieht hier ein! In die alte Parterrewohnung, die schon seit Ewigkeiten leer stand. Muss er hier in der Nähe bleiben, weil er Inge irgendwo versteckt hält? Gab es Krach mit Waltraud? Der Sittenstrolch keine 50 Meter von ihrer Wohnung entfernt. Will er noch mehr Frauen umbringen und verschwinden lassen?

Tränen fluteten ihre Augen. Nur noch Umrisse konnte sie von Sebastian und seiner Mutter wahrnehmen. Ihre Ohren funktionierten allerdings noch gut, und das, was sie hörte, lenkte sie von dem Gernot-Drama ab.

Mutter und Sohn kniffelten heute einmal nicht. Nein, sie spielten Auto-Quartett. Wie krank war das denn? Wörter wie: Vier Zylinder, 122 km/h, 1200 ccm, Zwischengas und Stich flogen ihr um die Ohren.

»Sag mal, stammt das Spiel noch aus dem Krieg, oder wo habt ihr das her?«, fragte Margareta die beiden fassungslos.

»Dat hab ich noch von mein Bruder, und der is 1952 geboren«, erzählte Sebastians Mutter stolz. »Einen ganzen Schuhkarton voll Quartettspiele habe ich hier. Willste mal sehen?«

Margareta wusste darauf nichts zu erwidern. Sie fragte sich nur, wie schräg das war. Zwei normale gesunde Menschen spielten in der prallen Mittagshitze Autoquartett, welches noch aus Nachkriegstagen stammte, während ihr mordverdächtiger Onkel sich gerade eine Wohnung im Nachbarhaus anmietete, Barbara ermordet unter der Erde lag und Inge spurlos verschwunden war. Kein Hahn krähte mehr nach den beiden Frauen. Und was war mit Klaus, Inges Liebhaber? Blutigen Hammer im Schrank versteckt und untergetaucht. Alles nur ein paar Meter von den beiden Kartenspielern entfernt geschehen. Wie konnte man da lachend sitzen und spielen? Hey, wach auf, Sebastian, hätte sie ihm am liebsten zugerufen. Doch auf ihren strafenden Blick hin zuckte er nur mit den Schultern und schaute auf seine Karten. Wahrscheinlich hatte sein Lehrervater seiner Mutter die ersehnte Finanzspritze gegeben, und sie waren deshalb so total manisch drauf.

Margareta verstand die Welt nicht mehr, griff sich ihr Handy, setzte sich zehn Meter entfernt an den Sandkastenrand und wählte Blauländers Nummer.

12. KAPITEL

»Mutti, lass mich wieder raus. Ich will es nie wieder tun. Sperr' mich hier nicht ein«, flüsterte Inge mit trockener Kehle. Doch sie wusste, dass es nicht ihre Mutter war, die sie, wie sie es früher oft getan hatte, in die Vorratskammer gesperrt hatte. Eingesperrt, das Licht ausgeschaltet und die Tür verriegelt. Für Nichtigkeiten musste sie als

Kind in diesem dunklen Verlies ausharren. Nur, weil sie es ihrer putzwütigen Mutter mal wieder nicht recht machen konnte. Weil sie den Teller nicht leer aß, einen Teller randvoll gefüllt mit irgendeiner fettigen Speise, Graupensuppe mit Schweinebauch oder Bohnensuppe mit Rippchen. In der dunklen Kammer sollte sie darüber nachdenken, was sie falsch gemacht hatte. Sie war sich jedoch keiner Schuld bewusst gewesen, harrte stundenlang dort aus.

Das hier war jedoch etwas anderes, wurde ihr schlagartig klar. Oder sollte sie hier auch über einen Fehler nachdenken? Warum lag sie sonst hier in dieser Kiste? Hatte Klaus etwas damit zu tun? Okay, er hatte ihr des Öfteren schon mal eins auf Auge gegeben. Reine Erziehungsmaßnahme nannte er es. Warum habe ich mir das gefallen lassen, fragte sie sich jetzt. Wo leben wir? Im Mittelalter? Ich hätte ihn längst rausschmeißen sollen. Dieser Taugenichts und Möchtegerngroß. Keine Frau musste es hinnehmen geschlagen zu werden. Ist er dafür verantwortlich, dass ich hier liege?

Es war so dunkel, dass sie die Hand vor Augen nicht sehen konnte. Wie lange befand sie sich schon in dieser harten Kiste? Sämtliche Knochen taten ihr weh. Ihr Magen schmerzte und brannte. Sie hatte Hunger. Und vor allem quälte sie unerträglicher Durst.

Wann kommt mein Entführer und bringt mir zu trinken?

Sie musste zur Toilette, wusste aber, dass es schon zu spät war. Ihre Hose war nass. Ihr eigener übler Geruch zog ihr in die Nase.

Welcher Wochentag war heute?

Hat tatsächlich Klaus mich entführt?

Ich bin arm, niemand würde für mich Lösegeld zahlen.

Wieso bin ich hier?

Wieso kommt der Entführer nicht, um nach mir zu sehen und etwas Essbares zu bringen? So war es doch in allen Krimis, in denen eine Frau entführt und gefangengehalten wurde. Es waren zwar nur ruppige, brutale Typen, die aufkreuzten, um ihre Opfer zu versorgen, aber immerhin erschienen sie.

Wieso ließ ihr Entführer sie hier einfach liegen? War ihm etwas zugestoßen?

Sie versuchte, sich umzudrehen, doch die Enge ihres Gefängnisses machte es ihr unmöglich. Mit letzter Kraft nahm sie ihre Arme nach oben und versuchte, den Deckel aufzudrücken. Wie oft hatte sie das schon versucht? 50 oder gar 100 Mal? Der Deckel war fixiert, er ließ sich nicht öffnen. Wann kapierte sie das endlich?

Der Nebel in ihrem Kopf verzog sich und machte einer Panik Platz. Ihr Herz begann wie verrückt zu rasen, Schweiß brach ihr aus, und ihr wurde übel. Sie tastete mit ihren zittrigen Händen immer wieder die Wände der Kiste ab, in der sie lag. Ein Sarg war es nicht, die Wände fühlten sich nach Kunststoff an. Was war das für eine Truhe?

Sie fing an zu weinen und fragte sich wieder und wieder, wieso der Mann sie nicht direkt vor ihrem Haus totgeschlagen hatte, dann hätte sie jetzt alles hinter sich und müsste sich nicht so quälen. Wieso hatte er ihr überhaupt aufgelauert? Was hatte sie wem getan? Sie musste an ihre Freundin Barbara denken. Warum hatte der Mann, wohl der gleiche, ihr Leben ausgelöscht? Es musste mit dem Kochen zusammenhängen, mutmaßte sie.

Wieder zog Nebel in ihren Kopf. Mit letzter Kraft trat sie mit den Füßen gegen den Deckel. »Ich will hier raus«, schrie sie mit verzerrter Stimme.

»Warum nur, lieber Gott, warum lässt du es zu, dass man mich so quält?«, flüsterte sie nun noch kaum hörbar.

Sie wunderte sich, dass sie überhaupt noch in der Lage war, klare Worte herauszubringen. Ein Zeichen dafür, dass sie noch nicht zu sehr dehydriert war. Sie fuhr mit der Zunge über ihre Lippen und stellte fest, dass die Verkrustungen, die sich bei Verdurstenden bildeten, noch in Grenzen hielten. Drei bis vier Tage dauerte es, bis man verdurstet war, hatte sie gelesen. Warum las sie bloß so viele Psychothriller und Krimis? Klar denken konnte sie auch noch. Sie freute sich darüber. Vielleicht würde es Margareta schaffen, sie rechzeitig zu finden. Conni und Susanne werden ihr schon die Hölle heiß gemacht haben, dass sie etwas unternimmt. Hoffnungen, nichts als Hoffnungen.

Und meine Oma! Meine liebe Oma wird vor Sorgen vergehen. Werde ich sie noch einmal wiedersehen? Sie sah ihre über 90 Jahre alte Oma mit der grauen Knotenfrisur und dem lieben Lächeln auf ihrem faltigen Gesicht vor sich und musste wieder weinen.

Warum bloß hat mir jemand aufgelauert? Ich habe nichts bemerkt, bevor der harte Gegenstand auf meinen Kopf knallte und mich kampfunfähig machte. Kampfunfähig, nicht bewusstlos und nicht tot. Leider! Er krallte mich von hinten und schleppte mich weg. Wir fuhren nicht mit dem Auto. Er schob mich vor sich her, teilweise zog er mich auch. Oder habe ich es nicht bemerkt, dass ich mit dem Auto weggebracht wurde? Er schob mich in ein Haus und schubste mich. Befinde ich mich in einem Keller? Einem Keller in der Siedlung in der Nähe meiner Wohnung? Sie konnte sich allerdings nicht daran erinnern, Treppen gestiegen zu sein. Irgendwann spürte sie einen stechenden Schmerz im Arm, vermutlich eine

Nadel, und es wurde dunkel um sie herum. Was hatte er ihr gespritzt? Warum das alles, wenn er sich jetzt nicht mehr um sie scherte?

Sollte ich das hier überleben, fange ich ein neues Leben an, schwor Inge sich. Klaus würde Vergangenheit sein. Sie nahm sich vor, sich mehr um ihre alte Oma zu kümmern, deren Tage gezählt waren, und nicht mehr so giftig zu ihrer körperbehinderten Arbeitskollegin zu sein. Mehr Geduld für ihre Mitmenschen zu zeigen, wenn sie jemals wieder diese Kiste lebend verlassen würde.

»Lieber Gott, hilf mir doch!«, rief sie fast flüsternd.

Raus! Sie musste raus hier!

Plötzlich hielt sie inne. War da nicht ein Geräusch? Sie nahm ein eigenartiges Hüsteln war. Der Dreckskerl kam, um ihr zu essen und zu trinken zu bringen, freute sie sich. Wieder dieses eigenartige Hüsteln. Ihr fiel ein, dass sie es auch schon wahrgenommen hatte, als er sie verschleppte. Wo hatte sie dieses unterdrückte Pseudo-Hüsteln schon einmal gehört?

Mit letzter Kraft trat sie gegen den Deckel und klopfte gleichzeitig mit den Fäusten dagegen.

Mit knirschenden Geräuschen öffnete sich plötzlich der Deckel ihres Gefängnisses, nachdem der Sperrriegel, der ihr einen Luftschlitz ließ, entfernt worden war.

13. KAPITEL

Müde fuhr Margareta mit 70 km/h die Cranger Straße entlang. Die Sonne hatte sich hinter grauen Wolken versteckt. Gut so. Bei strahlendem Sonnenschein wäre ihr der erste Arbeitstag nach drei Wochen Urlaub noch schwerer gefallen. Vor ihr quälte sich mit 30 km/h ein alter Daimler die Straße, die nach Buer führte, hinauf. Margareta fuhr ziemlich dicht auf, betätigte die Lichthupe, entschied sich dann in Höhe der Matthäuskirche spontan, den Wagen zu überholen. Dabei kam sie der Straßenbahn ins Gehege, die wild bimmelte. Als sie an dem dunkelblauen Mercedes vorbeifuhr, blickte sie den alten Mann hinter dem Steuer wütend an und streckte ihm auch noch die Zunge raus. »Blödmann! Bleib zu Hause, wenn du nicht mehr fähig bist, Auto zu fahren«, beschwerte sie sich laut. Den bestimmten Finger zu zeigen, traute sie sich nicht mehr, denn das hatte sie schon einmal satte 600 Euro gekostet. Für eine Damenoberbekleidungsverkäuferin definitiv zu teuer. Der arme Mann begann zu zittern. Er wäre fast von der Straße abgekommen. Margareta reihte sich nach ihrem waghalsigen Überholmanöver schnell wieder in die Fahrspur ein und nahm den Fuß vom Gaspedal. »Fängt schon gut an, der Tag!«, murmelte sie und drehte das Radio lauter. The Dubliners ›Whiskey in the jar‹, einer ihrer Lieblingssongs, wurde gerade gespielt.

An der Ampelkreuzung Vom-Stein-Straße schaute sie in den Rückspiegel. Zufrieden war sie mit ihrem Aussehen nicht. Nach nur vier Stunden Schlaf konnte auch

Make-up nicht alle Zeichen der Hautalterung überdecken. Nach dem Telefonat mit Helmut Blauländer war an Schlaf einfach nicht mehr zu denken gewesen. Zuvor hatte sie noch mit Sebastian draußen vor dem Haus eine Flasche Wein geleert. Doch auch alkoholisiert wehrte er sich mit Händen und Füßen, sie bei der nächtlichen Gartenhausinspizierung auf dem Fischerschen Anwesen zu begleiten.

Später schaute sie noch mit Stefan einen Krimi im TV an. Natürlich erzählte sie ihm nicht, dass sie seinen Chef angerufen hatte. Er wäre ausgerastet und hätte sofort seine Sachen gepackt. Der Wein gab ihr Mut, Blauländer zu kontaktieren. Ohne den Rebensaft wäre es bei einem weiteren Versuch geblieben. Doch sie war es den beiden Frauen einfach schuldig. Sie konnte an nichts anderes mehr denken als an Barbara, die man tot quasi unter ihrem Schlafzimmer gefunden hatte, und an Inge, die irgendwo gefangen gehalten wurde, falls sie überhaupt noch lebte.

Ein Blick auf die Uhr sagte ihr, dass sie sich sputen musste. Ihr Chef hasste Unpünktlichkeit. Sie parkte ihren Polo neben dem dicken BMW ihrer neunmalklugen Arbeitskollegin Steffi und atmete, bevor sie ausstieg, tief durch. Ein allerletzter Blick in den Spiegel, eine blonde Haarsträhne aus dem Gesicht gestrichen, und los ging es. Nach wenigen Metern hatte sie den Seiteneingang des alten Gebäudes, das von Weitem aussah wie eine Festung, erreicht. Schnell die Stufen hinaufgelaufen, rechts in den Umkleideraum abgebogen, in dem sich ihr Schrank befand. Wie schnell doch die drei Urlaubswochen vergangen waren. Sie schien die Letzte zu sein, alles war inzwischen verwaist. Nur eine knappe Minute später öffnete sie die Stahltür zu der Abteilung, wo sie in Lohn und Brot stand. Das Deckenlicht ging an, als hätte man nur auf sie gewartet. Noch zehn Minuten bis zur Ladenöffnung. Ihre zwei Kolleginnen, Steffi und Carmen, nickten ihr nur kurz zu und unterhielten sich weiter. Kein: Hast du dich gut erholt im Urlaub? Nichts. Carmen legte großen Wert darauf, dass sie als Erstverkäuferin der Abteilung arbeitete. Die Substitutin, Elena Pawlak, eine hagere Mittfünfzigerin im groß karierten Kostüm, kroch gerade dem Abteilungsleiter Ottfried Zarske in den ausladenden Hintern. Single Ottfried war vor wenigen Wochen 50 geworden und so attraktiv wie ein alter Kleiderschrank. Er roch auch ähnlich. Margareta hatte Mitleid mit ihm. Wer lebte schon gerne in seinem Alter noch mit Muttern zusammen?

Als er sie entdeckte, kam er auf sie zu, um sie herzlich zu begrüßen. Wenigstens einer, dachte Margareta und lächelte ihn freundlich an.

»Frau Sommerfeld, schön, dass Sie wieder da sind. Wir haben schon neue Herbstware bekommen und können jede Hand gebrauchen. War es denn schön im Urlaub?« Eine Antwort erwartete er gar nicht erst, drehte sich um und gab den Blick auf ein kleines Männchen frei. Ein durchaus attraktiver Mann im modernen dunklen Anzug mit farbenfrohem gelbem Hemd darunter. Seine winzige körperliche Erscheinung machte er mit seiner sympathischen etwas saloppen Art wieder wett. Er verwickelte Margareta sofort in ein Gespräch, stellte sich als Holger Hesse vor und ließ Zarske mit offenem Mund einfach stehen.

Wenige Minuten später kamen die ersten Kundinnen per Rolltreppe hinauf und stürmten die Abteilung. Ein Sonderprospekt war erschienen, und sämtliche Damen wollten eines der Angebote erhaschen. Margareta sah sich um und nahm zum ersten Male wahr, in welch einer tollen Abteilung sie arbeitete. Alles blinkte und blitzte. Spiegel und Lampen leuchteten die Kleidung, die zu wenigen Stücken auf den Ständern hing, gekonnt aus. Rechts vorne modische Steppjacken in grau mit großen Fellkragen, gleich dahinter Lederimitatjacken in rehbraun, dahinter rote Wollmäntel. An der Wand prangten Einzelstücke mit modischen Schals und Taschen dekoriert. In der rechten Ecke standen auf einer spitzenmäßig ausgeleuchteten Bühne fünf kahlköpfige Schaufensterpuppen in edle Garderobe gehüllt. Die Fotomotive dahinter zeigten Häuserwände von unten steil nach oben aufgenommen. Alles sah hypermodern und stylish aus. Margareta überkam ganz plötzlich eine Welle von Stolz, hier zu sein. Sie hatte schon viele andere Bekleidungsgeschäfte von innen gesehen. Das hier war schon erste Sahne. Auch die Schilder mit den Markenlabeln, die an den Ständern hingen, zeugten nur von Spitzenware. Die großen Werbeschilder mit Straßennamen aus deutschen Hauptstädten sollten die Buerschen Kunden Großstadtluft schnuppern lassen und ihnen das Gefühl geben: Hier bist du richtig.

Carmen hatte ihr vor Arbeitsbeginn noch kurz aufgetragen, was sie zu erledigen hätte, und das wars auch schon. Sie konnte sich noch nicht einmal einen Überblick über die neu eingetroffenen Artikel verschaffen, so sehr wurde sie von den Kundinnen bestürmt.

Als sie nach zwei Stunden Carmen gerade fragen wollte, was aus dem dicken Kerl geworden sei, der sich des Öfteren einen Damenrock schnappte, diesen in einer der Umkleidekabinen anzog, um anschließend hinter dem dicken Samtvorhang zu masturbieren und damit die Frauen in den anderen Kabinen gleich daneben gehörig zu verschrecken, erschien selbiger auf der Bildfläche. Also gab es ihn noch. Obwohl Zarske ihn schon mehrfach aufgefordert hatte, seine Aktionen zu unterlassen, ging er grinsend auf den Rockständer ganz hinten in der Ecke zu, griff sich ein besonders schönes Modell in rosa heraus und verschwand damit in Richtung Umkleidekabinen.

Margareta musste schmunzeln. Ihr machte der Mann, im Gegensatz zu ihren Kolleginnen, keine Angst. Groß wie ein Bär, erschien er stets im Jogginganzug. Seine wenigen dunkelblonden Haare waren verschwitzt, das Gesicht aufgedunsen. Sie schätzte ihn auf Anfang 40.

»Margareta, da ist er wieder. Und der Chef kann nichts machen. Er hat ihn doch nun schon so oft gebeten, es nicht mehr zu tun. Hat ihm sogar mit Hausverbot gedroht. Und er kommt immer wieder. Der denkt gar nicht an den Ruf unseres Hauses.« Carmen schüttelte verzweifelt ihren blonden Bob.

Margareta musste lachen. »Nee, ganz bestimmt nicht. Der denkt an ganz was anderes.«

Die Kundinnen schienen den Mann mit dem Rock in der Hand gar nicht wahrzunehmen. Und wenn, dachten sie sicherlich, er holte noch ein Teil für seine Frau, die sich in der Umkleidekabine befand. Neugierig stürzten Elena, Carmen und Steffi zu den Kabinen. Zarske und der Neue, der dem Reden nach wohl aus dem Hessischen stammen musste, ebenfalls. Und schon sah man, wie sich der grüne Vorhang einer Umkleidekabine hin und her bewegte. Eindeutige Stöhngeräusche bestätigten, dass er das tat, was alle vermuteten. Zarske wischte sich mit einem Stofftaschentuch über die hohe Stirn. »Da hören Sie es, Herr Hesse. Ich weiß nicht, was ich mit dem Mann machen soll. Ich habe ihn doch nun schon so oft gebeten, dieses zu unterlassen. Sie waren ja in der letzten Woche selbst dabei.«

Holger Hesse zwinkerte Margareta zu. Welch ein netter Mann, dachte sie. Nur halt sehr klein. Vielleicht hatte er ja von Pippi Langstrumpfs Krummeluspillen gegessen? Wie hieß noch der Spruch, den man dabei sagen musste? »Krummelus, Krummelus, lass mich niemals werden gruß.« Genau, so war es.

Hesse straffte seine schmalen Schultern, räusperte sich und wandte sich an Zarske. »Wenn Sie erlauben, würde ich das gern übernehmen. Glauben Sie mir, Herr Zarske, in der Filiale in Frankfurt haben wir oft mit solchen Typen zu tun. Ich regle das schon.«

Der völlig verzweifelte Zarske nickte nur.

Dann ging alles sehr schnell. Holger Hesse riss den grünen Samtvorhang auf, packte den großen Mann, der in dem rosa Rock in Größe 48 urkomisch aussah, am Kragen seiner Joggingjacke und riss ihn zu sich herunter um ihm in die Augen schauen zu können. Alle waren erstaunt über die Kräfte des kleinen Mannes.

»Nun pass mal gut auf, du alter Wichser«, schrie er ihm ins Gesicht. »Wenn ich dich hier noch einmal erwische, bei dem was du hier machst, passiert ein Unglück. Du hast ab sofort Hausverbot, betrittst nie wieder diese oder eine andere Abteilung unseres Hauses. Sehe ich dich hier noch einmal in einem Rock, geht es dir ganz ganz dreckig. Das kannst du mir glauben.« Zur Bekräftigung dessen, was er soeben gesagt hatte, schubste er ihn gegen die Kabinenwand, dass es nur so krachte.

»So, du hast jetzt genau eine Minute, um zu verschwinden. Ist das klar?« Die laute Stimme Hesses ließ den Mann erzittern. In Windeseile zog er den Rock aus, schlüpfte in seine Jogginghose und rannte, was das Zeug hielt, davon.

Hesse genoss die Bewunderung, die ihm von den umstehenden Damen zuteil wurde. Zarske war einfach nur fassungslos und konnte nicht verstehen, dass Hesse den Mann so einfach geduzt hatte. »Glauben Sie mir, Herr Zarske, mit so einem muss man so reden. Der kommt nicht wieder.«

Zwei Stunden später saß Margareta während ihrer Mittagspause auf der Terrasse von MEZZOMAR in der Buerschen Markthalle und lauschte bewundernd Holger Hesses Worten, der munter aus seinem Abteilungsleiterleben erzählte. Die Sonne lugte inzwischen hinter den Wolken hervor, und Margaretas Laune war viel besser als noch am Morgen.

Soeben wurde ihnen Kaffee serviert. Dass sie auch gern eine Kleinigkeit gegessen hätte, verschwieg sie. Immerhin hatte sie noch das Brötchen in ihrem Schrank im Umkleideraum des Kaufhauses, welches sie sich heute Morgen lustlos belegt hatte. Die Terrasse des Lokals streckte sich wie eine Zunge aus dem Gebäude hervor. Direkt darunter das geschäftige Treiben auf dem Marktplatz. Bunte Stände mit Obst und Gemüse, mehrere Fisch- und Fleischwagen, Bekleidungs- sowie Blumenstände in großer Anzahl.

»Wie Sie das vorhin geregelt haben mit diesem Kerl, einfach toll!« Margareta sah ihr Gegenüber bewundernd an.

Jeder andere Mann wäre vor Stolz geplatzt, hätte herumgegockelt und dummes Zeug gelabert. Nicht so Holger Hesse. Freundlich und bescheiden saß er in seinem gelben Sommerhemd da und freute sich ganz einfach über dieses Kompliment.

»Ach, so Typen gibt es bei uns in Frankfurt auch. Der kommt nicht wieder, glauben Sie mir.«

Für drei Monate sollte Hesse ihrem Chef Zarske beratend zur Seite stehen. Margareta freute sich, ihn jetzt öfters um sich zu haben. Er gefiel ihr. Er hatte so etwas Gütiges, Väterliches an sich. Genau das war es, was sie dazu veranlasste, ihm die Gernot-Geschichte zu erzählen. Irgendwie war ihr Onkel ja genau so ein Perversling wie der Umkleidekabinen-Masturbierer. Alles breitete sie haargenau vor Holger Hesses kleinen Füßen aus. Natürlich musste sie in dem Zusammenhang auch von dem Mord an Barbara und Inges Verschwinden berichten.

Die grünen Augen von Hesse in seinem gebräunten Gesicht wurden größer und größer.

»Dann stimmt das tatsächlich, was man sich bei uns auf dem Land erzählt? Ich wohne nämlich in Gelnhausen, einige Kilometer von Frankfurt entfernt, müssen Sie wissen. Und da sagt man, dass es im Ruhrgebiet arg schlimm zugeht. Alles Mafia-Gebiet wäre das hier. Fast jeder würde hier mit einer Knarre herumlaufen.«

Nun musste Margareta lachen. »Na, so schlimm ist es auch nicht. Ich glaube, in Frankfurt geht es nicht anders zu.«

»Und Sie glauben tatsächlich, dass diese Inge noch am Leben ist? Und Sie trauen sich, des Nachts diese Gartenhütte zu inspizieren? Haben Sie denn gar keine Angst?« Nichts als Bewunderung konnte Margareta bei Hesses Worten spüren. »Man hat mir schon erzählt, dass Sie eine Art Miss Marple sind und der Kripo schon des Öfteren den entscheidenden Tipp gegeben haben. Gibt es auch einen Mister Stringer an Ihrer Seite?«

»Die Männer, die ich kenne, kommen als Stringer nicht infrage, haben Angst, sind zu feige. Was ist mit Ihnen? Wollen Sie mich vielleicht begleiten? Ich hole Sie ab. Sie wohnen im Hotel Buerer Hof, nicht wahr?«

Hesse verschluckte sich an seinem Kaffee und fuhr sich nervös durch sein raspelkurzes dunkles Haar. Das war nicht die Antwort, die er erhofft hatte. Er wollte lediglich wissen, ob Margareta in festen Händen war. Keinesfalls wollte er sich in waghalsige Abenteuer stürzen. Hatte er etwa mit dieser Aktion heute Morgen zu dick aufgetragen?

»Um Gottes willen! Ich eigne mich nicht als Hobby-Polizist. Allein schon von meiner Größe und Statur her hätten sie mich bei der Polizei niemals eingestellt!«

Ein Blick auf die Uhr ließ Margareta zusammenzucken. Sie hatte die Pause bereits um eine Viertelstunde überzogen. Was würde Zarske sagen?

Holger Hesse ahnte, was sie dachte. »Keine Angst, Zarske wird sich zurückhalten. Ich war ja dabei. Wir haben uns beruflich ausgetauscht, werde ich ihm erzählen.«

»Das erklärt natürlich alles.« Margareta musste lachen.

»Morgen Mittag wieder hier?«, fragte Hesse beim Verlassen des Lokals. Sein schwarzes Jackett trug er lässig über dem Arm.

»Gerne«, meinte Margareta nur und schwebte förmlich die Stahltreppe hinunter.

Sie war restlos begeistert vom schönen, kleinen Verehrer, den sie sich da geangelt hatte. Er sah gut aus, konnte zuhören, strahlte Vertrauen aus, war selbstbewusst. Nicht so wie ihr Freund Sebastian, der vor lauter Komplexen immer depressiver wurde. Ihr Liebhaber Stefan dagegen kam wie ein borniter Gockel daher. Okay, er sah toll aus, war groß und durchtrainiert, doch seine Charakterzüge waren oft grenzwertig und stießen sie manchmal regelrecht ab.

Was würde Waltraud zu Hesse sagen? Sie konnte quasi ihre Stimme hören: »Kind, sei nicht wieder so euphorisch. Du bist immer so schnell begeistert und genauso schnell enttäuscht. Du kennst den Mann doch gar nicht. Warte erst mal ab. Bestimmt hat der auch irgendwelche Macken!«

Die einzige Macke, die Margarete bis jetzt an ihm entdecken konnte, war seine Größe von höchstens 155 Zentimetern. Ansonsten fand sie ihn schon recht schnuckelig. Freundschaft gepaart mit einem Hauch Erotik gab doch mal etwas anderes her.

Während Margareta vor ihm die Rolltreppe hinauffuhr, betrachtete Hesse sie wohlwollend von hinten. Sie gefiel ihm, diese Margareta Sommerfeld. Ihr Aussehen zusammen mit diesem losen Mundwerk, so eine Frau hatte er bisher noch nie kennengelernt. Dass sie ungefähr 20 Zentimeter größer war und mindestens acht Jahre älter als er, störte ihn überhaupt nicht. Jedoch wusste er noch immer nicht, ob sie nun mit jemand liiert war oder nicht. Ihr kriminalistischer Assistent nach Art des Mister Stringer wollte er auf keinen Fall werden. Da hatte er ganz andere Vorstellungen, wenn er sich Margareta so betrachtete. Er sah sich schon mit ihr in seinem Hotelzimmer in dem gemütlichen Bett liegen. Nie hätte er gedacht, dass ihm so schnell nach Kerstins Auszug aus seiner Wohnung wieder eine Frau gefallen könnte.

Sie begegneten sich noch öfters an diesem Arbeitstag. Er zwinkerte ihr zu, suchte mehrmals das Gespräch, und gegen Feierabend traute er sich sogar, sie nach ihrer Handynummer zu fragen.

So schnell schießen die Preußen nicht, dachte Margareta und freute sich, dass ihre Vernunft inzwischen wieder Überhand gewonnen hatte. Er bekam sie nicht, ihre Telefonnummer. Einen Liebhaber hatte sie schon und einen Freund ebenfalls. Einzig die Stelle als Mister Stringer wäre noch frei. Doch die wollte er nicht. Inge zu finden, stand für sie an erster Stelle. Die Uhr tickte.

Wer hatte Barbara umgebracht? War es tatsächlich der gleiche Täter, der Inge verschwinden ließ?

14. KAPITEL

Kaum zu Hause angekommen, da ging es auch schon los. An allem hatte Stefan etwas zu meckern. Nichts konnte sie ihm recht machen. Wo sie so lange gewesen wäre, wollte er wissen, schließlich hätte er Hunger. Ich bin nicht deine Mutti, war arbeiten und habe mich hinterher noch unterhalten, hielt sie dagegen. Als sie ihm dann auch noch mit leuchtenden Augen von Holger Hesse erzählte, jammerte er wie ein kleines Kind. Er wäre ja so hungrig.

Du hättest etwas kochen können, kam es von ihr.

Nach einer Stunde – inzwischen hatte er sich eine Dose Heringsfilet geöffnet und saute mit der Tomatensoße den Couchtisch voll – war sie sein kindisches Gehabe leid. Sie schmiss sich in ihre älteste Jeans, zog ihren schwarzen Kapuzenpulli über und machte sich auf den Weg. Auf die Frage, wo sie denn so spät noch hinwolle, rief sie ihm von der Haustür aus zu: »Gartenhaus inspizieren, bei Robert Fischer!« Obwohl sie ihm eigentlich nichts davon erzählen wollte.

»Das ist nicht deine Aufgabe«, antwortete er mit vollem Mund.

»Wenn ihr nichts macht, muss ich es halt selbst erledigen.«

»Kommt dein neuer Freund auch mit?«

»Wer weiß?« Und schon zog sie die Tür von außen ins Schloss.

Und nun stand sie hinter der dichten Ligusterhecke des Herrn Fischer, von hinten angeschlichen von der Straße Im Föckingsfeld, und beobachtete den Sonnenuntergang. Eine Stunde später wäre besser gewesen, musste sie zugeben. Einige Anwohner der angrenzenden Häuser saßen noch in ihren Gärten. Sie konnte sie husten und teilweise auch schnarchen hören, weil sie wahrscheinlich auf ihren Gartenliegen eingeschlafen waren. Sie mahnte sich zur Vorsicht. Gesehen werden war das Letzte, was sie wollte. In Fischers Garten war alles ruhig. Ob er schon zu Bett gegangen war? Sie sah auf die Uhr. 21.30 Uhr. Definitiv viel zu früh für ihr Vorhaben. Ob sie kurz noch einen Abstecher über den Friedhof machen sollte? Vielleicht war Gernot wieder unterwegs, um irgendwelche Weiber aufzureißen.

Ihr Magen begann zu knurren. Sie zog einen Müsliriegel aus der Hosentasche und schob ihn sich gierig in den Mund. Die Enttäuschung über Stefan saß tief. Sie hatte gehofft, dass er etwas Warmes auf den Tisch bringen würde, wenn sie von ihrem ersten Arbeitstag nach dem Urlaub heimkäme. Zumindest den Pizzadienst hätte er rufen können. Bei Sebastian wäre sie mit einem wunderbaren Gericht überrascht worden, würde sie mit ihm zusammenleben, überlegte sie. Ihr fiel auf, dass sie ihm seit gestern Mittag nicht mehr begegnet war. Dank Holger Hesse hatte sie alles andere vergessen. Sie musste schmunzeln. Eine coole Aktion, wie er mit diesem Kaufhaus-Wichser umging. Sie hatte größten Respekt vor diesem Mann.

Eine halbe Stunde später kletterte sie über die Hecke und stand nun vor der Holzhütte, in der sie Inge Wienert vermutete. Sogar die Blutflecken auf der Stufe zur Hütte konnte sie dank der Straßenlaterne des Wetterwegs, die gedämpftes Licht in den Garten schickte, noch erkennen. Das offenstehende winzige Schlafzimmerfenster im Obergeschoss des Häuschens sandte eindeutige Schnarchgeräusche nach draußen, was Margareta beruhigte. Fischers Hörgeräte vermutete sie auf dem Nachttischchen.

Sie spürte, wie ihr Adrenalin durch ihre Adern schoss, als sie den kleinen Schlitzschraubenzieher in das Schloss der schwächlichen Holztür der Hütte schob. Der hässliche Fred, der bei einem Schlüsseldienst arbeitete, hatte ihr gezeigt, wie man ein normales Schloss knackte. Jeden Bolzen einzeln hochschieben und durch eine leichte Drehung des Schlosses fixieren. Ein Achtbolzenschloss zu knacken, schaffte sie nach zwei Übungsstunden bereits in fünf Minuten. Okay, sie musste mit dem stark transpirierenden Kerl hinterher ein Bier trinken gehen. Nichts gab es schließlich umsonst im Leben.

Und schon stand sie mitten in der winzigen Hütte, die sie stark an die Trapperhütte, die sich im Alaska-Teil der ZOOM-Erlebniswelt im Gelsenkirchener Zoo befand, erinnerte. Die Taschenlampe traute sie sich nicht einzuschalten. Das Licht der Laterne, das schwach durch das verschmierte Fenster und durch die offen stehende Tür schien, musste genügen. Eine alte muffige Couch stand an der gegenüberliegenden Wand. Trieb Fischer es hier mit der rothaarigen Nachbarin, wie man sich erzählte? Oder durfte die Frau jetzt, nach Barbaras Ableben, mit ins eheliche Schlafzimmer? Links an der Wand stand ein uralter ehemals weißer Küchenschrank, dessen offene Fächer mit Gartenutensilien vollgestopft waren: Drahtrollen, Farbdosen, benutzte Lappen, Werkzeuge aller Art. Rechts an der Wand stand ein kleines Tischchen mit Essensresten und Abfällen, ungespülten Biergläsern und Pizzaverpackungen. Davor ein maroder Stuhl. Alles schön und gut, doch nirgendwo eine Spur von Inge. Die Blutspuren vom Eingang führten zu einem leeren Kaninchenstall in der rechten Ecke. Heu und Stroh befanden sich noch in der Behausung. Das letzte Kaninchen schlachtete Fischer wahrscheinlich hier in der Hütte. Das würde die Blutflecken erklären. Oder stammten diese gar von der geistig minderbemittelten Nachbarin? Margareta schüttelte sich vor Ekel. Soweit wollte sie gar nicht denken. Sie zog die Schubladen des alten Schrankes auf. Auch hier alte Lappen, Schrauben, Tuben und sonstiger Müll.

Enttäuscht ließ sich Margareta auf den klapprigen Stuhl fallen. Es wäre ja auch zu schön gewesen, hier und jetzt auf Inge Wienert zu stoßen, die sie, Margareta Sommerfeld, in letzter Minute retten würde.

Sie seufzte, stand vom Stuhl auf und wollte sich auf den Heimweg machen.

Als sie gerade im Begriff war, die Hütte zu verlassen, stand plötzlich Robert Fischer vor ihr. Er starrte sie mit bösem Blick an. Er trug nur Boxer-Shorts und ein Achsel-Shirt, beides in schwarz. Die Haare standen ihm wild vom Kopf ab. Margareta erschrak und wich einen Schritt zurück. Er trat auf sie zu, gab ihr einen Schubs, und sie landete auf dem alten übel riechenden Sofa.

»Was willst du hier, Sommerfeld?«

Scheinbar hatte er seine Hörgeräte heute nicht herausgenommen und sie im Häuschen werkeln gehört.

»Ich suche Inge«, antwortete sie mit fester Stimme. Keine Angst zeigen, bloß keine Angst zeigen.

»Die suchst du *hier*? Ich habe dir schon mal gesagt, dass ich damit nichts zu tun hab. Wieso sollte ich diese blöde Schnepfe entführt haben? Ich sag dir was: Die ist längst tot und vergammelt irgendwo im Gebüsch.« Er beugte sich über Margareta und hauchte ihr seinen mit Fleischwurst getränkten Atem entgegen.

Margareta geriet in Panik, fragte sich wieder und wieder, wie sie schnellstens von hier verschwinden könnte.

Robert Fischer war stark, musste sie feststellen, als er sie an beiden Oberarmen griff und nach oben zog.

»Was mischst du dich in Sachen ein, die dich nichts angehen? Bist du die Polizei, oder was? Dein Stecher ist bei den Bullen, oder? Besorgt er es dir nicht oft genug? Hast du deshalb Langeweile und schnüffelst überall herum?«

Er drückte ihre Arme so fest, dass ihre Augen sich mit Tränen füllten.

»Ich hab schon genug Ärger und Sorgen. Wieso sollte ich die Wienert hier einsperren?« Er stieß sie urplötzlich zurück aufs Sofa. Ihr Kopf knallte dabei gegen die Holzwand.

»Wenn wenigstens Kohle dabei herumkäme. Doch wer sollte für die Wienert Knete abdrücken? Ihr komischer

Freund? Oder ihre verarmte Oma? Du bist so blöd, Sommerfeld!«

Er beugte sich zu ihr herunter. Wieder konnte sie seinen Atem spüren. Ein warmes Gemisch aus Fleischwurst mit Knoblauch und Bier schlug ihr geballt entgegen.

Nun ließ er ihre Arme los, fasste ihr mit der rechten Hand ins Haar und zog ihren Kopf nach hinten.

»Was soll ich mit dir machen, Sommerfeld? Sag es mir!«

Margareta liefen Tränen die Wangen herunter. Oh, hätte ich doch nur Sebastian mitgenommen. Dieses hier im Alleingang war viel zu gefährlich. Keine Inge da, dafür der durchgeknallte Frührentner Robert Fischer. Tritt ihm in den Unterleib, riet ihr ihre innere Stimme. Doch Fischer war kräftig und stark. Das würde an dem ehemaligen Bergmann abprallen und ihn noch wütender machen.

Sie suchte in ihrer Hosentasche nach dem Schraubenzieher und spielte mit dem Gedanken, ihm diesen in eines seiner Augen zu stechen. Und anschließend nichts wie weg.

»Du denkst wohl, ich bin blöd, Sommerfeld, was? Nimm die Hand aus der Tasche.«

Margareta weinte leise. Es hatte ihr die Sprache verschlagen, was selten genug vorkam.

»Ich kann dich nicht so einfach gehen lassen, Sommerfeld. Einen Denkzettel hast du verdient. Das musst du verstehen. Damit das endlich mal ein Ende hat.«

Er sah sie lange an, griff plötzlich, als sei ihm eingefallen, wie die Bestrafung Margaretas aussehen könnte, nach ihrem Pulli und riss ihn mit aller Gewalt in der Mitte durch. Dann griff er nach ihrem BH und schob ihn hoch. Margareta saß da wie in Schockstarre, konnte sich weder bewegen, noch sprechen. Fischer grinste und kniff ihr mit beiden

Händen in ihre Brüste. Vor Schmerzen stöhnte Margareta auf. Fischers Gesicht war ganz nah über ihr. Plötzlich hörte sie das Geräusch eines Reißverschlusses. Ihre Erstarrung löste sich, und sie begann sich zu wehren. Sie schlug mit den Fäusten auf ihn ein und trat nach ihm, während er keuchend versuchte, ihr die Jeans runter zu reißen.

Margaretas Gedanken fuhren Achterbahn. Hätte ich doch bloß auf Stefan gehört. Was mische ich mich auch dauernd ein? Inge ist nicht hier, dafür werde ich jetzt von einem Idioten vergewaltigt. Wehr dich doch endlich!

Sie hoffte, dass Stefan gleich hier erscheinen und sie befreien würde. Wie konnte er seelenruhig vor dem Fernseher sitzen, während sie loszog, um diese Hütte zu inspizieren? Auch wenn er ihre Idee für absurd hielt, hätte er ihr folgen müssen.

Irgendwie gelang es ihr, den Schraubenzieher aus der Hosentasche zu ziehen. Wie von Sinnen stach sie nach Fischers Kopf. Wieder und wieder.

Bingo! Der letzte Stich hatte gesessen. Er ließ sie schlagartig los, fasste sich ans rechte Auge und schwankte zurück.

»Du Miststück! Du hast mir das Auge ausgestochen! Ich werde dich anzeigen.«

»Mach das, Fischer! Im Gegenzug werde ich dich wegen Köperverletzung und versuchter Vergewaltigung anzeigen.« Während sie die Worte regelrecht herausschrie, sprang sie auf und lief aus der Hütte, überwand das winzige Türchen und stand auch schon auf der Straße.

Fischer bejammerte noch immer sein Auge.

Margareta war es völlig egal, ob sie ihn nun um eines seiner Augenlichter gebracht hatte oder nicht. Sie wollte nur nach Hause unter die Dusche, sich den Dreck von Fischers

Griffeln herunterwaschen. Ihr Kopf schmerzte und die Brüste ebenfalls. Ganz zu schweigen von ihren Oberarmen, die sich anfühlten, als gehörten sie nicht zu ihr.

Als sie gegen Mitternacht ihre Wohnung betrat, empfing sie angenehme Stille. Im Wohnzimmer brannte kein Licht mehr, also war Stefan schon zu Bett gegangen. Einerseits war sie froh darüber, ihm jetzt nicht Rede und Antwort stehen zu müssen, andererseits war sie tief enttäuscht. Sie schlich zur offenstehenden Schlafzimmertür und schaute in das Zimmer hinein. Das Rollo hatte er nicht heruntergelassen, sodass die Straßenlaterne das Zimmer in ein sanftes Licht tauchte.

Sie wollte sich auf Stefan stürzen und ihn wecken. Sein Schnarchen empfand sie beruhigend, anders als sonst, wo sie ihm deshalb schon des Öfteren einen Tritt in den Hintern verpasst hatte, damit er sich umdrehte.

Gerade als sie ihm an die Schulter fassen wollte, hörte er auf zu schnarchen. Kurz darauf begannen seine Lippen jedoch zu flattern. Er drehte sich auf die Seite und sägte weiter.

Im letzten Moment konnte Margareta der Versuchung widerstehen, ihn zu wecken. Sie wusste, dass es nichts bringen, sie hier und jetzt keinen Trost von ihm bekommen würde. Wenn er alle Daten und Fakten in seinem schönen Kopf verarbeitet hätte, würde er sie beschimpfen. Nach einem Blick auf ihre rotblauen Flecken und ihr von Tränen verschmiertes Gesicht würde er ausrasten und Fischer verhaften lassen. Als Kriminalkommissar könnte er gar nicht anders handeln. Allerdings würde auch Margareta Ärger bekommen. Eine Anzeige wegen Einbruch wäre das Mindeste. Wollte sie das wirklich?

Trotzdem, die Enttäuschung blieb. Während sie fast vergewaltigt worden war, schlief der feine Herr hier den Schlaf des Überheblichen.

Weinend ging sie ins Bad unter die Dusche, ließ das lauwarme Wasser über ihren Körper laufen, in der Hoffnung, damit den ganzen Schmutz wegspülen zu können, ebenso die Schmach, die ihr angetan worden war. Nachdem sie sich abgetrocknet hatte, besah sie sich im Spiegel die rotblauen Flecken, die morgen violett sein würden, noch später grün und gelb. Nein, krankschreiben lassen konnte sie sich nicht so kurz nach dem Urlaub. Da musste sie jetzt durch. Stefan durfte sie auf keinen Fall zu Gesicht bekommen, diese vielen Flecken und Abschürfungen.

Als sie eine halbe Stunde später in ihrem Bett lag, rollten ihr noch immer die Tränen übers Gesicht. Sie konnte einfach keinen Schlaf finden, dachte an ihren Onkel Gernot und fragte sich, ob er tatsächlich nebenan einziehen würde, oder ob die Wohnungsbesichtigung nur von ihm inszeniert war, um ihr Angst einzujagen. Wusste Waltraud davon? Sie nahm sich vor, ihrer Mutter einen Besuch abzustatten.

Welches Gericht könnte ich bei diesem Pseudo-Essen kochen, fragte sie sich, als sie um ein Uhr noch immer wach neben ihrem schnarchenden Freund lag. Inzwischen fand sie die Sägerei gar nicht mehr beruhigend.

Als der herbeigesehnte Schlaf sich um zwei Uhr noch immer nicht einstellen wollte, stand sie auf und klingelte oben bei Sebastian an der Wohnungstür, der, als hätte er darauf gewartet, schon nach einer halben Minute öffnete. Hier gab es nun für Margareta, nach einem kurzen Blick in ihr verweintes Gesicht, den ersehnten Trost, dazu eine

Menge Streicheleinheiten, die sie wie ein ungeliebter Hund regelrecht in sich aufsog. Sebastian nahm sie in die Arme, wiegte sie wie ein kleines Kind, kochte ihr anschließend einen Kakao und schmierte ihr ein tröstendes Marmeladenbrot. Sie zeigte ihm die rotblauen Flecken, gab in drei Sätzen wieder, was passiert war und folgte ihm dann in sein Schlafzimmer. Kaum war sie unter seine Bettdecke gehuscht und hatte sich an seinen knochigen Körper geschmiegt, war sie auch schon eingeschlafen.

Gegen sechs Uhr weckte er sie fast zärtlich. Er wusste, dass sie vor Stefans Erwachen wieder unten sein musste, wenn es keinen Ärger geben sollte.

Im Halbschlaf wechselte sie die Wohnung und das Bett, schlief sofort wieder ein und bekam nicht einmal mit, als Stefan aufstand und zur Arbeit fuhr. Ihr Handy klingelte gegen acht Uhr. An was Sebastian aber auch alles dachte. Sie musste lächeln. War schon ein lieber Freund, wenn es drauf ankam. Sie bereute, dass sie am Vortag so schlecht über ihn dachte. Müde und depressiv war er ihr vorgekommen. Doch nur ein Freund handelte so selbstlos wie er in der vergangenen Nacht.

15. KAPITEL

Samstagmorgen, neun Uhr. Herrlich duftender Kaffee wurde ihnen auf der Terrasse des Wolterhofes in Resse serviert. Helmut Blauländer hatte sich dazu noch ein Stück Eierlikörtorte kommen lassen, Margareta ein Mettbrötchen.

Der erste Samstag nach dem Urlaub – ein herrlicher Sommertag – war für Margareta arbeitsfrei. Was lag da näher, als sich mit Helmut Blauländer zu verabreden? Fast schüchtern sah sie zu ihm herüber.

Auch er traute sich nicht so recht, sofort loszulegen. Sie zu fragen, was er sich zurechtgelegt hatte, von ihr erfahren zu wollen. Nicht gleich mit der Tür ins Haus fallen, sagte er sich. Abwarten. Die Vertrautheit, die damals zwischen ihnen herrschte, musste erst wieder aufgebaut werden. Im letzten Jahr hatten sie sich richtig gezofft. Warum eigentlich? Er konnte nicht mehr sagen, wie es zu diesem bösen Streit kam. Zum Schluss, als ihre Mutter gefangen gehalten wurde, warf die kleine Hobbyermittlerin ihm böse Dinge an den Kopf. Doch er hatte ihr längst verziehen. Sie befand sich damals in einem Ausnahmezustand. Was er ihr nicht verzeihen konnte, war, dass sie inzwischen mit seinem Kollegen Kornblum liiert war. Die beiden passten seiner Meinung nach überhaupt nicht zusammen. Dieses Windei und diese patente Frau, die das Herz auf dem rechten Fleck trug. Das würde er ihr auch heute sagen. Nicht gleich. Später! Sie hatten sich doch einmal so gut verstanden, waren fast Freunde gewesen. Und wenn er ehrlich war, musste er zugeben, dass er sich ein klein wenig in Margareta verliebt hatte, damals, als die Morde auf dem Zechengelände passierten.

Irgendwie sieht sie mitgenommen aus. Weiß sie vielleicht schon von Jenny Gehrke? War alles nur Gerede, und Kornblum hatte gar nichts mit der neuen Kommissarin? Doch meistens, wenn auf der Arbeit getratscht wurde, war ein wenig Wahrheit dran. Er selbst beobachtete, wie sie flirteten, Gehrke und Kornblum. Wieder und wieder.

»Müsste ich es nicht spüren, wenn Inge Wienert tot ist? Mein Gefühl sagt mir, dass sie noch lebt.« Sie sah ihn an. Sonnenstrahlen schienen auf sein gepflegtes Gesicht. Blaues Sommerhemd, die Haare frisch geschnitten, die Haut gebräunt. Der noch frische Sommerwind wehte den Duft von Pitralon zu ihr herüber.

Blauländer führte eine Gabel voll Torte zum Mund. Genussvoll schluckte er, spülte mit Kaffee nach. Gut, dass Anni es nicht sah. Sie würde den Zeigefinger erheben. Um neun Uhr morgens Torte! Anschließend lehnte er sich in dem bequemen Korbsessel zurück und schaute Margareta an.

»Dass die beiden Fälle zusammenhängen, daran glaube ich inzwischen auch. Nichts mit Trittbrettfahrer. Aber, ehrlich gesagt, glaube ich kaum, dass die Wienert noch lebt. Wieso sollte der Täter die erste Frau der Kochgruppe umbringen und die zweite nur entführen? Irgendwie unlogisch. Wieso er sich überhaupt an zwei unbescholtenen Frauen, die sich zum Kochen treffen, vergreift, ist mir ein Rätsel. Was meinen die beiden anderen Damen?«

Margareta blickte zu dem Bernhardiner, der nur wenige Meter von ihr entfernt in seinem Zwinger saß und kräftig bellte. Ein wenig ungepflegt kam er ihr vor. In weiter Ferne konnte sie den Reiterhof sehen, auf dem Sabine zu Hause gewesen war, die junge Frau, die man vor einigen Jahren ermordete. Das Leben ging weiter, auch ohne Sabine. Das Anwesen machte, jedenfalls von Weitem betrachtet, einen tadellosen Eindruck. Pferde wurden hin und her geführt, andere grasten auf einer Weide. Ein friedvoller Anblick.

»Conni und Susanne haben natürlich Angst. Ich schlug ihnen vor, ein Pseudo-Kochen zu veranstalten, um den Täter anzulocken. Doch sie wollen nicht.«

Blauländer sagte nicht, dass es viel zu gefährlich wäre, nein, er sah sie lange an und meinte: »Na, Sie haben ja Mut. Aber die Idee ist gut. Was sagt Kornblum dazu? Mir hat er davon gar nichts erzählt.«

Margareta seufzte. »Er weiß nichts davon. Ich spreche mit ihm kaum über den Mord und Inges Verschwinden. Er blockt sofort ab, wenn ich davon anfange. Überhaupt hat er sich in letzter Zeit sehr verändert.« Was erzähle ich hier, dachte sie, kaum dass sie die letzten Sätze aussprach. Ich wollte mich doch bedeckt halten, ihm nicht gleich mein Herz ausschütten.

Stimmt es also doch, das mit der Gehrke. Vermutlich hat er sich deshalb so verändert. Armes Mädchen, dachte Blauländer und schaute sie mitfühlend an. Es war doch keine so schlechte Idee, sich mit ihr zu verabreden. Dieser Bauernhof am Stadtrand, zwischen Wiesen und Feldern, weit entfernt von Buer, wo ihn fast jeder kannte, kam ihm ganz gelegen. Der scharfe Geruch nach frisch ausgefahrener Gülle schien ihm nichts auszumachen.

»Ist schon ein komischer Kauz, dieser Stefan Kornblum«, sagte er nur. Er hatte umdisponiert, sich vorgenommen, den Mund zu halten und der ohnehin schon verstörten Frau von dem Techtelmechtel, das ihr Freund eventuell mit seiner Arbeitskollegin hatte, nichts zu erzählen.

»Wen verdächtigen Sie?«, fragte er sie stattdessen. Das war es doch, was ihn am meisten interessierte. Wie hatte er sich über ihren Anruf gefreut.

Sie zuckte nur mit den Schultern. »Ich bin nicht mehr so eine eifrige Ermittlerin wie noch bei Simon von Brehden, dem Heiratsschwindler, oder den Zechenmorden. An meiner Küchentür hängen keine Favoritenlisten mehr, was die Verdächtigen betrifft. Ich habe kein Notizbuch mehr, wo ich akribisch genau alle Dinge eintrage, die mit dem Fall zu tun haben. Irgendwie bin ich müde geworden.«

»Was ist mit Ihrem Onkel? Er scheint nicht den besten Ruf zu genießen. Könnte er der Mörder sein? Hatte er ein Motiv?«

»Dass der Penner hier nach so vielen Jahren aufkreuzt, beschert mir genug schlaflose Nächte. Das können Sie mir glauben. Welcher Ruf ihm vorauseilt, dürften Sie inzwischen schon wissen. Doch Mord? Ich weiß nicht. Ich hatte geglaubt, dass er Inge irgendwo gefangenhält, bin ihm bis nach Dorsten gefolgt. Doch er wollte nur angeln.«

»Und was meinen Sie, der Lebensgefährte der Wienert – wieso ist er geflüchtet? Angeblich hat er den blutigen Hammer nur gefunden. Doch flüchtet man, wenn man unschuldig ist?« Blauländer kratzte sich sein Kinn. Er überlegte, ob er sich noch so ein Stück von der feinen Eierlikörtorte bestellen sollte. Schließlich war es ja recht schmal gewesen. Gefühlte zwei Zentimeter.

»Nein, ich glaube nicht, dass er Barbara umgebracht und Inge entführt hat. Dieser kleine Geist verfügt nur über eine große Schnauze, mehr nicht.«

»Aber irgendwen werden Sie doch verdächtigen?« Mit aufmunterndem Lächeln sah er sie lange an.

»Ja, ich verdächtige Barbaras Ehemann Robert Fischer. Wussten Sie, dass Barbara eine dicke Lebensversicherung abgeschlossen hatte? Bis zum Tode ihrer Mutter hatte diese die monatlichen Beiträge für sie gezahlt, später hat sie das Geld mit Mühe und Not selbst aufgebracht. Ein stattliches Sümmchen wird dieser schmierige Kerl abkassieren.«

»Dieses Wissen entzieht sich meiner Kenntnis. Dabei haben wir ihn doch über BaFin, das Bundesamt für Finanzwesen, durchleuchten lassen. Wird das nur erzählt oder beruht es auf Tatsachen, dass er geerbt hat?« Blauländer war neugierig geworden und rutschte unruhig auf seinem Stuhl hin und her.

»Ich war seinerzeit mit dem stellvertretenden Zweigstellenleiter unserer Minifiliale der Sparkasse kurzzeitig zusammen. Ein schnuckeliges Teil, der Mann, nicht die Filiale. Seitdem fühlt er sich mir gegenüber irgendwie verpflichtet. Es stimmt, glauben Sie mir einfach.«

Blauländer musste über ihre Abgebrühtheit schlucken. Die macht aber auch vor nichts halt, dachte er, zog trotzdem sein Notizbuch hervor und notierte, dass er das überprüfen musste.

»Robert Fischer wirkte auf mich nicht wie ein Mörder oder Entführer. Okay, um an das Geld seiner Frau zu kommen, brachte er sie um. Doch wozu dann noch die Wienert beiseite schaffen?«

»Weil sie zu viel wusste?«

»Und das Rosensalz?«

»Ja, das weiß ich auch nicht«, erwiderte Margareta und überlegte krampfhaft, ob der Sparkassenzwerg ihr vielleicht Mist erzählt hatte, um sich wichtig zu machen.

»Dämlich genug wirkt er ja, und vorbestraft ist er auch. Das dürfte ich Ihnen gar nicht erzählen.«

»Ach, geht das wieder los? Das hatten wir doch schon mal. Von mir wollen Sie doch auch einiges wissen, sonst säßen Sie nicht hier.«

Minutenlanges Schweigen.

»Ich zeige Ihnen was«, sagte Margareta in die Stille hinein und schob nacheinander die Ärmel ihrer roten Bluse hoch.

Blauländer blickte geschockt auf die blauen Flecken und Kratzer an ihren Oberarmen.

»Meine Brüste sehen noch besser aus, doch meinen BH möchte ich hier nicht ausziehen.« Sie hatte nicht vorgehabt, ihm von der versuchten Vergewaltigung zu erzählen, doch sein dummer Ausspruch, er dürfe ihr ja eigentlich nicht davon erzählen, hatte sie dazu veranlasst.

»Was ist passiert?« Blauländer wollte den Gedanken nicht zu Ende denken, dass sein Kollege Kornblum eventuell etwas damit zu tun hatte. Oder gar ihr Onkel Gernot Mönnich?

»Es war Robert Fischer. Er hat versucht, mich zu vergewaltigen.«

»Aber wieso? Das machte er doch nicht einfach so?«

»Ich habe mich in seinem Gartenhaus umgesehen, nachdem ich Blutspuren davor entdeckte, als ich ihn besuchte. Ich hatte fest damit gerechnet, Inge dort anzutreffen, als ich in der Nacht die Bude aufgebrochen habe. Leider trug Fischer wohl seine Hörgeräte und hat mich auf frischer Tat ertappt. Als Bestrafung wollte er mich vergewaltigen.«

»Sie sind echt wahnsinnig. Wenn er tatsächlich der Mörder seiner Frau ist und auch mit dem Verschwinden der Wienert was zu tun hat, ist der Kerl hochgefährlich. Sie könnten jetzt schon irgendwo tot überm Zaun hängen.«

»Ich wusste mich schon zu wehren, habe ihm mit einem Schraubenzieher ins Auge gestochen. Danach bin ich geflüchtet. Nein, keine Angst, sein Augenlicht hat er nicht verloren, ich habe mich erkundigt. Nichts Schlimmes, nur eine Hornhautverletzung. Konnte gelasert werden.«

»Haben Sie ihn mit seiner angeblichen Erbschaft konfrontiert? Was hat er dazu gesagt?«

»Zu dem Zeitpunkt wusste ich es leider noch nicht.«

»Vielleicht auch gut so«, sagte Blauländer sein Kinn knetend. Er war ziemlich fertig, bestellte sich bei dem gelbzahnigen Kellner erst einmal einen Kräuterlikör. Den brauchte er jetzt einfach.

»Was sagt denn Kornblum zu Ihren Verletzungen? Er hätte den Fall anzeigen müssen. Das ist Strafvereitelung im Amt und kann ihn seinen Job kosten!«

»Er weiß nichts davon. Meine Flecken und Prellungen verstecke ich vor ihm. Ich bin ja nicht blöd. Im Gegenzug hätte Fischer mich angezeigt. Was hätte ich davon? Ich weiß auch nicht, wieso ich Ihnen davon erzähle.« Und das meinte sie ganz ehrlich. Es überkam sie ganz einfach.

Nun war Helmut Blauländer mit seinem Latein am Ende. Er wusste, dass er sich ebenfalls schuldig machte, wenn er den Fall auf sich beruhen lassen würde. Zeigte er die Sache an, war die Freundschaft mit der Sommerfeld definitv für immer zu Ende. Wollte er das? Wo sie sich gerade wieder näher kamen?

»Mädchen, Sie bringen mich da echt in Schwulitäten. Das wissen Sie hoffentlich?« Er wischte sich mit der Serviette den Schweiß von der Stirn und atmete schwer.

Nebenan hatte sich ein junges Paar an den Tisch gesetzt und verlangte nach der Speisekarte. Er: blonde schulterlange Haare, schwer beringt, Jackett mit buntem Sommerhemd, fast bis zum Bauchnabel geöffnet, ekelhafte Brustbehaarung, fast schon bärenartig. Sie: schmale, wackelige Gestalt auf hohen Pumps, Sommerkleidchen, das kaum den schmalen knochigen Hintern bedeckte. Langes blondes Haar, das normalerweise nur für einen halben Kopf reichte. Geschminkt wie aus dem Rotlichtmilieu.

Margareta und Blauländer entschieden sich für Smalltalk, der die Gemüter beruhigen sollte. Wie geht es Ihrer Frau? Ach, und der Schwiegermutter?

Was macht denn Ihre Mutter, die gute Waltraud? Sieh an, tatsächlich? Erhöhte Rheumawerte? Wie bitter!

Mister Geissen wurde ein Filetsteak serviert – natürlich vom hauseigenen Rind – was nicht besser hätte aussehen können. Mit frischen Pilzen garniert und feiner Soße beträufelt, dazu Kroketten und einen großen Salat, ließ es Blauländer das Wasser im Munde zusammenlaufen. Die drei dafür verantwortlichen Drüsen drehten völlig durch. Dazu noch dieser betäubende Duft, der zu ihm herüberzog. Er schaute auf die Uhr und erschrak. Schon fast zwölf Uhr. Wollte er nicht längst zu Hause sein? Hatte er Anni nicht versprochen, pünktlich ihre wohlschmeckende Erbsensuppe zu verspeisen, die sie heute auf den Tisch bringen wollte? Mit Mettwürstchen, die er besonders gerne aß. Sie würde ihm niemals glauben, dass er noch immer im Büro saß, um Akten aufzuarbeiten. Sie kannte ihn schließlich. Ihn und seine Bequemlichkeit. Ein Wunder, dass sie noch nicht versucht hatte, ihn auf dem Handy zu erreichen. Im KK11 glühte der Kasten sicherlich längst, so oft wie sie es dort bestimmt schon versucht hatte.

»Sieht lecker aus, nicht wahr?« Auch Margareta musste schlucken. So ein schönes Stück Fleisch würde sie jetzt auch gerne essen. »Wissen Sie was? Ich lade Sie ein. Die Revanche für etliche liebe Einladungen von Ihnen. Machen Sie mir die Freude?« Für so spontan hatte sie sich gar nicht gehalten.

Das ließ der gute Helmut sich natürlich nicht zwei Mal sagen und strahlte sie nur an. Sogleich hatte er auch schon nach dem Kellner gerufen.

Margareta wurde plötzlich heiß und kalt. Sie überlegte krampfhaft, ob sie überhaupt genug Geld eingesteckt hatte. Spuckte hier große Töne, lud den Kommissar zum Filetsteak ein und war fast pleite. Konto bereits wieder überzogen, bei Waltraud tief in der Kreide und auch Sebastian schon angepumpt.

»Kann ich das überhaupt annehmen? Ich weiß doch, dass eine Damenoberbekleidungsverkäuferin nicht viel verdient, und dass Kornblum ein Geizkragen ist.«

»Machen Sie sich mal keine Gedanken.« So locker, wie sie rüberkam, war sie bei Weitem nicht. Außerdem wusste sie, dass die Gerichte hier zwar lecker und gut waren, doch nicht gerade günstig für ihre Verhältnisse. Ihre Kasse im Kopf addierte und klingelte. Es nützte alles nichts, die rund 50 Euro in ihrem Portemonnaie würden sicherlich nicht reichen, da noch unzählige Getränke und ihr Mettbrötchen hinzukamen. Eine Blamage, das stand fest.

Soeben wurde der Tisch zu ihrer Linken von vier dauergewellten Omis besetzt, die losschnatterten, als hätten sie sich 100 Jahre nicht gesehen. Zu dem Geruch der Gülle gesellte sich nun noch der von 4711, den der laue Sommerwind herrüberwehte.

»Wo waren wir stehen geblieben?« Blauländer seufzte genervt angesichts des Geräuschpegels des Nebentisches.

»Bei Robert Fischer. Also Sie halten ihn nicht für tatverdächtig?«

»Nein, ich denke da eher an diesen Klaus, den Lebensgefährten der Wienert. Vielleicht war es auch ein ganz anderer. Einer, den niemand vermuten würde.«

»Was sollte er gegen kochende Frauen haben? Vielleicht ist er Veganer und hat gehört, dass die Gruppe deftige Fleischgerichte auf den Tisch bringt?«

Blauländer zuckte mit den Schultern. »Wenn ich das bloß wüsste.«

»Was sagen Ihre Leute?«

»Ach, diese unmotivierten Lahmärsche. Kommen alle nicht aus dem Quark. Entschuldigung, dass ich das jetzt so sage, aber Kornblum spielt bei den SoKo-Sitzungen lieber mit Büroklammern, als sich mal einzubringen. Ein müder Haufen, kann ich Ihnen sagen. Ich bin froh, wenn ich in Rente gehen kann.«

»Ach, das glaube ich nicht. Dann sitzen Sie zu Hause bei Ihrer Anni und hören sich die News der Nachbarn an. Hinzu kommt noch die jammernde Schwiegermutter. Meinen Sie, das füllt Sie aus?«

Er war erstaunt, was sie nach so langer Zeit noch alles wusste. »Wahrscheinlich haben Sie recht. Wenn ich auf fast 40 Jahre Polizeiarbeit zurückblicke, muss ich allerdings sagen, dass nichts mehr ist, wie es mal war. Diese

Brutalität, die heute an den Tag gelegt wird, besonders von den Jugendlichen, erschreckt mich. Mord und Totschlag haben wir ja nicht täglich, die kleineren Taten überwiegen. Da verliert man schon oft die Lust.« Er blickte in die Ferne, hinüber zu dem Reiterhof und sah sich schon als Rentner ein vergnügtes Leben führen. Oft träumte er, er würde noch einmal ganz von vorne anfangen, sich eine neue Frau suchen, eine, die gerne reisen würde, mit der er in die Sonne fliegen könnte, die ihn verstehen und ihm zuhören würde. Doch er wusste, dass er niemals aus Annis Klauen entfliehen könnte. Statt Flugreise in den Süden wäre Sauerland einschließlich Schwiegermutter angesagt. Rosige Aussichten!

Sein eben noch finsteres Gesicht heiterte sich plötzlich auf, als ihm der große Teller vor die Nase gestellt wurde. Keine Angst, Anni, dachte er, die Erbsensuppe schaffe ich auch noch.

Auch Margareta aß mit großem Appetit. Seit einigen Tagen hatte sie kein vernünftiges Mittagessen mehr zu sich genommen. Sebastian kochte schon ewig nicht mehr für sie, geschweige denn ihr Liebhaber Stefan. Und bei den mittäglichen Treffen mit Holger Hesse im MEZZO-MAR traute sie sich nicht, außer einem Getränk etwas zu bestellen. Sie wollte nicht als verfressen dastehen, und auch nicht, dass er sich verpflichtet fühlte, für sie mitzubezahlen, worauf er bei ihrem Getränk jedes Mal bestand. Das empfand sie einfach als zu verpflichtend. Okay, einen Kaffee oder ein Mineralwasser würde ihn nicht gleich denken lassen, er könne sie als Gegenleistung dafür über die Matratze ziehen. Wenn sie an Hesse dachte, musste sie schmunzeln.

»Was gibt es Lustiges? Erzählen Sie es mir?«

»Das wollen Sie nicht wirklich wissen.«

»Lassen Sie mich selbst entscheiden.«

Und so erzählte sie ihm die Geschichte vom Umkleidekabinen-Onanierer, der dank der ruppigen Art Hesses hoffentlich nie wieder auftauchen würde.

Blauländer musste lachen. »Was es aber auch alles gibt. Wenn er noch mal auftaucht, rufen Sie die Polizei und zeigen ihn an.«

Es war bereits 14 Uhr, als das ungleiche Paar sich langsam voneinander verabschiedete. Nach dem wunderbaren Essen gönnten sie sich noch einen Kaffee. Als der Kellner die Rechnung auf den Tisch legte, wurde Margareta heiß und kalt.

Blauländer griff danach und studierte sie gründlich. »Da haben wir ja voll zugeschlagen. Knapp 100 Euro. Ich schlage vor, wir teilen uns den Spaß, und ich betrachte mich trotzdem als von Ihnen eingeladen. Einverstanden?«

Margareta fiel ein Stein vom Herzen. Da war sie ja noch einmal mit einem blauen Auge davongekommen. Peinlich, wenn sie sich von ihm hätte Geld leihen müssen.

Als sie sich auf dem Parkplatz trennten, streichelte er zärtlich ihre Wange.

»Wir suchen also einen durchgeknallten Veganer, der fleischkochende Frauen hasst. Wie passt das Rosensalz ins Bild?« Er hatte ihr nicht erzählt, dass kürzlich ein junger Mann mit Ruhrgebietsdialekt in der Kurverwaltung Bad Sassendorf gleich sechs Gläschen davon gekauft hatte.

Margareta musste lachen. »Wenn ich das wüsste. Hoffentlich bekommen Sie jetzt keinen Ärger mit Ihrer Frau. Das bleibt aber unser Geheimnis, dieses Treffen hier, nicht wahr?«

»Worauf Sie sich verlassen können«, erwiderte Blauländer. »Und passen Sie gut auf sich auf. Wenn was ist,
rufen Sie mich sofort an.«

»Mache ich.«

Fröhlich fuhr sie davon. Sie wusste, dass er wegen der
versuchten Vergewaltigung nichts unternehmen würde.

Blauländer fuhr mit einem mulmigen Gefühl nach
Hause. Während der Fahrt schnupperte er unaufhörlich
an sich herum. Er wurde das Gefühl nicht los, dass er nach
Mittagessen und Gülle roch. Wie sollte er das bloß seiner Anni erklären? Am liebsten würde er sich zu Hause
sofort in den Liegestuhl in den Garten legen. Doch vorher
kam noch die Erbsensuppe samt Mettwürstchen, wovon
er ordentlich essen musste, damit sie keinen Verdacht
schöpfte, die gute Anni.

16. KAPITEL

»Du hast Kalte Schnauze gemacht?«, freute sich Margareta, als sie die Wohnküche ihrer Mutter betrat und dieses tolle Backwerk auf dem schön gedeckten Esstisch sah.
Sie liebte diesen aus Butterkeksen, Kakao und Palmfett
hergestellten Kuchen, und Waltraud wusste es. Die Sonne

schien durch das Fenster, das zum Hof lag. Wieder war ihnen ein schöner warmer Sommertag beschert. Lieber würde Margareta irgendwo draußen sitzen, statt in der vollgestellten Wohnung ihrer Mutter. Doch dieser Besuch war längst fällig gewesen. Außerdem erhoffte Margareta, Neuigkeiten zu erfahren. Wer weiß, was Gernot in der Zwischenzeit getrieben hatte.

»Eigentlich heißt es ja ›Kalter Hund‹. Du musst wissen, dass dieser Kuchen den Namen seiner Form verdankt. Die Kastenform ähnelte nämlich dem Grubenwagen aus dem Bergbau, auch ›Hunt‹ genannt. Und da der Kuchen nicht im Backofen gebacken, sondern im Kühlschrank fest werden musste, wurde ›Kalter Hund‹ daraus.«

»Wer hat dir denn diese neunmalkluge Kacke erzählt? Lass mich raten. Es war Gernot. Der besserwisserische Gernot. Wo ist er überhaupt?«

»Als er hörte, dass du heute zum Kaffee kommst, hat er das Weite gesucht. Angeblich ist er auf dem Friedhof verabredet.«

»Ach, wieder in Klofenster glotzen und Weiber anmachen? Und einen Kumpan hat er auch gefunden? Ziehen die das jetzt zu zweit durch?«

Waltraud konnte darüber nicht lachen. »Was du bloß immer gegen ihn hast. Natürlich bin auch ich froh, wenn er für immer verschwindet. Aber dass er mit dem Mord und der Entführung von Inge was zu tun hat, das glaube ich nicht. Er hat mir erzählt, dass du ihm bis nach Dorsten-Hervest gefolgt bist. Er wollte doch nur angeln.«

»Mit der Angel meines Vaters! Hat er dir auch erzählt, dass er bei mir nebenan einziehen will?«

Waltraud schnitt großzügige Stücke von dem Kuchen ab und verteilte sie auf die Teller. Geschirr, Tischdecke und Deko waren wunderschön, alles hübsch anzusehen, ausnahmslos Überbleibsel aus den 70er Jahren.

»Der wird nicht da einziehen, Kind. Da brauchst du keine Angst zu haben. Der hat doch auch gar kein Geld. Er wollte gerne mal so eine Wohnung von innen sehen, deshalb hat er den Termin mit dem Verwalter gemacht.« Waltraud schien tatsächlich zu glauben, was sie da sagte.

»Er sieht doch jeden Tag deine Wohnung. Reicht ihm das denn nicht? Der ist krank, glaube mir.«

»Ja, aber kein Mörder.«

»Wann verschwindet er endlich wieder?«

»Sobald es ihm wieder gut geht. Er fühlt sich schon viel besser.«

»Der macht dir doch was vor. Dem ging es nie schlecht. Er brauchte ganz einfach mal einen Ortswechsel, suchte wahrscheinlich neue Weiber, die er beglotzen und anmachen kann. Ich möchte wissen, was er nachts unter seiner Bettdecke macht, wenn er sein Kopfkino anschaltet.«

»Ach Margareta, nichts macht er. Er ist ein alter Mann. Erzähle mir lieber von deiner Arbeit. Wie waren die ersten Schichten nach dem Urlaub? Ich dachte ja, du rufst mal an.«

Hallo Vorwurf, da bist du ja. Margareta musste tief durchatmen und bis fünf zählen, um nicht gleich loszuschimpfen. Ganz ruhig teilte sie ihr mit, dass sie einfach keine Zeit hatte. Nun kam sie auch nicht drum herum, ihr von der versuchten Vergewaltigung durch Fischer zu erzählen. Natürlich berichtete sie ihr in dem Zusammenhang auch von Helmut Blauländer und dem Treffen mit ihm auf dem Wolterhof.

»Gretchen, Gretchen, geht das nun wieder los. Ich dachte, du willst keine Miss Marple mehr sein. Eines Tages wird man dich tot auffinden. Was sagt denn Stefan dazu? Wo ist er heute überhaupt? Muss er arbeiten?«

»Nein, er ist bei seinen Eltern«, antwortete Margareta zerknirscht. Sie wusste, was jetzt kommen würde. Waltraud würde nicht müde werden, ihr zu erzählen, dass er sie hätte mitnehmen müssen, um sie endlich seinen Eltern vorzustellen. Schließlich wären sie seit über einem halben Jahr zusammen. Und als guter Katholik, der Stefan Kornblum nun einmal war – woher sie das auch immer wusste – und in seinem Alter wäre eine baldige Heirat nicht schlecht. Außerdem hatte sie, Waltraud Sommerfeld, noch keine Enkel, und Margaretas biologische Uhr würde nun einmal ticken.

Nein, heute werde ich sie nicht anschreien und ihr sagen, dass es mir scheißegal wäre, ob ich diese Spießbürger nun kennenlernen würde oder nicht.

Obwohl sie schon sauer war, dass er sie nicht wenigstens gebeten hatte, ihn zu begleiten. Er hätte sie ja als seine Freundin vorstellen können, ganz locker und nicht gleich als seine Verlobte präsentieren müssen.

Bleib cool, sagte sie sich und schnitt ein anderes Thema an. Holger Hesse, der neue Vorgesetzte auf Zeit, und der geile Bock, mit dem er so prima fertig geworden war.

Mutter Sommerfeld schien tatsächlich friedlich und lauschte begeistert Margaretas Erzählungen, aß vier Stücke vom ›Kalten Hund‹ und gönnte sich zum Kaffee auch noch ein Likörchen.

»Wie geht es Sebastian? Dieser arme Junge. Dass der aber auch keine Arbeit findet. Na ja, bei dieser Mutter, dieser alten …«, noch bevor Waltraud das Wort aussprechen konnte, fuhr Margareta ihr über den verschmierten Mund.

»Hannelore ist in Ordnung. Was interessiert mich, ob sie damals, vor 150 Jahren, für jeden aus der Siedlung die Beine breit gemacht hat. Vielleicht waren die anderen Mädchen nur neidisch, dass sie nicht so begehrt bei Jungen waren wie Hannelore. Außerdem ist Sebastian kein armer Junge. Er ist ein Mann, Mitte 30, mit hervorragenden Zeugnissen. Nur leider momentan ein wenig unmotiviert. Er verkauft lieber Revolverblätter und Stieleis, statt sich irgendwo zu bewerben. Ansonsten ist er ein lieber Kerl, und ich bin froh, dass ich ihn als Freund habe. Nein, bevor du jetzt fragst, ob ich mich mit ihm zusammentun will, als Partner möchte ich ihn nicht.«

»Sitzt er wieder mit seiner Mutter vorm Haus und spielt Karten?«

»Nein, er besucht heute seinen Vater, den Herrn Studienrat. Vielleicht übt der einen guten Einfluss auf ihn aus.«

»Der olle Erdkundelehrer Jochum hat sich doch auch nur an der alten Hannelore ausgetobt. Jetzt macht er einen auf Vater?«

»Was du aber auch alles weißt.«

Waltraud erhob sich seufzend und trug den Kuchen zum Kühlschrank. Den Rest wird sich der gute Gernot heute Abend einverleiben, davon war Margareta überzeugt. Sie musste schmunzeln. Das würde sicherlich seiner Männlichkeit zu Gute kommen.

»Morgen muss ich übrigens mit Gernot zum Arzt. Wie ich schon sagte, dem geht es ja gar nicht gut.«

»Ach, und der ist so schwach, dass du ihn begleiten musst? Eben noch sagtest du, ihm ginge es besser. Mensch, Waltraud, wach auf! Der spielt dir doch was vor. Das ist ein echter Hypochonder. Bis auf seinen ausgeprägten Sexualtrieb hat der nichts.«

»Er misst drei Mal am Tag seinen Blutdruck, und gestern Abend hatte er Schweißausbrüche und Zittern. Ganz schlimm war das. Er hat sogar unter sich gelassen.« Waltraud hatte Mitleid mit ihrem Schwager und konnte Margareta gar nicht verstehen. Sie hielt sie für hartherzig.

»Igitt, in die Hose hat er gemacht? Hoffentlich hat er dir nicht das gute Sofa versaut. Das ist dir doch heilig. Glaub mir, dieser Panikpinkler hat nichts. Höchstens einen feuchten Tagtraum. Fall nicht auf den rein. Wenn er meint, zum Arzt gehen zu müssen, soll er das tun, aber ohne dich. Soll ich mal mit ihm reden?«

Erregt sprang Waltraud auf. »Nein, bloß nicht. Ich regle das schon.«

»Ich kann ihm auch noch mal die Kripo auf den Hals hetzen. Wir machen den so madig, dass er freiwillig verschwindet.«

Waltraud senkte den Blick und sagte nichts mehr.

Die Hautevolee der Siedlung, die drei Gießkannen schwenkenden Schwestern Bogdanski in bunten Strickklamotten, kam Margareta entgegen, als sie sich gegen 18 Uhr entschloss, noch eine Runde über den Friedhof zu drehen. Was sollte sie um diese Zeit schon zu Hause? Stefan war sicherlich noch bei seinen Eltern, ließ sich ordentlich pampern, und Basti hockte mit seiner Mutter vorm Haus.

Plötzlich klingelte ihr Handy. Erstaunt blickte sie aufs Display. Nanu, was wollte denn Susanne von ihr? Neugierig nahm sie das Gespräch an. Im Hintergrund vernahm sie lautes Stimmengewirr und Musik. Sie musste sich auf einem Fest befinden. Und so war es auch. Susanne war mit ihrem Mann auf dem alljährlichen Sommerfest der Schrebergartenanlage Wilhelmsruh in Hassel, und als

Conni gerade zu ihnen stieß, eigens mit dem Rad von Erle gekommen, kam sie auf die Idee, Margareta zu fragen, ob sie nicht ein Stündchen dazukommen wolle. Das ließ sie sich natürlich nicht zwei Mal sagen. Sie konnte den Grillgeruch quasi durchs Handy wahrnehmen, und gegen ein kühles Bierchen war auch nichts einzuwenden. Erfreut sagte sie zu, machte auf der Stelle kehrt, um ihr Auto zu holen und Richtung Hassel zu fahren. Der Friedhof konnte warten.

17. KAPITEL

An diesem Sonntagabend überlegte der 73-jährige Gernot auf der Bank vor der Trauerhalle sitzend, wie er es anstellen könnte, noch ein paar Tage bei seiner Schwägerin Waltraud zu verweilen. Die Luft wurde für ihn immer dünner. Er spürte, dass er ihr lästig wurde. Immerhin schien sie ihm den Anfall am gestrigen Abend abgenommen zu haben. Sie hatte sich sofort dazu bereit erklärt, ihn zum Arzt zu begleiten, was eigentlich Schwachsinn war. Wenn er sogar imstande war, Auto zu fahren, würde er den Gang zum Arzt auch allein erledigen können, wäre er tatsächlich schlecht beisammen. Natürlich hatte er nicht vor, dorthin zu gehen. Morgen früh würde er ihr erzählen, dass es ihm viel besser ginge. Wenn diese blöde Margareta nicht wäre, die immer wieder bei ihrer Mutter ihr Gift verspritzte, wäre ihm Waltraud viel besser gesonnen. Bevor er wieder zurück nach Essen fahren würde, wollte er seiner Nichte noch einen ordentlichen Denkzettel verpassen. Jawohl, das hatte sie verdient, war er sich sicher.

Ein regelrechtes Sightseeing an diesem sonnigen Spätnachmittag auf dem Vorplatz der Trauerhalle. Gesehen und gesehen werden auf dem Friedhof, der Partnerbörse Nummer eins in Buer. Vor wenigen Minuten zogen die drei Bogdanski-Schwestern aus der Siedlung an ihm vorbei. Sie glichen sich, trotz einiger Jahre Altersunterschied, wie ein Ei dem anderen. Heute waren die Eier in bunte Strickkleider gehüllt. Alle drei früh verwitwet, alle drei auf der Suche nach einem neuen Kerl und alle drei hässlich wie die Nacht, wie er fand. Lippen leckend zogen sie an Gernot vorbei. Nein, so eine Frau wollte er nicht, da blieb er lieber Single.

Sein Rücken hatte sich wieder erholt, seit er nicht mehr jede Nacht auf der alten Matratze unter dem Küchentisch schlafen musste. Irgendwann hatte die gute Waltraud Mitleid mit dem armen Gernot und ließ ihn aufs Sofa. Lieber wäre ihm gewesen, sie hätte ihn ins leer stehende Bett ihres Eheschlafzimmers gelassen, doch das Schlafgemach war für ihn tabu. Schade, vielleicht hätte er sie überzeugen können, dass Sex auch noch in ihrem Alter sehr schön sein konnte. Waltraud war zwar nicht ganz nach seinem Geschmack, lieber hätte er eine knackige Blondine, doch nachts sind alle Katzen grau, und wenn es dazu diente, dass er vielleicht bleiben könnte, würde er sich wohl opfern.

Ja, eine Blondine wäre schön. Die Haarfarbe könnte auch ruhig aus der Packung sein. Ein paar Falten könnte sie auch haben. Er mochte Frauen mit gegerbter Lederhaut. Bräune zeugte von Vitalität, und wenn er selbst schon leichengrau herumlief, wäre das ein schöner Kontrast. Ordentliche Zähne sollte sie haben. Keine zu großen Lücken dazwischen und keine kandisbraunen Riesenhauer. Dagegen war er allergisch. Zu schlau sollte sie auch nicht sein. Ein bisschen mit Dummheit gepudert, das liebte er bei einer Frau. Die hinterfragten nicht so viel, lachten mehr als die Schlauen, würden an seinen rauen Lippen hängen und ihm alles glauben, was er erzählte.

Vielleicht sollte er das Grab seiner Schwiegermutter aufsuchen? Da war er schon lange nicht mehr gewesen. Er hatte sie zwar nie gemocht, diese fromme Hexe, die ihr halbes Leben in der Kirche verbracht hatte, doch hier herumsitzen brachte auch nichts, alles nur Paare, die herumschlichen, oder hässliche Krähen.

Nach nur wenigen Minuten hatte er das Feld erreicht und musste feststellen, dass es die Gräber nicht mehr gab und das Feld wieder neu belegt worden war. Hatte die Alte, die seine Frau zu einer prüden Kuh erzogen hatte, also schon jemanden über sich liegen, dachte er. Dabei hatte Waltraud erzählt, dass sie letztens erst mit Margareta das Grab besucht hätte. Doch wann war *letztens*?

Er blieb vor einem besonders schönen Urnengrab stehen und bestaunte die vielen Vasen mit den bunten Blumen. Frisch verstorben, da krauchen sie noch zum Grab, ging es ihm beim abfälligen Blick auf das Blumenmeer durch den Kopf. In ein paar Jahren würde das schon anders aussehen.

Es hatte ihn nicht allein zu diesem dunklen unheimlichen Feld zwischen hohen Kiefern getrieben. Eine Frau gesellte sich zu ihm und wünschte ihm freundlich einen guten Abend.

»Guten Abend«, erwiderte Gernot den Gruß und schaute an der Frau herunter. Er schätzte sie auf mindestens 500 Jahre, mit Sicherheit war sie älter als Methusalem. Ein Wirrwarr aus Falten und Warzen befand sich in ihrem Gesicht. Obwohl er auch nicht der Schönste war, hätte er bei ihrem Anblick würgen können. Igitt! Stöhnend stützte sie sich auf ihren weinroten Gehwagen. Wie er diese Dinger hasste. Wenn er mal nicht mehr kriechen könnte, würde er sich trotzdem nicht so ein Ding kaufen, das es inzwischen sogar schon bei Tchibo und Aldi gab. Überall wurde man damit fast überrollt oder sie wurden einem in die Hacken gestoßen. In Scharen kreuzten die Rollatorbesitzer auf, besetzten zu zweit sämtliche Cafés, Arztpraxen und Geschäfte.

Das Kostüm der alten Dame war aus original dem gleichen Stoff wie sein Anzug, stellte er beschämt fest. Graubeigefarbener Gabardinestoff. Kostüm und Anzug stammten aus der gleichen Epoche. Erst jetzt wurde ihm bewusst, wie schrecklich der Anblick seines Anzugs für andere Menschen sein musste. Er sah nicht minder abgetragen und aus der Mode gekommen aus wie das Kostüm der alten Frau. Beide Kombinationen waren ein wahres Mottenparadies. Morgen würde er sich in der Stadt einen neuen Sommeranzug kaufen. Jawoll! Und Waltraud würde ihn begleiten. Wozu arbeitete seine Nichte schließlich in einem Bekleidungsgeschäft. Sicherlich erhielt sie dort Personalrabatt. Vielleicht war schon ein gutes Stück heruntergesetzt, schließlich neigte sich der Sommer dem

Ende zu. Christa wird sich im Grabe umdrehen, wenn sein Anzug morgen Abend in dem Altkleidercontainer verschwand, davon war Gernot fest überzeugt. Sie war es, die ihm immer wieder eingeredet hatte, wie toll sein Anzug aussehen würde. So elegant, so vornehm würde er darin wirken. Vielleicht vor 20 Jahren.

Die alte Dame lächelte ihn an und blickte anschließend auf das Grab. »Sie kannten meinen Sohn?«

Gernot sagte der Name Werner Schmidt nichts. Schmidts gab es schließlich wie Sand am Meer. Und der Name Werner war ebenfalls ein Allerweltsname.

»Nein, ich kannte ihn nicht. Mir fiel lediglich das schöne Grab auf.«

»Ja, da achtet meine Schwiegertochter drauf. Sie gibt sehr viel Geld für Blumen aus.« Beim Sprechen wackelte der Kopf der alten Dame. Es war zu befürchten, dass er gleich abfallen würde, so heftig wurde ihr Tremor plötzlich.

Gernot starrte auf das in dem Grabstein gemeißelte Geburtsjahr des Sohnes und zuckte zusammen. Wie alt mag die Alte sein, wenn ihr Sohn 1949 geboren worden war? Mindestens 85 Jahre, schätzte er. Nichts wie weg, sagte er sich. So eine halb tote Fregatte mit verfilzter Haarpracht in undefinierbarer Farbe, nein danke.

Frau Schmidt begann unaufgefordert mit der Leidensgeschichte ihres Sohnes und ließ dabei ein paar Tränchen die Flusslandschaft in ihrem Gesicht herunterlaufen. An Krebs wäre er gestorben. Dahingesiecht, kaum auszuhalten.

Um das Ganze abzukürzen fuhr er ihr über ihren schmalen Mund. »Meine Frau ist auch vor drei Monaten gestorben. Sie hatte ebenfalls Krebs.«

»Och, das tut mir leid. Liegt sie auch hier auf dem Friedhof?«

»Nein, sie liegt in Essen. Ich bin hier zu Besuch bei meiner Schwägerin. Ich brauche Ablenkung.«

»Na, das verstehe ich. Wollen wir uns dort drüben auf die Bank setzen, und Sie erzählen mir von Ihrer Frau?«

Ein kalter Schauer fuhr ihm unter sein Jackett. »Nein, ich muss jetzt gehen«, erwiderte er ziemlich schroff und zog mit großen Schritten ohne einen Gruß von dannen.

Das fehlte ihm noch, dieser alten Frau sein Leid zu klagen. Nichts wie weg.

Als er eine halbe Stunde später den Friedhof am Tor zum Wetterweg verließ, fragte er sich, was ihm dieser Nachmittag auf dem Friedhof, wo doch angeblich so viele Frauen ihr Glück suchten, gebracht hatte. Nichts, absolut nichts. Drei Weiber in Strickkleidern oder eine Mumie hätte er abschleppen können. Er blickte auf seine fast weißen Flechtlederschuhe und überlegte, wie alt sie wohl mittlerweile waren. Er wusste es nicht mehr. Mindestens fünf Mal hatte er sie zum Besohlen zum Schuhmacher gebracht. Zum neuen Anzug müsste er auch neue Schuhe haben und mindestens ein modisches Oberhemd, da die, die er besaß, alle schon wählen gehen konnten.

Als er am Haus von Robert Fischer vorbeikam, war dieser gerade dabei, einen Bierkasten aus seinem Auto in den Garten zu tragen. Gernot blieb, wieso auch immer, vor dem Eingang stehen und grüßte freundlich.

»Der Mönnich. Na, gehst du spazieren? Warst du wieder auf dem Friedhof?« Ein fettes Lachen kam aus Fischers Mund. »Komm, trink eine Flasche Bier mit mir. Lass uns in den Garten gehen!«

Normalerweise hätte er sich niemals auf Robert Fischers Niveau begeben und sich mit ihm an seinen Gartentisch gesetzt, um Bier aus der Flasche zu trinken. Doch eine innere Stimme sagte ihm: »Hör mal, was der Fischer so zu erzählen hat. Vielleicht kann man sich ja zusammenrotten.«

Denn eines hatten die beiden gemeinsam: Sie mochten Margareta Sommerfeld nicht.

18. KAPITEL

Wo war sie bloß wieder? Als Stefan Kornblum gegen 20 Uhr die Wohnung betrat, war diese verwaist. Keine Margareta zu finden. Was hatte er erwartet? Dass sie an einem so herrlichen Sommerabend daheim auf ihn warten würde?

Wütend setzte er sich sich aufs Sofa und machte den Fernseher an. Er goss sich einen 16 Jahre alten Single Malt Whisky ein, den er vorhin von seinem Vater bekommen hatte. »Trink mal Junge! Das ist ein guter Tropfen, ein Lavagulin«, hatte er gesagt und erwartet, dass er sich 50mal bedankte. Als Kind musste er immer einen Diener machen, egal für was für einen kleinen Mist. Danke, großer Vater!

Immer wenn man Margareta mal brauchte, war sie nicht da. Doch war er jetzt nicht ungerecht? Er war es schließlich, der sich schon am frühen Morgen aus dem Staub gemacht hatte. Schnell noch zwei Brötchen für sie vom Bäcker geholt und die Kurve gekratzt. Wieso hatte er sie nicht einfach mitgenommen zu seinen Eltern? So schrecklich waren sie nun auch wieder nicht. Okay, wenn er mit Margareta aufgetaucht wäre, hätten sie gleich die Hochzeitsglocken läuten hören. Und das war das Letzte, was er wollte. Er war sich ja selbst noch nicht sicher, ob das nun mit ihr etwas Ernstes war oder nicht. An manchen Tagen liebte er sie heiß und innig, an anderen fragte er sich, was er hier in dieser Turmwohnung eigentlich zu suchen hatte. Das Leben bestand nicht nur aus Sex, musste er nach einem guten halben Jahr Zusammenleben mit Margareta feststellen. Gemeinsamkeiten hatten sie eigentlich wenige. Er überlegte und kam zu dem Ergebnis, dass sie gar keine hatten. Aber ging es ihm nicht immer so? So war es doch auch bei Nadine, bei Janett, bei Mandy und auch bei Michi gewesen. Nach ein paar Wochen hatte er die Freude an den Frauen verloren, der Sex mit ihnen wurde ihm zur Gewohnheit. Das war so, wie wenn man täglich ein Snickers essen würde. Hm, zuerst war das noch lecker. Nach etlichen Wochen kam einem das Snickers allmählich aus den Ohren raus und man würde stattdessen lieber ein Mars verspeisen. Doch so ging das nicht. Hatte man sich für Mars entschieden, gab es kein Snickers mehr. Wieso konnte man diese Süßigkeiten nicht abwechselnd genießen? Mal Mars, mal Snickers, dann wieder Mars. Das Leben hatte ihn gelehrt, dass es so nicht lief. Jedenfalls nicht ohne ganz viel Ärger.

Er schnupperte an sich herum. Nach Hund, er roch eindeutig nach Hund. Und nach Rouladen. Hund überwog jedoch. Henry, der Schäferhund seiner Eltern, ein ausgebildeter Polizeihund – schließlich war sein Vater auch Kommissar, allerdings seit einigen Monaten im Ruhestand –, war ein ganz Lieber. Sein Vater hatte Henry natürlich behalten. Seit der Hund jedoch nicht mehr im Berufsleben stand, mutierte er zum verweichlichten Schosshund. So war Stefan ordentlich beschleckt und besprungen worden. Neuerdings saß der stattliche Rüde bei den Mahlzeiten sogar mit am Esstisch.

Also sprang Stefan erst einmal unter die Dusche und kippte sich die halbe Flasche Boss Bottled über seinen Körper. Nach dieser ausgiebigen Reinigung schmiss er sich in frische Klamotten, Jeans und rotes Designer-Hemd und überlegte, was er mit dem angebrochenen Abend anfangen könnte. Die plötzlich aufkeimende Sehnsucht nach Margareta veranlasste ihn, sein Handy aus der Tasche zu holen und ihr eine SMS zu schicken. ›Wo bist du? Hast du Lust auf ein Bierchen? Irgendwo draußen?‹

Die ersehnte Antwort kam prompt. ›Ich bin mit Susanne in der Schrebergartenanlage Wilhelmsruh in Hassel. Ganz schön was los. Komm doch auch!‹

Sein Stimmungsbarometer sank rapide. Nein, auf diese Kochtussi hatte er überhaupt keine Lust. Noch weniger auf dieses Spießbürgertum einer Kleingartenanlage. Wilhelmsruh? War er nicht erst gestern dort mit einer Streife gewesen, nachdem ein Parzellenkönig angerufen hatte, er hätte jemanden gesehen, der ihm verdächtig vorkam? Dieser Mann, den er auf einem Fahndungsplakat gesehen hätte, würde sich in einer Laube versteckt halten. Doch den gesuchten Bankräuber fanden sie nicht.

Er hatte eigentlich erwartet, dass Margareta vor Freude austicken und vorschlagen würde, sich woanders zu treffen. Doch nichts, das Handy schwieg.

Ob ihm der Duft von Sandelholz und Zitrone sein Hirn so vernebelte, dass er sich traute, Jenny Gehrke anzurufen, konnte er später nicht mehr sagen. Er verabredete sich mit ihr im ›Manyos‹ am Busbahnhof in Buer. Eigentlich ein riskantes Unterfangen, denn etliche seiner Kollegen verkehrten da. Was würden sie sagen, wenn er dort mit Jenny Gehrke, diesem flotten Feger, aufkreuzen würde? Was, wenn Margareta Sommerfeld es erfahren würde und er hier die Koffer packen konnte? Dann war es eben so, sagte er sich. Es reizte ihn ganz einfach, sich mit dieser jungen Hupfdohle, wie sie genannt wurde, zu treffen. Gegen diese 25-jährige rothaarige Ausgeflippte war Margareta mit ihren 42 Jahren alt. Er war auch 42. War sie für ihn zu alt? Er wollte nicht länger darüber nachdenken. Diese neue Kommissarin hatte es ihm angetan, was auf Gegenseitigkeit beruhte. Sie ließ keine Gelegenheit aus, ordentlich mit ihm zu flirten. Ihre Spontaneität gefiel ihm.

War das Margareta gegenüber fair? Sollte er nicht lieber für klare Verhältnisse sorgen, ehe er sich in eine neue Affäre stürzte? Fakt war, dass Margareta ihm in letzter Zeit unheimlich auf den Keks ging. Ihr Miss-Marple-Gehabe war kaum mehr auszuhalten. Was er früher an der Hobbykommissarin cool fand, törnte ihn nur noch ab. Alles drehte sich bei ihr um diesen Rosensalzmörder. Nach getaner Arbeit wollte er was anderes hören als nur von diesem Fall. Er wurde verhört wie ein Angeklagter. Ihre ständige Einmischerei und die komischen Leute in der Siedlung hatte er gründlich satt. Der Gipfel war, als sie ihren verhassten Onkel niedergeschlagen hatte. Okay, dieser Sittenstrolch hatte den Kinnhaken verdient. Aber doch nicht von Margareta! Dann diese schräge Mutter. Waltraud ging ihm fast noch mehr auf die Nerven. Ihre ständige Besserwisserei, ihr Gutmensch-Getue. Wie konnte sie diesen perversen Schwager bloß bei sich aufnehmen?

Den Vogel abgeschossen hatte allerdings ihr psychopathischer Freund Sebastian. Wie der sich an sie klammerte. Ein aus dem Nest gefallenes Vogelküken konnte nicht unselbstständiger sein als Sebastian Krüger. Wie er mittags in der brütenden Hitze vor dem grauen Haus saß und mit seiner durchgeknallten Mutter Karten spielte oder um die Wette würfelte. Die laute Hannelore kam ihm vor wie eine Domina aus einem einschlägigen Etablissement. Dieser eierlikörblonde Kopf ließ sie aussehen wie ein genmanipulierter Haubenvogel. Die soll es in der Jugend mit allen jungen Männern aus der Siedlung getrieben haben, hatte ihm Waltraud erzählt. Hm, obwohl Waltraud ja auch nicht ganz ohne war. Er erinnerte sich daran, dass sie vor ein paar Jahren, als Margaretas Vater ermordet worden war, so ein 50 Jahre altes Muttersöhnchen von schräg gegenüber an Land gezogen hatte. Wer im Glashaus saß, sollte also nicht mit Steinen werfen.

Um bei Hannelore zu bleiben: Was war die Quittung gewesen? Ein neunmalkluger Lehrer hatte ihr ein Kind angedreht, den kümmerlichen Sebastian. Wo war er hier bloß gelandet? Er sehnte sich nach seiner schicken Eigentumswohnung in Polsum zurück. Mehr als einmal wollte er Margareta den Vorschlag machen, doch mit ihm dorthin zu ziehen. Doch diesen Schritt wagte er nicht. Das war ihm einfach zu endgültig. Hatte sie erst ihre Wohnung aufgegeben, konnte er sie nicht so einfach wieder vor die Tür setzen.

Als er mit seinem noblen BMW den Torbogen durchfuhr, fiel ihm die tote Barbara wieder ein, wie sie dort unter dem Turmgewölbe lag. Klar, dass das Margareta mitnahm. Auch die verschwundene Inge Wienert verursachte ihm Kopfzerbrechen. Dass aber auch gerade in seinem Wohnumfeld zwei Verbrechen geschehen mussten. Kein Stück weiter war die SoKo-Rosensalz bisher gekommen. Er glaubte weder, dass Robert Fischer der Täter war noch dieser Klaus, der Lebensgefährte der Wienert. Eher kam Gernot Mönnich für ihn als Täter infrage. Wer schon jungen Mädchen an die Oberschenkel grapschte, dem traute er auch alles andere zu. Sollte Blauländer mal ermitteln. Kam sich doch sonst so schlau vor. Die anderen würden schon merken, was der für eine Träne war. Der packte das nicht mehr, war hoffnungslos überfordert mit dem Posten als Erster Hauptkommissar. Aber ja nicht den Stuhl für ihn freimachen. Der würde so lange an seinem Sitz kleben, bis man ihn darauf heraustragen würde.

Jetzt freute er sich erst einmal auf die frivole Jenny. Was war schon dabei, sich mit ihr auf ein Bier zu treffen? Wäre Margareta zu Hause gewesen, wäre es dazu gar nicht erst gekommen. Was, wenn Jenny mit mir in die Kiste will, fragte er sich an der Ampel Vom-Stein-Straße und schaute, mit seinem Aussehen zufrieden, in den Rückspiegel.

Wirf dein schlechtes Gewissen endlich ab, mahnte er sich. Margareta war schließlich auch nicht ohne. Oder meinte sie etwa, er wäre blöd? Er hatte schon mitbekommen, wie sie nach dem Zusammenprall mit Robert Fischer nachts ihr Bett verließ, zu diesem Psycho-Basti rannte und sich morgens wieder in die Wohnung schlich. Hat sich von so einer Null trösten lassen. Gestern hatte sie den halben Tag mit Blauländer auf dem Wolterhof verbracht. Wie sollte er das wohl finden? Wo sie wusste, wie er seinen Chef hasste. Ja, er hatte seine Spione überall.

19. KAPITEL

Eigentlich mochte Margareta keine Schrebergärten. Ihrer Meinung nach viel zu viel Aufwand, der in einer solchen Parzelle betrieben wurde, um ein bisschen Obst oder einen jämmerlichen Salatkopf zu ernten. Die Eltern ihrer damaligen Schulfreundin Petra waren ständig in ihrem Kleingarten in der Anlage Erle-Nord zugange. Die Mutter hielt die Laube sauber und zupfte in den Beeten herum, als gäbe es einen Preis zu gewinnen. Der Vater mähte dauernd Rasen, pflanzte ein und riss aus, ständig sah man sein Hinterteil über den Beeten schweben. Ewig zimmerte er neue Dinge, an denen er sich erfreute. Hier mal eine Pergola, da eine Kiste für Kompost und dann wieder eine neue Bank. Margareta durfte im Sommer öfters direkt nach der Schule mit Petra in deren Schrebergarten. Da fand sie es ja noch ganz romantisch, dieses blühende Paradies und das Planschbecken, das bei Hitze auf der Wiese stand. Petras Vater, ein echter Ruhrpotttyp mit Doppelripp-Unterhemd, blauen Shorts und Socken bis zu den Knien, grillte für die Mädchen eine Wurst. Die Mutter, eine typische Kittelschürzen-Hausfrau, hatte den Kartoffelsalat schon mitgebracht, den sie mitten in der Nacht zubereitet hatte. Anschließend durften die Mädchen sich in dem Vereinsheim, an dessen Theke ein paar Suffköppe sich ständig zankten, ein Eis holen. Damals beneidete sie Petra um den schönen Schrebergarten. Heute konnte sie nur mit dem Kopf schütteln. Für ein paar Erdbeeren, die man in der Saison überall nachgeschmissen bekam, sich stundenlang bücken, ständig gießen? Nein danke. So ein Garten war doch nur ein Klotz am Bein.

An dem Festzelttisch, an dem sie Platz gefunden hatte, saßen außer Susanne, ihrem Mann Uli und Conni noch zwei weitere Pärchen mittleren Alters, Gartenbesitzer aus der Anlage, echte Ruhrpott-Urgesteine. Die dauergewellte Kerstin und Sonnenhut-Uwe blätterten in einem Prospekt über Gartengrills.

»Boh, äih, guck ma hier. Wat ein geilet Teil. Boh, echt krass. Dat kauf ich mich.« Uwe war ganz aus dem Häuschen und deutete mit seinem schmutzigen Zeigefinger immer wieder auf einen bestimmten Grill. Kerstin himmelte ihren Mann an, strich ihm imaginäre Fusseln von seinem gestreiften Polo-Shirt – einem wahren Knötchen-Eldorado – und hauchte nur: »Ja, den sollst du haben.«

»Nen Webergrill is viel besser. Kauf dich nen Webergrill«, meinte der zartgliedrige Thomas, nahm die Bierflasche an seinen Mund und öffnete sie mit den Zähnen. Den Kronkorken rotzte er in das Gartenzwergbiotop des Schrebergartens, das direkt neben ihm lag. Dann nahm er einen kräftigen Schluck des kühlen Inhalts.

»Nich mit die Zähne«, meinte die blonde Katja, die sich mit ihren lackierten Gelfingernägeln Kotelettreste aus den Zähnen pulte.

Susanne schmunzelte nur und stieß Margareta an. »Sind nicht alle hier so schlimm wie die vier«, meinte sie sich für die Gartenfreunde entschuldigen zu müssen. Ihr Mann Uli aß die Bratwürstchen Stereo, eines mit Senf, das andere mit Ketchup schob er sie gleichzeitig in seinen Mund.

Margareta war froh, dass Stefan nicht zu ihnen gestoßen war. Was hätte sie sich hinterher wieder anhören können: Wie kann man mit solchen Leuten verkehren, unterste Schublade, Spießeridyll usw. usw.

Margareta fand die Atmosphäre einschließlich der Leute um sie herum mehr als interessant. Kindheitserinnerungen wurden in ihr wach. Glückliche unbeschwerte Schrebergartentage mit ihrer Schulfreundin spulte sie in ihrem Hirn ab. Gab es damals auch schon Mord und Totschlag? Wenn ja, war sie damit nicht konfrontiert worden.

Nachdem sie sich ein Nackensteak und eine Rostbratwurst gegönnt hatte, stellte sie sich nun ein drittes Mal an den völlig überfüllten Grillstand, um sich eine Portion Pommes Frites mit Mayonaise zu gönnen. Sah ja keiner, und heute hatte sie sowieso schon gesündigt. Sie musste an den ›Kalten Hund‹ denken.

Susanne und Uli waren reizend, bemühten sich sehr um sie. Uli sorgte laufend für Getränkenachschub, noch bevor ihr Glas leer war. Kerstin, Uwe, Katja und Thomas waren zwar gewöhnungsbedürftig, doch äußerst unterhaltsam. Direkt über Margaretas Kopf war in einem Kastanienbaum eine große Lautsprecherbox befestigt. So wurde sie mit deutschem Schlager bedudelt, bis ihre Ohren regelrecht klingelten. Die Hits waren zwar nicht die neuesten, stammten allesamt aus den 80er und 90er Jahren, was mit den GEMA-Gebühren zusammenhing, wie ihr Uli erklärte. Je neuer die Hits, je teurer für den Verein. Was soll es, dachte sie sich, die Hits von Wolfgang Petry waren ja auch nicht schlecht.

Nach gut zwei Stunden brauchte Margareta ein wenig Abwechslung. Die Gespräche an dem Tisch begannen sie zu langweilen. Sie hatte weder Interesse an einem Grill, noch an einem günstigen Rasenmäher. Auch war es ihr völlig egal, dass das Wassergeld in der Anlage erhöht werden sollte und wer bei den Pflichtstunden gepfuscht hätte. So entschloss sie sich nach einem Auftritt der Tanzgruppe der Hasseler Schreberjugend vor dem Vereinsheim, eine Runde durch die Anlage zu drehen.

Ein schönes Fleckchen Erde am Stadtrand von Gelsenkirchen-Hassel. Direkt dahinter Wald und Wiesen. Ein Wanderweg führte zur Wasserburg Lüttinghof. Margareta bog in einen Stichweg gleich links ein. Friedlich und ruhig lagen die Gärten in der Abendsonne da. Hier und dort saßen Leute auf der Terrasse ihrer Laube und genossen die letzten Sonnenstrahlen. Wahrscheinlich war ihnen der Trubel um das Vereinsheim, die Musik, das Gelächter und Geschnatter einfach zu laut. Sehen und gesehen werden hatte für sie keinen Reiz. Am äußeren Weg angelangt, bog Margareta rechts ab. Die Lauben waren sehr unterschiedlich. Einige waren Prachtexemplare, wunderschön hergerichtet, äußerst gepflegt, andere dagegen nur notdürftig in Ordnung gehalten, die Gärten drum herum eher vernachlässigt. Traf sie auf eine besonders schöne Laube, blieb sie davor stehen und bestaunte die Beete, die aufgereihten Zwerge, die Windmühle und den Gartenteich der Anlage. Manche Rasenfläche sah aus, als wäre sie an den Kanten mit der Nagelschere bearbeitet worden. Diese Arbeit, die in einer solchen Parzelle steckte, machte Margareta regelrecht Angst. Ein Fass ohne Boden, eine zweite Arbeitsstelle bedeutete es, Eigentümer eines Gartens zu sein. Und wie viel Geld so mancher Besitzer hier investiert hatte. In einigen Gärten sah man nur jeweils einen einsamen alten Mann, der hier buddelte und dort goss. Ein richtiger Spielplatz für einsame Opis war das. Hier konnten sie sich auslassen, machen, was sie wollten, brauchten niemanden fragen. Vielleicht hatten sie zu Hause eine Walküre, die ihnen täglich den Marsch blies. So waren sie froh, von Sonnenaufgang bis Sonnenuntergang in ihrer Parzelle zu verschwinden. Hier konnten sie krümeln, im Stehen pinkeln, gähnen, pupsen, Bier trinken und sich am Kopf kratzen, ohne dass jemand meckerte.

Vor einem Garten mit Backsteinlaube blieb sie stehen. Ein wunderschönes Fleckchen Erde. Dahinter direkt der Wald sowie ein Reiterhof. So ein Idyll erwartete man in einer Großstadt gar nicht. Alles blühte und grünte äußerst üppig. Die Apfelbäume trugen Unmengen reifer Früchte. Der Garten schien an diesem Abend verwaist. Margareta fragte sich gerade, wer diese Unmengen Obst und Gemüse essen würde, als ihr plötzlich ein alter Mann hinter dem Zaun gegenüberstand. Erschrocken machte sie einen Schritt zurück.

»Haben Sie mich aber erschreckt. Ich dachte, hier wäre niemand.«

»Oh, das tut mir leid. Das war nicht meine Absicht. Ich habe nach meinen Kartoffeln gesehen. Bald kann ich sie ernten«, sagte der Mann und zeigte auf das riesige Feld mit den kräftigen Pflanzen.

Sie schätzte den kleinen Mann mit dem freundlichen Lächeln auf mindestens 70 Jahre. Zitternd öffnete er ihr das Gartentörchen und bat sie herein.

»Wollen Sie sich mal umschauen? Ich zeige Ihnen gerne meine Gurken. Das sind Dinger, kann ich Ihnen sagen.«

Er ging ihr voran den Weg zur Laube hinauf. Da er nett und harmlos wirkte, schloss sie das Tor von innen und folgte ihm. Stefan würde sagen: »Bist du bescheuert? Fast 22 Uhr und du krauchst in den Garten eines alten Mannes, den du gar nicht kennst, um seine großen Dinger anzuschauen? Ja geht es noch?«

»Ich bin in der letzten Woche 80 Jahre alt geworden. Den Geburtstag haben wir hier gefeiert. Mein Sohn hat gegrillt. Zum Kaffee gab es Erdbeertortenboden. Meine Frau ist schon sehr gebrechlich. Die kommt nicht mehr so oft mit. Der Garten ist alles, was ich habe, und so lange ich kann, behalte ich ihn auch noch. Mein Sohn sagte allerdings ...«

Sie ließ ihn reden, den alten Mann mit den trüben Augen. Ließ sich Kartoffeln und Tomaten zeigen, bestaunte die Äpfel und die Balldahlien, die soeben zu blühen anfingen, und ließ ihn all das erzählen, was er längst mal jemandem mitteilen musste.

»Haben Sie denn gar keine Angst hier so spätabends ganz allein? Ihr Garten grenzt an den Wald. Da könnte doch mal einer über den Zaun steigen.«

»Was will der denn hier holen? Obst und Gemüse? Nein, ich habe keine Angst. Manchmal übernachte ich sogar hier. Das ist zwar auf Dauer nicht erlaubt, aber der eine oder andere macht es trotzdem.«

Inzwischen hatte Margareta auf der Terrasse Platz genommen und sich einen Heidelbeerlikör einschenken lassen. Der alte Mann schien sich über den überraschenden Besuch zu freuen. Er saß ihr gegenüber, ebenfalls in einem Gartenstuhl mit weinroter Auflage, und lächelte sie ununterbrochen an.

»Ist hier denn noch nie etwas passiert?«

»Hin und wieder wird schon mal eine Laube aufgebrochen, aber eher selten.«

Der Mann hieß Fritz Krause. Sein ganzes Berufsleben hatte er auf der Zeche Westerholt verbracht. Zum Abschied schenkte er ihr noch ein paar Zwiebeln, zwei Äpfel und drei Tomaten. Er nahm ihr das Versprechen ab, ihn bald wieder zu besuchen. Brav bedankte sie sich bei ihm und ging weiter den Weg hinauf.

Zumal die Sonne fast am Horizont verschwunden war, entschloss sie sich, nachdem sie noch mehrere Parzellen bestaunt hatte, auf der anderen Seite der Anlage zurück zum Vereinsheim zu laufen.

Vor einem verwilderten Garten, der wohl ohne Besitzer war, blieb sie stehen. Das mindestens zehn Meter breite Häuschen passte so gar nicht ins Bild der gepflegten, nach einer bestimmten Norm errichteten Lauben. Diese war verfallen, das Unkraut davor kniehoch. Sie hatte sogar ein Dachgeschoss mit zwei kleinen Dachfenstern. In der Mitte in einer Gaube befand sich ein weiteres kleines Fenster. Die beiden unteren im Erdgeschoss waren mit Blendläden verschlossen. Wie gebannt starrte sie auf das Fensterchen in der Gaube. Hier ist niemand, beruhigte sie sich selbst. Der Eingang war vom Efeu fast zugewuchert. Jahrelang war in diesem Garten nichts mehr gepflanzt worden. Überall nur Unkraut, hohe Erdhügel, Ansammlungen von Schrott, alten Liegestühlen und Unrat. Wieso riss man diese Laube nicht ab? Margareta wollte zurück zu Susanne und sie danach fragen.

Ein letzter Blick zu dem Fenster im Dachgeschoss ließ sie zusammenzucken. Da war doch jemand! Sie konnte einen Kopf erkennen. Stechende Augen sahen sie an. Sie kannte diesen runden Kopf mit dem fleischigen Gesicht. Dunkle Haare umrahmten es. Die Knollennase presste sich gegen die schmutzige Scheibe. Obwohl die Laube gute zehn Meter entfernt war, erkannte sie den Mann, der sich dort versteckt hielt. Es war Klaus. Inge Wienerts Lebensgefährte. Margareta war sich 100-prozentig sicher. Seine fleischigen Lippen schienen Worte zu formen und etwas zu rufen. Durch die Geräuschkulisse der stark befahrenen Ulfkotterstraße direkt hinter der Anlage waren sie nicht zu verstehen. Mit rasendem Herzschlag hastete Margareta zurück zum Vereinsheim. Wieso hielt sich Klaus hier versteckt? Wen kannte er hier? Wer deckte ihn? Jemand musste ihn mit Essen versorgen. Hatte er etwa auch Inge dabei? Fragen über Fragen gingen ihr durch den Kopf. Sie bereute, an diesem Abend überhaupt hierher gekommen zu sein. Ständig wurde sie in irgendeine nicht legale Sache hineingezogen. Es muss Schluss damit sein, schrie alles in ihr. Ich will ganz normal leben wie alle anderen auch. Susanne musste den Vorsitzenden der Schrebergartenanlage informieren. Oder besser gleich die Polizei holen? Blauländer anrufen? Wenn Klaus mit dem Mord an Barbara und Inges Verschwinden nichts zu tun hatte, wieso hielt er sich dann hier versteckt?

Sie hatte das Vereinsheim erreicht und ging auf den Tisch zu, an dem nur noch Susanne, ihr Mann und Conni saßen. Überhaupt hatte sich in der einen Stunde ihrer

Abwesenheit einiges verändert. Bunte Lichterketten erhellten den in fast völliger Dunkelheit gelegenen Festplatz. Die Musik war um einige Dezibel leiser geworden, und die Anzahl der feierfreudigen Menschen hatte sich auf die Hälfte reduziert.

Gierig trank sie das ihr von Uli gereichte Bier in einem Zug aus. So langsam beruhigte sich ihr Pulsschlag.

»Wir haben uns schon Sorgen gemacht. Wo warst du denn?«, wollte Susanne wissen.

»Bist du einem Geist begegnet? Du bist ja völlig verstört«, sorgte sich Conni.

»Ich habe eine Runde durch die Anlage gedreht und bei einem älteren Herrn auf der Terrasse ein Likörchen getrunken«, erwiderte Margareta betont munter. Sie hatte sich entschlossen, ihre Vermutung, Klaus würde sich in der alten Laube versteckt halten, nicht kundzutun. Nicht hier und jetzt.

»Irgendetwas stimmt doch nicht. Was ist passiert? Hat der Alte dich angegraben?« Susanne war nun auch skeptisch geworden. So verstört und fahrig hatte sie Margareta noch nie erlebt.

»Ich will dann auch jetzt. Es ist bereits 22 Uhr durch und ich muss morgen arbeiten.« Und schon stand Margareta von der Bank auf um den Heimweg anzutreten.

Nur weg hier!

Äußerst verunsichert sahen ihr Susanne und Conni nach.

Auf dem Weg zu ihrem Auto machte Margareta sich vor Angst fast in die Hose. Sie wollte nicht auch noch in dieser Baracke landen, vielleicht geknebelt und gefesselt werden und auf ihren Tod warten. Ihr Polo parkte genau hinter der Hecke dieser ominösen Gartenparzelle, in der sie Klaus vermutete. Hastig stieg sie in ihren Wagen, legte den Rückwärtsgang ein und gab Gas. Sie hatte ständig das Gefühl, gleich würden sich die kräftigen Hände von Klaus um ihren Hals legen. An der Ampel Ulfkotter Straße blickte sie sich um. Vielleicht kauerte er auf dem Rücksitz und packte gleich tatsächlich zu. Sie rief sich zur Vernunft, fluchte laut und fing an zu heulen. Wie sollte so ein dicker Klotz unbemerkt auf dem Rücksitz des kleinen Polos kauern? Reiß dich zusammen! Sie gab Gas und fuhr mit 80 km/h die Polsumer Straße entlang Richtung Buer. Als ihr bewusst wurde, dass sie viel zu viel getrunken hatte, um noch Auto zu fahren, nahm sie den Fuß vom Gas. Sie war fest entschlossen, Stefan von Klaus zu erzählen, sobald sie zu Hause war. Sicherlich würde er schon schlafen. Dann würde sie ihn wecken.

Die Wohnung war dunkel. Margareta meinte jedoch aus dem Schlafzimmer Geräusche zu hören. Sie ging ins Zimmer und sah sich um. Stefan wird doch nicht unter der Bettdecke … Sie betätigte den Lichtschalter. Sein Bett war unbenutzt. 23 Uhr, und er war noch nicht zu Hause. War er zu einem Einsatz gerufen worden? In so einem Fall hinterließ er ihr einen Zettel auf dem Küchentisch. So richtig schön altmodisch. Auf dem Weg dorthin nahm sie ihr Handy aus der Hosentasche. Keine Nachricht. Nichts. Die Küche sah erstaunlich aufgeräumt aus. Keine Nachricht auf dem Tisch. War er etwa nach dem Besuch bei seinen Eltern gar nicht nach Hause gekommen? Auf dem Wohnzimmertisch stand ein Whisky-Glas, das heute Mittag noch nicht dort stand. Ein Blick ins Bad bestätigte ihr endgültig, dass er zu Hause gewesen sein musste. Ein heilloses Chaos, die Dusche nicht trocken geputzt. Die alte Unterhose auf dem Boden, ebenso sein Hemd und seine

Hose. Alter Macho! Sie wählte seine Handynummer. Die Mailbox sprang an.

Sie ließ sich auf einen Küchenstuhl fallen und seufzte. Da brauchte man einmal Trost und einen guten Ratschlag, doch der Herr Hauptkommissar war nicht da.

Zu ihrer Unruhe gesellte sich noch tiefe Traurigkeit.

Sie war unschlüssig, was sie tun sollte. Um die Zeit Bauländer anrufen? Ob er zusammen mit Stefan unterwegs zu einem Mordopfer war? Sie entschloss sich, ins Bett zu gehen und erst mal eine Runde zu schlafen, was ihr tatsächlich gelang.

Am nächsten Morgen stand Margareta eine Viertelstunde unter der Dusche. Sie duschte nicht aus Reinlichkeitsgründen so lange, sondern aus purer Ratlosigkeit. Sieben Uhr morgens, und Stefan war noch immer nicht zu Hause. Wo steckte er? Wo hatte er die Nacht verbracht? War ihm etwas zugestoßen? Was sollte sie tun? Vielleicht doch Bauländer anrufen? Immerzu musste sie an Klaus in dieser maroden Laube denken. Okay, Stefan war nicht erreichbar, also Bauländer, ihren wiedergewonnenen Freund, einweihen. Schließlich hatte er ihr noch am Samstag versichert, sie könne sich jederzeit an ihn wenden. Sie entstieg der Dusche, rubbelte sich kräftig ab, obwohl ihre Haut vom heißen Wasser schon krebsrot war, und schlüpfte in BH und Slip, bevor sie zum Handy griff.

»Bauländer«, meldete der Kommissar sich etwas mürrisch. Wahrscheinlich hatte sie ihn geweckt.

»Ich bin es, Margareta«, meldete sie sich kleinlaut. Ihre Anwandlung von Mut schien zu zerplatzen wie eine Seifenblase. Doch was tun? Einfach die rote Taste drücken und das Gespräch beenden?«

»Ich hoffe, ich habe Sie nicht gestört. Sicherlich hatten Sie heute Nacht einen Einsatz.«

»Nein, ich war schon auf. Wir hatten keinen Einsatz.« Seine Stimme klang sehr geschäftsmäßig, fast schon unfreundlich. Wenn sie da an Samstag dachte, wie gut sie sich unterhalten hatten. Sechs Stunden hatten sie auf dem Wolterhof verbracht.

»Stefan ist heute Nacht nicht nach Hause gekommen. Da dachte ich, dass er vielleicht dienstlich unterwegs war.«

»Und deshalb rufen Sie mich an? Weil Ihr Freund nicht nach Hause kam?«

»Nein, nicht nur deshalb.« Wie blöd bin ich, fragte sie sich und ärgerte sich schwarz, den alten Brummbären überhaupt kontaktiert zu haben. Vielleicht hatte ihn Anni wieder gequält, und er suchte einen Blitzableiter. Wut stieg in ihr hoch.

»Was ist also passiert?«, fragte er nun etwas freundlicher. Im Hintergrund konnte sie Anni krakeelen hören. Also doch Ärger mit ihr.

In kurzen knappen Sätzen schilderte sie ihm den gestrigen Abend in der Schrebergartenanlage und erzählte ihm, dass sie überzeugt war, Klaus in einer der Lauben gesehen zu haben.

Der Kommissar fragte noch, in welcher Laube er sich denn aufhalten würde, woraufhin sie ihm Nummer und Lage nannte.

»Okay, ich werde alles Weitere veranlassen. Gut, dass Sie mir Bescheid gesagt haben.«

Nicht gut, fand hingegen Margareta. Ich hätte selbst nachsehen sollen. Oder den alten Fritz Krause befragen. Wieso hatte ich es bloß so eilig?

»Ich wollte es Stefan erzählen, doch er war nicht da.«

»Mädchen, wenn Sie einen guten Rat hören wollen, packen Sie seine Sachen und stellen ihm diese vor die Tür. Er wird die Nacht mit Jenny Gehrke verbracht haben.«

»Wer ist Jenny Gehrke?« Margaretas Herz begann schneller zu schlagen.

»Das müssen Sie ihn schon selber fragen.« Und schon hatte Helmut Blauländer das Gespräch beendet.

Schöner Freund! Schmiss ihr einen Knochen hin, und wenn sie danach greifen wollte, nahm er ihr diesen wieder weg.

Wer war Jenny Gehrke? Der Name sagte Margareta nichts.

20. KAPITEL

Während Margareta in dem überfüllten Wartezimmer ihres HNO-Arztes, dessen Praxis sich an der Buerschen Hochstraße befand, zwischen schniefenden, rotzenden und stöhnenden Menschen saß, überlegte sie, wie sie Susanne und Conni zu diesem Pseudo-Kochen überreden könnte. Oder war es zu gefährlich, die beiden quasi dem Mörder auszuliefern? Was, wenn sie auch nur einen Moment die Kontrolle über den Kochabend verlieren würde und der

Täter zuschlug, ehe sie eingreifen könnte? Ein bisschen Risiko besteht immer, tröstete sie sich. Wir müssen es einfach riskieren. Der Kerl links neben ihr wühlte sich in den Ohren, schnippte das darin Gefundene mitten ins Wartezimmer und zog dabei laut seinen Rotz hoch. Die Kinder, die in der Raummitte an einem Tischchen spielten, zuckten zusammen. Wenn ich bis jetzt noch nicht krank war, dann werde ich es jetzt, dachte Margareta angeekelt. Wie kam sie bloß auf die Idee, sich von diesem Arzt krankschreiben zu lassen? Wieso ausgerechnet von einem Hals-Nasen-Ohrenarzt? Weil er beim letzten Mal so nett war? Ihr Hausarzt schied von vornherein aus, da er wusste, dass sie Urlaub gehabt hatte und sie höchst ungern schon nach einer halben Arbeitswoche arbeitsunfähig schreiben würde. Beim netten Orthopäden gab es keinen Termin, das wusste der Drachen an der Anmeldung schon zu verhindern. Was nützte es ihr, in drei Wochen eine Auszeit zu bekommen? Heute fühlte sie sich elend, nach all der Schmach, die ihr angetan worden war. Inzwischen wusste sie immerhin, wer Jenny Gehrke war. Stefan hatte sie heute Morgen gegen acht Uhr angerufen und ihr mitgeteilt, dass er später vorbeikommen würde, um mit ihr zu reden. Seine Stimme klang überhaupt nicht reumütig, nein, frech war er gewesen. Am liebsten hätte sie sofort seine wenigen Sachen in zwei Umzugskartons gepackt und diese zum Polizeirevier gefahren. Nachdem ihr Tränenstrom versiegt war, verwarf sie die Idee wieder. Sollte er doch mal erzählen, was ihn in die Arme seiner Kommissarenkollegin getrieben hatte.

Da sie so verquollen unmöglich an ihrer Arbeitsstelle erscheinen konnte, rief sie ihren Chef an, um sich krank zu melden. Er war schon ein wenig verschnupft, als er sich die ellenlange Krankheitsgeschichte anhören konnte. Und was wagte der Kerl, zu sagen? Er hoffte ganz schwer, dass sie diesmal nicht so lange ausfallen würde wie bei ihren vorausgegangenen Krankheiten. Keine Genesungswünsche, nichts dergleichen. Ein wenig leid tat es ihr um Holger Hesse. Die Mittagspausen mit ihm waren schon sehr entspannend.

Als endlich die sonore Stimme des Arztes erklang und sie ins Sprechzimmer gerufen wurde, überlegte sie krampfhaft, wie viele Tage er sie aus dem Verkehr ziehen sollte. War eine ganze Woche zu viel verlangt?

Sie betrat den großen Behandlungsraum und zuckte zusammen. Von hier, aus der vierten Etage, konnte sie genau in die Fenster ihrer Abteilung des Kaufhauses gegenüber sehen. Das schlechte Gewissen war kaum auszuhalten. Am liebsten hätte sie auf dem Absatz kehrt gemacht und wäre hinüber ins Bekleidungsgeschäft gelaufen, um ihre Arbeit aufzunehmen.

Doch schon wurde sie von dem distinguierten Herrn in seinem adretten Kittel gebeten, Platz zu nehmen. Was sie in die Praxis führte, wollte er wissen.

»Halsschmerzen, schreckliche Halsschmerzen habe ich, ein unsagbares Brennen, dann Schmerzen bis ins rechte Ohr, und erst die Nase, die fühlt sich an, als würde sie gleich abfallen.«

Er sah sie an als hätte sie nicht alle Tassen im Schrank, schaute wieder und wieder in den PC, bat sie anschließend, den Mund weit zu öffnen.

»Hm, hm«, gab er von sich, während er in ihrem Mund nach der Ursache ihrer Beschwerden suchte. Auf einem großen Monitor an der Wand konnte Margareta ihr Innenleben in Großformat erblicken.

Er griff nach einem Nasenspekulum und spreizte damit ihre Nasenlöcher so weit, dass sie das Gefühl hatte, sie würden einreißen. Schaurig sah ihre Nase von innen in voller Größe aus. Wie kann man bloß HNO-Arzt werden, das war ja noch abartiger als Gynäkologe, fand sie.

Nun fasste er mit einem Mullläppchen ihre Zunge, zog sie aus dem Mund und hielt sie fest. Mit der anderen Hand steckte er ihr einen Kehlkopfspiegel gefühlt einen Meter tief in den Hals und forderte sie auf »Hiiiih« zu sagen, da er den Kehlkopf und die Stimmritze spiegeln wollte.

Es folgte ein krächzendes »Häh« und danach eine nicht enden wollende Hustenattacke. Tränen liefen ihr die Wangen herunter.

»Tja«, meinte der Arzt, »ich kann außer einer leichten Rötung gar nichts feststellen. Was machen wir denn da?«

»Was weiß ich? Sie sind der Arzt«, meinte sie patzig und wartete ungeduldig darauf, dass er die AU-Bescheinigung ausdrucken würde.

»Beim letzten Mal hatten Sie Ohrenschmerzen«, sprach er mehr vor sich hin und überlegte, was zu tun sei.

Ja, und ganze drei Wochen hatte er sie auf Grund dieser Diagnose aus dem Verkehr gezogen. Eine herrliche Zeit. Und jetzt wollte er kneifen?

»Ich schlage vor, Sie lutschen Salbeibonbons und legen sich kühle Wickel um den Hals«, meinte er. »Falls es schlimmer wird, kommen Sie noch einmal wieder«, setzte er noch hinzu, nachdem er in ihr verweintes Gesicht sah.

»Aber mit einem Wickel um den Hals kann ich doch nicht arbeiten. Außerdem fällt mir das Sprechen schwer, und ich habe Kundenkontakt. Angenommen, eine ansteckende Krankheit ist bei mir im Anmarsch. Da kann ich es doch kaum verantworten, eventuell andere Menschen zu gefährden.«

Der Arzt schmunzelte, druckte die heißbegehrte Bescheinigung aus und reichte sie ihr. »Drei Tage müssten reichen, um die Sache in den Griff zu bekommen. Andernfalls müssten wir über eine Nasenendoskopie nachdenken.«

So ein faules Stück, dachte er, als sie den Behandlungsraum verließ, der werde ich helfen.

Igitt, Nasenendoskopie hörte sich gar nicht gut an. Den Gedanken an eine Verlängerung verwarf sie sofort wieder.

Wer weniger als zwei Wochen krankfeiert, wäre ein Simulant, sagte man. Drei Tage? Wie blamabel!

Besser als nichts, sagte Margareta sich und stieg in den engen Fahrstuhl, der sie ins Erdgeschoss beförderte. Nun würde sie frische Brötchen holen und sich bei Sebastian so richtig ausjammern, bevor sie sich am Nachmittag Stefans Gewinsel anhören könnte, von wegen verzeihen und ich mache das nie wieder.

Sebastian rührte mit Bedacht in der winzigen Pfanne, um das Rührei genau auf den Punkt zu bringen. Margareta musste feststellen, dass er küchentechnisch äußerst geschickt war. Vielleicht sollte er beim Pseudo-Kochen mitmachen. Wieso nicht ein Mann zwischen vier Frauen? Im TV bei ›Das perfekte Dinner‹ waren doch auch Kochfreunde beiderlei Geschlechts dabei. Margareta hatte sich überlegt, zu Susanne und Conni noch ihre Mutter Waltraud zu bitten. Mit Sebastian wären sie dann zu fünft. Er hätte fast seine Pfanne fallen lassen, als sie ihm den Vorschlag unterbreitete.

»Und deine Mutter könnte es an ihrem Kiosk publik machen«, setzte sie noch hinzu.

»Wo wird der Mörder deiner Meinung nach zuschlagen? Wie willst du den Heimweg von Susanne, Conni und deiner Mutter gleichzeitig bewachen? Von mir ganz zu schweigen, ich habe es ja nicht weit. Vergiss es, Margareta.«

Er schaufelte ihr vom Rührei auf, während Margareta ihre mitgebrachten Wurstwaren auf einen Teller legte. Frische Fleischwurst und Aufschnitt aus Buer. Sie wusste, dass sie damit bei Sebastian ins Schwarze treffen würde. So wie es aussah, war er knapp bei Kasse, doch sie nicht minder. 50 Euro hatte allein der Tag mit Blauländer auf dem Wolterhof verschlungen.

»Und du meinst ernsthaft, der Herr Oberkommissar entschuldigt sich für seinen Ausrutscher, und alles ist wieder gut?« Sebastian sah Margareta aus traurigen Augen an.

»Was du nur immer gegen ihn hast. Am liebsten wäre dir doch, er würde sein Bündel schnüren und verschwinden, stimmt's?« Sie schnitt sich ein großzügiges Stück Fleischwurst ab und biss genussvoll hinein.

»Ja, weil er nichts taugt. Du glaubst doch wohl nicht, dass das sein erster Fehltritt war? Wie hieß sie noch gleich? Jenny Gehrke? Wer weiß, wie viele Jennys er schon flach gelegt hat. Er passt nicht zu dir, dieser Schönling. Außerdem habt ihr keine Gemeinsamkeiten.«

»Das willst du wissen?«

»Ja, Sex vielleicht. Doch Sex ist nicht alles.«

»Sex spielt schon eine Rolle. Einen Bruder habe ich schließlich schon. Am Anfang, da war Stefan so liebevoll. Und wir konnten über so vieles lachen. Ich weiß echt nicht, was mit ihm los ist. Ach, lenke mich ab. Erzähl mir von dem Besuch bei deinem Vater.« Sie wollte dieses ausgiebige Frühstück genießen und sich nicht verteidigen müssen, was das Zusammenleben mit Stefan betraf.

»Eigentlich war er ganz nett. Er hat mir eine Adresse gegeben, wo ich mich bewerben soll. Ein mittelständisches Unternehmen in Essen sucht einen Controller. Ich hätte schon Lust, wieder zu arbeiten.«

Er klang jedoch nicht gerade hoch motiviert. Irgendwie wirkte er auf Margareta, als hätte er sich schon aufgegeben.

»Hat er deiner Mutter das Geld geliehen?«

»Ja, er hat ihr tatsächlich geholfen. Sie könne sich mit der Rückzahlung Zeit lassen, hat er gemeint. Ach, die beiden hätten auch irgendwie nicht zusammengepasst. Meine Mutter hat das ganz falsch angefangen damals.«

Margareta musste sich beherrschen, nicht laut loszulachen. Die Nummer der Schulputzfrau mit dem Erdkundelehrer im Kartenraum der Schule war noch grotesker als die von Boris Becker mit der Tussi in der Besenkammer eines Hotels. Sie hätte wer weiß was anstellen können, die arme Hannelore, geehelicht hätte der Herr Studienrat sie niemals. Doch sollte sie ihm das sagen? Wo er seine Mutter so sehr liebte?

»Und wo ist dein Halswickel? Wenn der HNO-Arzt dich so sehen könnte. Fast eine ganze Flasche Sekt am Mittag, dann ein pompöses Frühstück, und nichts brennt im Hals, oder?« Sebastians Laune schien sich gebessert zu haben. Die Schrebergartenstory hatte ihn aufgeheitert.

»Was du aber auch so alles erlebst. Deine Mutter hat recht, eines Tages findet man dich tot irgendwo in einem Gebüsch.«

»Was kann ich dafür, dass ich immer wieder in so Klamotten hineingezogen werde?« Mit großen Augen sah sie ihn an.

»Ach, da bist du schon selbst schuld. Du suchst ständig Abenteuer, mischst dich in alles ein.«

»Und bin noch immer nicht weiter, was den Mord an Barbara und Inges Verschwinden betrifft. Was ist, wenn Inge noch lebt? Die Zeit läuft uns davon. Ich muss meinem Onkel noch mal auf den Zahn fühlen. Ich kann nicht glauben, dass es Klaus war.« Sie blickte auf die Uhr. »Jetzt wird Blauländer den Schrebergarten schon gestürmt und Klaus mitgenommen haben.«

Sebastian sagte gar nichts, aß weiter von den knusprigen Brötchen und starrte sie an.

»Sag mir mal, was es mit dem Rosensalz auf sich hat? Wer zum Teufel braucht Rosensalz? Kennst du jemanden, der damit kocht? Ich nicht. Was will der Mörder damit sagen? Welche Botschaft will er mit dem Salz hinterlassen?«

Sebastian zuckte nur mit den Schultern. »Meine Mutter hat auch Rosensalz in ihrer Küche stehen und kocht gerne damit. Irgendwie sieht es aus wie geronnenes Blut.«

Das passte so gar nicht zu einer Frau wie Hannelore. Für Margareta unvorstellbar, dass sie etwas Gescheites auf den Tisch bringen konnte. Nichts gegen Hannelore, doch mehr als Spiegeleier, Bratkartoffeln und Nudeln traute sie ihr nicht zu. Sie hatte nicht eine Sekunde darüber nachgedacht, sie zu dem Pseudo-Kochen einzuladen. Hannelore in dieser Kochrunde war einfach unvorstellbar. Da würden Welten aufeinanderprallen. Außerdem war sie Margareta viel zu laut und aufdringlich. Sie würde sogar den Mörder verschrecken.

Gegen 15 Uhr summte ihr Handy. Der Herr Hauptkommissar war jetzt daheim. Noch war es ja auch sein Zuhause. Wer weiß, wie lange noch.

»Ich muss dann mal rüber, in die Höhle des Löwen.« Margareta stöhnte auf. »Drück mir die Daumen, dass es gut ausgeht.«

»Einen Teufel werde ich tun.« Sebastian sah sie lange an und wandte sich dann ab, um seine Küche aufzuräumen.

Stefan pustete sich eine widerspenstige Haarsträhne aus dem schönen Gesicht und schaute Margareta wütend an. Er fuhr damit fort, seine Hemden zu falten und in einen Koffer zu packen. Sexy sah er aus, wie er nur in Jeans mit nacktem Oberkörper in Margaretas Schlafzimmer dabei war, seine Sachen zu verstauen.

»Was wird das hier?«, fragte sie ihn. Wut stieg in ihr hoch. Hatte *er* einen Grund, so giftig zu schauen? Wer hatte denn wem Leid zugefügt?

»Ich packe, das siehst du doch.« Geschäftig rannte er zwischen Bett und Schrank hin und her und suchte seine wenigen Habseligkeiten zusammen.

Margareta konnte nicht fassen, was sie da sah. Er ist fremdgegangen, hat sich die ganze Nacht mit Jenny Gehrke vergnügt, und statt zu Kreuze zu kriechen, packt er die Koffer und will gehen. Das war in ihren Augen einfach nur albern. Sie schüttelte den Kopf und setzte sich auf die Bettkante.

»Ziehst du zu der Tussi, mit der du die Nacht verbracht hast? Was ist mit mir? Der Mohr hat seine Schuldigkeit getan?« Nur nicht heulen, fang nur nicht an zu heulen, mahnte sie sich.

»Mir kommen die Tränen. Das hat mit Jenny gar nichts

zu tun. Was willst du? Du bist schließlich auch bei Sebastian untergekrochen, nachdem du von Fischer eine Abreibung bekommen hast. Wieso hast du *mich* nicht geweckt?«

»Aber das war doch was ganz anderes. Ich hatte keinen Sex mit Sebastian. Ich brauchte nur Trost, mehr nicht. Sebastian ist mein Freund.«

Stefan zog sich ein rotes Polohemd über und ging nervös im Schlafzimmer auf und ab, blieb schließlich vor dem Fenster stehen und schaute hinaus. »Margareta, ich kann nicht mehr. Du machst, was du willst. Du scheinst vergessen zu haben, dass ich Hauptkommissar bin und eine gewisse Verantwortung habe. Du mischst dich in Ermittlungsarbeiten, bringst dich und andere in Gefahr. Dann verschweigst du mir wichtige Dinge, beklagst dich jedoch im Gegenzug, ich würde dir nichts erzählen. Du bist mir einfach zu anstrengend. Ich halte das nicht mehr aus.« Er fuhr sich nervös durch sein dichtes Haar. Wahrlich ein schöner Mann. »Diese Menschen hier um dich rum, die Nachbarn, deine Mutter, dein komischer Freund, das ist einfach nicht meins.«

»Ach, und deshalb gehst du mit deiner Kollegin ins Bett? Wie lange läuft das schon zwischen euch?«

»Nichts läuft da. Es war eine einmalige Angelegenheit und hat mit uns nichts zu tun.«

»Komisch, das sagen die Kerle immer, wenn sie von ihrer Partnerin beim Fremdgehen erwischt werden und nichts zu erwidern wissen. Blauländer hat gesagt, dass da zwischen dir und der Frau schon lange was läuft.«

»Ach, das will er wissen? Jenny ist 25 Jahre alt und total überdreht. Das ist doch nichts von Dauer. Ein kleiner Flirt, okay. Hat Blauländer dir das erzählt, als ihr euch getroffen habt? Der ist doch bloß neidisch.«

»Du weißt von unserem Treffen?«

»Du denkst wohl, ich bin blöd, was? Ich habe meine Informanten. Der Dicke nutzt dich jedenfalls nur aus. Merkst du das denn nicht? Der verarscht dich.«

»Quatsch. Es war sehr nett mit ihm.«

»Ach ja? Hat er dir auch erzählt, dass Klaus die Sparkasse in Beckhausen überfallen hat und deshalb gesucht wurde? Das hat mit deinen Rosensalztaten überhaupt nichts zu tun. Klar hat der sich gefreut, dass du ihm sein Versteck verraten hast. So konnte er die Bude hochnehmen und Klaus verhaften. Das von dem Bankraub hat er dir natürlich nicht erzählt. Der pickt sich nur die Rosinen raus.«

Fassungslos stand Margareta vom Bett auf und ging wie betäubt ins Wohnzimmer zum Schrank, um sich einen Likör einzugießen. Ein doppelter Pfirsichlikör sollte sie trösten. Erst der Sekt, jetzt noch der Likör. Egal, sie brauchte das einfach.

Stefan folgte ihr und stellte sich dicht hinter sie.

»Es tut mir leid, Margareta. Es ist nicht so, dass ich dich nicht mehr liebe. Du bedeutest mir schon noch viel. Ich muss mir nur über Einiges klar werden. Deshalb ziehe ich erst einmal wieder in meine Wohnung nach Polsum.«

»Ach, das sind doch auch nur die Worte, die jeder Kerl spricht, wenn er nicht weiß, wie er die Alte los wird, um zur Neuen zu ziehen.«

»Wie schon gesagt, mit Jenny hat das nichts zu tun. Okay, es war nicht in Ordnung, mit ihr die Nacht zu verbringen. Ich war betrunken und einsam.«

»Ja, das sagt alles.«

»Ich habe keinen Sebastian, dem ich mein Herz ausschütten kann. Deine Freundschaft mit dem war mir von

Anfang an ein Dorn im Auge. Mit ihm stimmt was nicht, mit diesem Psychopathen. Ich kriege es noch raus, verlass dich drauf.«

Er ging ins Bad und packte seine kostbaren Kosmetikartikel in einen Stoffbeutel. Sogar seine schmutzige Wäsche sortierte er aus dem Korb.

Margareta blieb im Türrahmen stehen. »Wenn dir wirklich noch etwas an mir liegt, wieso bittest du mich nicht, mit dir nach Polsum zu ziehen? Dann wärst du meine unmöglichen Nachbarn und auch Sebastian mit einem Schlag los. Passe ich nicht in dein vornehmes Wohnumfeld?«

»Würdest du denn mit mir dort leben wollen?« Er sah sie lange an und strich ihr zärtlich eine blonde Haarsträhne aus dem Gesicht.

Sie brauchte nicht lange zu überlegen. »Nein, ich kenne dort niemanden.«

»Na siehst du!«

»Ich habe auch mal besser gewohnt als hier in dieser Gegend. Eine tolle Wohnung in der Buerschen City hatte ich. Toplage, Superausstattung. Dann wurde ich von einem Kerl, dem ich vertraut habe, sitzen gelassen, und musste ganz von vorne anfangen. Mehr als diese Altbauwohnung war nicht drin.«

Er zuckte nur mit den Schultern und schnappte sich seine wenigen Sachen.

Sei froh, dass du ihn los bist, lass ihn gehen!

Wenig später erschien er im Türrahmen, um sich von ihr zu verabschieden. »Wenn du Probleme hast, ruf mich an.«

»Ganz bestimmt nicht.«

»Übrigens, hat dir dein Freund Blauländer erzählt, dass er einen Verdächtigen im Visier hat, der mehrere Gläser Rosensalz in Bad Sassendorf bei der Kurverwaltung gekauft hat? Er hat eine genaue Personenbeschreibung des Mannes mit dem einschlägigen Ruhrpottdialekt. Es könnte also noch weitere Tote geben. Pass auf dich auf.«

Margareta war enttäuscht. Blauländer hatte sie reingelegt. Wie gemein, sie auszuhorchen und ihr von seinen Ermittlungserfolgen nichts zu erzählen.

Leise schloss er die Tür und war verschwunden, der schöne Hauptkommissar Stefan Kornblum. Das war es also.

Ein Neuronengewitter brach in ihrem Gehirn aus. Ein neuer Verdächtiger. Ein Mann mit Ruhrpottdialekt, der bei der Kurverwaltung Bad Sassendorf mehrere Gläser Rosensalz gekauft hatte. Vielleicht alles ganz harmlos. Ein Kneipenwirt, der damit kochte. Doch nahm ein solcher kleine teure Schmuckgläschen? Sicherlich würde er eine große Menge des Salzes kaufen, egal welche Verpackung es hatte.

Wer würde die Nächste sein? Sie goss sich noch einen Likör ein und setzte sich aufs Sofa. Von wegen die toughe Hobbyermittlerin Margareta Sommerfeld, die angeblich Maria Furtwängler in ihrer Rolle als Tatort-Kommissarin Charlotte Lindholm glich. Nichts an ihr erinnerte an die coole Lindholm. Sie glich eher der alternden Bella Block, die mit ihrer Sauferei und ihren Eskapaden ihren Lebensgefährten Simon aus dem Haus getrieben hatte. Genau wie sie Stefan? Gab es tatsächlich Parallelen?

Quatsch, sagte sie sich.

Sie musste wissen, wer der Mann war, der sich mit Rosensalzgläschen eingedeckt hatte.

Sie griff seufzend nach dem Kochbuch und blätterte darin herum. Das Pseudo-Kochen musste stattfinden. Sie war sich nie so sicher gewesen wie in diesem Augenblick.

Irgendetwas mit Bratwurst könnte für den Abend auf der Speisekarte stehen. Ja, das wäre nicht schlecht, das mochte sie. Vielleicht eine herrliche Zwiebelsuppe vorweg? Danach einen anständigen Nachtisch auf Apfelbasis. Vielleicht sollte sie sich auch Rosensalz zulegen, um damit kräftig zu würzen? Nein, zu makaber, entschied sie.

Sie musste an Inge denken. Ihr Klaus saß nun im Kahn, wegen eines Banküberfalls. Wenn er als Rosensalzmörder ausschied, wer kam dann als Täter infrage? Doch Gernot? Robert Fischer, dieser hirnlose Kerl? Oder tatsächlich ein ganz anderer? Sie musste nach Bad Sassendorf. Am Telefon würde man sie abwimmeln, wenn sie Fragen nach dem Käufer des Rosensalzes stellen würde. Doch eine Busreise wie im vorigen Jahr würde es nicht werden. Sie entschied sich, mit dem Auto zu fahren. Waltraud würde sie begleiten. Die monatliche Rentenzahlung war erst ein paar Tage her, also war ihre Mutter noch gut bei Kasse. Margareta würde ihr den Ausflug schon schmackhaft machen. Was, wenn Gernot mitfahren wollte? Auf keinen Fall würde sie mit diesem Knacker in einem Auto Sassendorf entgegensteuern. Käme gar nicht infrage. Finanziell sah es auch bei Margareta nicht ganz so schlecht aus. Stefan hatte ihr vor seinem Abgang 200 Euro auf den Tisch gelegt, wie sie soeben erfreut feststellen durfte. Haushaltsgeld. Wohl aus schlechtem Gewissen.

Ihr Handy klingelte. Blauländers Nummer erschien im Display. Was wollte er noch von ihr? Er war der Letzte, mit dem sie jetzt sprechen wollte. Sie ignorierte den Anruf, schnappte sich den Festnetzapparat, um Susanne anzurufen. Margareta plante das Pseudo-Kochen schon in zwei Tagen. Wozu auf die lange Bank schieben? Übermorgen war ihr dank des HNO-Arztes noch ein freier Tag beschert. Und wann sollte es nach Bad Sassendorf gehen? Mit Waltraud, die noch gar nichts davon wusste.

21. KAPITEL

Inge weinte, schlug um sich, fluchte. Ihr war klar, dass sie gerade dabei war, den Verstand zu verlieren. Sie ekelte sich vor dem modrigen Geruch, gemischt mit dem ihrer eigenen Fäkalien, in denen sie lag.

Wann war er da gewesen, dieser elende Kerl? War es zwei Tage her oder gar schon drei? Eine Ewigkeit hatte er sich nicht mehr blicken lassen. Ein einziges Mal hatte er sie hier in ihrem Versteck aufgesucht. Zuerst war da dieses Hüsteln gewesen, dann öffnete sich die sargähnliche Kiste. Obwohl die schwache Deckenlampe den Raum kaum erhellte, brannte diese Lichtquelle in ihren Augen. Es dauerte ein paar Minuten, bis sie die jämmerliche Gestalt sehen konnte, schließlich waren ihre Augen seit Tagen nur Dunkelheit gewohnt. Sehen ja, doch erkennen nicht. Ein zartes Männchen, eine Mütze über den schmalen Kopf gezogen, starrrte sie an und sagte kein Wort. Stand nur da und glotzte sie aus den Sehschlitzen dieses Teils an. Monotones Hüsteln erklang gedämpft durch den Strickstoff.

»Warum halten Sie mich hier gefangen?«, brachte sie mit krächzender Stimme hervor.

Keine Antwort, nur Hüsteln.

»Was habe ich Ihnen getan? Wer sind Sie?«

Wieder nichts. Sie hielt sich mit den Händen an den Wänden der Kiste fest und wollte sich mit letzter Kraft hochziehen.

Ich muss hier raus, das ist meine allerletzte Chance, wusste sie. Laut stöhnend zog sie sich hoch und saß irgendwann aufrecht in der Kiste. Ihr Herz raste, als hätte sie soeben einen hohen Berg erklommen. Sie sah sich um. Sie befand sich in einem Kellerraum. Eine erbärmliche Funzel erhellte den feuchten Raum nur notdürftig.

Wo bin ich?

Wer ist dieser Mann?

Er stand nur da und sagte nichts.

»Ich habe Durst. Ich kann nicht mehr.«

Er reichte ihr eine kleine Flasche Mineralwasser, die er schon für sie geöffnet hatte. Gierig griff sie danach und setzte sie an ihren verkrusteten Mund. Der erste Schluck ließ sie fast ersticken. Sie hustete und hustete, schnappte gierig nach Luft. Ihr Hals war völlig ausgetrocknet und konnte die Flüssigkeit kaum aufnehmen. Als sie sich etwas beruhigt hatte, trank sie die Flasche gierig aus.

Er riss sie ihr aus der Hand und reichte ihr ein Butterbrot. Sie war kaum in der Lage, dieses zu essen, verschluckte sich dauernd. Ihr Hals war noch immer völlig vertrocknet. Trotzdem versuchte sie es wieder und wieder, biss in das Brot, roch an der Leberwurst, die ihr so köstlich wie nie vorkam.

Als sie das Brot verzehrt hatte, sah sie sich um. Geschockt stellte sie fest, dass sie in einer Gefriertruhe lag.

Unfassbar! Der Kerl hatte sie in eine abgetaute Gefriertruhe gesperrt.

»Ich muss hier raus. Ich liege in meinem eigenen Kot. Ich will zur Toilette. Ich muss mich waschen.« Sie klang völlig verzweifelt, schaffte es jedoch nicht aufzustehen, um der Kiste zu entsteigen.

»Wie lange bin ich hier?«

Er streckte ihr zwei Finger entgegen. Lange, zartgliedrige Finger, die zu dem schmalen Kopf passten.

»Wie lange muss ich noch hier bleiben?«

Er zuckte nur mit den Schultern, sprach kein einziges Wort.

»Was haben Sie mit mir vor?«

Wieder keine Antwort. Er starrte sie nur an, als wisse er selbst nicht, was er machen sollte.

Wo, verdammt, befand sich dieser Keller?

Rechts an der Wand stand ein alter Schrank aus den 1950er Jahren, Gelsenkirchener Barock, die offenen Fächer gefüllt mit Gerümpel, vom Teddybären bis hin zu alten Zeitungen. An der rechten Wand einfache Regale mit Farbeimern, Dosen und Malerutensilien. Geradeaus ein maroder Tisch und ein ebensolcher Stuhl.

»Was ist das für ein Keller? Wo bin ich?«

In ihrem Kopf begann sich alles zu drehen.

Wenn ich jemals wieder lebend hier herauskomme, werde ich den Kerl töten, dachte sie. Und das meinte sie völlig ernst.

Der Gestank in der Kiste, der hauptsächlich von ihrem eigenen Urin und ihrem Kot, in dem sie saß, stammte, ließ sie würgen.

»Ich muss hier raus, zur Toilette, mich waschen, bitte«, flehte sie den Mann erneut an.

Der jedoch schüttelte verneinend den Kopf und sagte noch immer kein Wort.

Er wusste tatsächlich nicht, was er mit ihr machen sollte. Ein Anflug von Mitleid hatte ihn gestreift, und er brachte ihr zu trinken und zu essen. Doch wie es weitergehen sollte, wusste er auch nicht.

Für so widerstandsfähig hätte er sie niemals gehalten. Er hatte fest damit gerechnet, dass sie bereits tot war, als er den Riegel aufschloss und den Deckel öffnete. Doch sie lebte noch.

Er schaute auf die elende Gestalt herab und fragte sich, was er mit ihr machen sollte. Sex mit ihr zu haben, verwarf er schnell wieder. Dazu war sie zu schmutzig, und eine Duschgelegenheit gab es hier unten nicht. Obwohl er schon darüber nachgedacht hatte, abends, in seinem Bett. Er hatte schon so lange keine Frau mehr gehabt. Doch diese hier war ihm zu zäh.

Eigentlich sollte sie an Ort und Stelle sterben. Eins über die Rübe und fertig. Wie bei der anderen auch. Doch diese hier war äußerst robust und machte es ihm schwer. Längst schon sollte die Dritte fällig sein. So lange er die hier jedoch an der Backe hatte, konnte er Nummer drei vergessen. Nummer drei der dämlichen kochenden Weiber, die sich damit rühmten, wie toll sie angeblich die Küche beherrschten. Die ganze Truppe wollte er ausrotten. Schluss mit dem Kochen.

Was mache ich mit der blöden Alten, die hier um Gnade wimmert? Ich muss sie loswerden, bevor die dämliche Sommerfeld mir auf die Schliche kommt. Hätte ich ihr nichts zu essen und zu trinken gebracht, wäre sie spätestens in ein, zwei Tagen tot gewesen. Doch nun verzögerte sich das Ganze. Es würde eine Ausnahme bleiben. Eine Henkersmahlzeit sozusagen.

Er stieß sie zurück in die Truhe, ignorierte ihr Flehen und verschloss den Riegel. Er überlegte kurz, ihr keinen Luftschlitz zu lassen und die Truhe ganz zu schließen. Dann wäre sie in ein paar Stunden tot. Doch dazu konnte er sich nicht durchringen. Er betätigte den Lichtschalter und verließ den Kellerraum.

Inge hatte gehofft, er würde am nächsten Tag wiederkommen und ihr zu essen und zu trinken bringen. Sie wartete regelrecht auf das monotone Hüsteln des Mannes. Vielleicht könnte sie ihn überreden, sie aus der Kiste steigen zu lassen.

Doch er war schon ewig nicht mehr dagewesen, gefühlte Wochen. Sie überlegte, ob sie ihn schon mal gesehen hatte. Immer wieder zermartete sie sich ihr lädiertes Gehirn, wo sie diesen schmächtigen Mann mit dem schmalen Kopf und den langen dünnen Fingern schon einmal gesehen haben könnte. Dann dieses Hüsteln. War er lungenkrank? Wohnte er in der Siedlung? War er ein Freund von Klaus?

So elend sie sich auch fühlte, sie lebte noch und hoffte, dass man sie bald finden würde. Sie verließ sich da mehr auf Margareta als auf die Polizei. Gleichzeitig wurde ihr bewusst, dass sie nicht mehr lange durchhalten würde. Die meiste Zeit in dieser erbärmlichen Gefriertruhe verschlief sie, weil sie immer schwächer wurde. Dann dieser bestialische Gestank, an den sie sich einfach nicht gewöhnen konnte. Überhaupt ein Wunder, dass sie noch denken konnte.

Diesen verschließbaren Riegel musste der Kerl schon vorher installiert haben. Also war es sein Plan, jemanden zu kidnappen. Doch wozu? Will er Lösegeld? Ist er der gleiche Mann, der Barbara getötet hat? Ich muss ihn danach fragen, nahm sie sich vor und versank augenblicklich in einen Dämmerschlaf. Trotz der Schmerzen in ihrer unteren Körperhälfte.

22. KAPITEL

Sie hatte die beiden Witzfiguren, die auf der Bank vor der Trauerhalle saßen, sofort entdeckt. Rechts Robert Fischer, der mit dem fettigen Haarzopf und der Augenklappe aussah wie Pippi Langstrumpfs Seeräuberopa Fabian, und links daneben ihr Onkel Gernot, in einem auffallend schrecklichen Anzug. Sie hatte schon von einer Kollegin gehört, dass ein knochiger alter Mann im Herrenhaus am Markt gewesen war und nach ihr verlangt hätte. Natürlich wegen der Prozente, denn er wäre der Onkel aus Essen. Man hätte im Damenhaus schräg gegenüber angerufen, doch dort wurde der Verkäuferin mitgeteilt, das Margareta krank sei. Also nichts mit Prozenten, da könnte ja jeder kommen. Man hätte ihm, wohl aus Mitleid, einen mehrfach reduzierten Anzug, der schon lange Jahre in der Herrenabteilung sein trauriges Dasein fristete, angedreht.

Es war kurz nach 20 Uhr. Der angenehme Sommerabend hatte Margareta dazu veranlasst, eine Entspannungsrunde über den Friedhof zu drehen. Einerseits wollte sie nach den vielen Tagesereignissen den Kopf freibekommen, andererseits hatte sie gehofft, Gernot zu treffen. Gernot zu ertappen, wie er sich einer Dame unsittlich näherte oder wie er in einer der Damentoiletten auf eine solche wartete oder ihr eine schreiende Frau mit heruntergelassenem Schlüpfer entgegenlaufen und um Hilfe flehen würde. Doch nichts dergleichen. Er saß friedlich auf einer Bank, mimte den distinguierten Herrn in seinem tannengrünen Anzug mit dem weißen Hemd darunter. Der Anzug war zwar auch unmöglich, doch um einiges moderner als sein Leinenfrack, den er sonst trug. Sein Haar war fettig, sein Gesicht glänzte, sein Grinsen war zum Abgewöhnen. Der Seeräuber neben ihm richtete seine verschmierte Augenklappe und starrte sie wütend an. Er trug ein weißes Achselshirt und verdreckte kurze Jeans. Welch ein Kontrast, der eine im Anzug und der andere halbnackt.

Sie wusste nicht, wieso sie sich plötzlich vor den beiden aufbaute. Wut stieg in ihr hoch. Die Typen zusammmen friedlich auf einer Friedhofsbank passten so gar nicht in ihr Konzept. Beide standen sie auf ihrer Verdächtigenliste ganz weit oben. Der Witwer Robert Fischer hatte für sie ein eindeutiges Motiv. Er wollte seine Barbara loswerden, da er längst ein Verhältnis mit seiner Nachbarin hatte, und außerdem Barbaras Lebensversicherung abgreifen wollte, um sich ein schönes Leben zu machen, dieser faule Sack. Inge war ihm auf die Schliche gekommen und musste von der Bildfläche verschwinden. Vielleicht hielt er sie in seinem Keller gefangen? Gernot war für sie sowieso ein potenzieller Verbecher, dieser frauenverachtende Mensch, Motiv hin, Motiv her. Wieso saßen die beiden hier zusammen auf der Bank?

Auf dem Hauptweg, der einer Allee glich, ungefähr 20 Meter von den Männern entfernt, hatte sie einen Knüppel entdeckt, den wohl ein Hund auf seiner Gassirunde liegen gelassen hatte. Sie hatte ihn ganz in Gedanken vertieft aufgehoben und mitgenommen. Ein schöner glatter Stock, am Ende mit einer Astgabel versehen, das Holz von der Rinde befreit. Da hatte ein Hund ganze Arbeit geleistet, ihn so perfekt abzunagen.

Nun stand sie vor den beiden und hielt den Knüppel in der rechten Hand. Wie albern, stellte sie fest und fragte sich, was sie eigentlich mit dem Teil wollte.

»Ach sieh an, Madame Sommerfeld. Du wagst dich noch allein auf den Friedhof? Um diese Uhrzeit? Was willst du mit dem Stock? Mir eins damit aufs andere Auge geben? Reicht es noch nicht, dass ich schon auf einem Auge fast blind bin?«

Margareta starrte die Männer mit offenem Mund an. Sie konnte nicht begreifen, was die beiden verband. Hatten sie sich zufällig getroffen oder sich gar verabredet?

»Übertreib nicht, Fischer. Deine Verletzung am Auge ist kaum der Rede wert. Ich habe mich erkundigt.«

»Du hast ihm fast das Auge ausgestochen, hat er mir erzählt. Mit einem Schraubenzieher«, meldete sich Gernot nun zu Wort. Der tollkühne Onkel in seinem grünen Anzug mit weißem Hemd darunter. Er wirkte in dem Outfit hier auf dem Friedhof um diese Uhrzeit völlig deplatziert.

»Was geht dich das an? Hat er dir auch erzählt, dass er mich fast vergewaltigt hat?« So langsam kam wieder Leben in ihr Gehirn.

»Nachdem du bei ihm eingebrochen bist. Hast Inge Wienert im Gartenhaus gesucht. Mädchen, glaube mir, bei dir stimmt was nicht. Deine Mutter macht sich auch schon ernsthaft Sorgen.«

Der Knüppel in ihrer Hand fing an zu vibrieren. Sie konnte das Kribbeln, das von ihm ausging, bis in den Unterarm spüren. Vielleicht eine Wünschelrute? Die ihr jedoch statt Wasser geballte Blödheit anzeigte? Sie rief ihr zu: »Hau deinem dämlichen Onkel damit eins aufs Maul! Los, mach schon.«

Von links zog der Duft von Hättric in ihre Nase und von rechts, der von altem Männerschweiß und abgestandenem Bier.

»Ich sorge mich auch um dich, mein lieber Onkel. Dass du deine Triebe aber auch so gar nicht in den Griff kriegst. Schon schlimm. Was machst du hier? Hast du deinem neuen Freund schon erzählt, dass du ewig in die Toiletten starrst, um Weibern beim Pinkeln zuzusehen? Und abends in beleuchteten Fenstern Frauen beobachtest, die sich ausziehen? Allen bist du als Spanner bekannt. Ich warne dich. Wenn du nicht bald bei meiner Mutter verschwindest, werde ich jemanden finden, der dir Beine macht. Es brodelt in der Siedlung, ich brauche da gar nicht lange suchen.«

»Lass ihn doch. Er ist harmlos. Du willst uns alle gleich zu Mördern und Entführern machen. Mischst dich in alles ein. Hetzt uns die Bullen auf den Hals.« Fischer zog mit seinen versifften Badelatschen Muster in dem feinen Kies.

Plötzlich wurde es Margareta zu dumm. Was mache ich hier eigentlich, fragte sie sich, schüttelte wütend den Kopf und ließ die beiden sitzen. Was gebe ich mich aber auch immer mit einem Pack ab, schalt sie sich und schlug den Rückweg ein. Sie wollte in den nächsten Stichweg, der sie zum Ausgang am Görtzhof führte, links abbiegen und dort den Friedhof verlassen, um über den Gartmannshof zum Turm zu gelangen.

Sie passierte den Haupteingang der Trauerhalle, alles still und friedlich. Anschließend ließ sie den Verwaltungstrakt hinter sich. Als sie an den Weg gelangte, der zu den Toiletten führte, spürte sie, dass jemand ihr folgte. Schleppende Schritte und unterdrücktes Lachen konnte sie wahrnehmen. Diese beiden Vollidioten werden mir doch nicht folgen, dachte sie noch, starrte in sämtliche Richtungen, um Ausschau nach Passanten zu halten, die auch noch so spät unterwegs waren. Doch keine Menschenseele war zu sehen. Weder auf dem Parallelweg, der durch eine große Wiese mit Kastanienbäumen von ihrem Weg getrennt wurde, noch an dem Wegkreis in weiter Ferne, wo sich mehrere Wege trafen. Das Gestöhne und Gekeuche wurde lauter. Es konnte sich nur um Gernot und Fischer handeln. Beide nicht mehr gut zu Fuß, quälten sie sich, um ihre Verfolgung aufzunehmen.

Ich habe die Wahl, dachte sie. Entweder ich drehe mich um und schlage mit dem Knüppel auf sie ein oder ich nehme die Beine in die Hand und renne, was das Zeug hält.

Die Entscheidung wurde ihr abgenommen. Fischer schnappte sie von hinten, drehte ihr den rechten Arm auf den Rücken und schob sie in den Gang, der zur Toilette führte.

Margareta schrie vor Schmerzen auf, ließ den Knüppel fallen und beugte sich gequält nach vorne. Mit dem rechten Bein trat sie nach hinten aus, um Fischer zu treffen. Vergebens. Jetzt zog er sie an den Haaren bis zum Toiletteneingang und schubste sie mit aller Kraft in den

Vorraum hinein. Sie knallte gegen das Waschbecken, hielt sich den schmerzenden Arm. Dann hörte sie, wie die bis eben noch aufstehende Tür geschlossen wurde. Sie atmete tief durch und versuchte, diese zu öffnen. Pech gehabt. Sie war von außen verriegelt worden. Durch das Panzerglas konnte sie nicht nur die untergehende Sonne sehen, sondern auch den Stock erkennen, der unter die Türklinke geschoben worden war. Sie selbst hatte ihm noch den Stock zum Verrammeln der Tür geliefert. Wie blöd konnte man sein.

»So, Mädchen, jetzt denkst du mal darüber nach, wie eine Frau sich zu benehmen hat. Hast ja die ganze Nacht Zeit.« Fischer schickte dem Gesagten noch ein dreckiges Lachen hinterher.

Margareta griff in ihre linke Hosentasche und wollte ihr Handy herausholen. Die Tasche war leer. Fischer musste ihr das Handy gestohlen haben.

Gernot. Gernot musste ihr helfen, schließlich waren sie verwandt.

»Gernot, mach die Tür auf. Dir ist klar, dass du sofort deine Sachen packen kannst, wenn Waltraud davon erfährt. Geht man so mit seinen Verwandten um?« Sie appellierte an seinen letzten Rest Verstand.

Doch Gernot lachte nur hämisch. »Ich wollte sowieso morgen fahren. Außerdem hast du mich niedergeschlagen. Schon vergessen?«

Du meine Güte, wie ein kleines Kind, dachte Margareta. Du hast mir ein Aua gemacht, jetzt zeige ich es dir.

Ihr Herz schlug allmählich wieder im normalen Takt. Hier jetzt nach Hilfe zu rufen, war ziemlich zwecklos. Sie setzte sich auf den Boden an die hässliche Fliesenwand und legte den Kopf auf ihre angezogenen Knie.

Das schmutzige Gelächter der Kerle verstummte mehr und mehr. Nun hatte sie zum zweiten Mal Fischers Brutalität zu spüren bekommen. Gernot stand dabei und hatte noch gelacht. Das wird er mir büßen, dachte Margareta hasserfüllt.

Was für ein schrecklicher Tag. Vom Liebhaber verlassen und dann noch auf dem Friedhofsklo eingesperrt zu werden, um hier die Nacht zu verbringen.

23. KAPITEL

Robert Fischer!

Dieser kriminelle Vollidiot gehört für immer weggesperrt.

Eine furchtbare Nacht hatte Margareta hinter sich. Na ja, eine halbe Nacht dank Sebastian. Dieser Schatz von Freund kam mitten in der Nacht und befreite sie aus ihrem kalten unheimlichen Gefängnis, in dem sie zitternd auf dem Boden kauerte.

Nachdem er sie telefonisch nicht erreicht und mehrmals an ihrer Wohnungstür geklingelt hatte, machte er sich auf den Weg, um sie zu suchen. Gegen 23 Uhr, als er Fischers Haus im Wetterweg passierte und Gernot und Fischer lachend bei Dunkelheit im Garten sitzen sah, belauschte er ihr Gespräch, aus dem hervorging, dass die beiden Margareta in die Friedhofstoilette gesperrt hatten. Sie amüsierten sich köstlich und konnten sich gar nicht beruhigen.

Am ersten Toilettenhaus war sie nicht, also konnte sie sich nur in dem an der Trauerhalle befinden. Es gab noch eine Toilettenanlage am Haupteingang an der Immermannstraße. Da diese jedoch außerhalb des Friedhofs, angrenzend an einer Wohnsiedlung lag, verwarf Sebastian den Gedanken, dort nachzuschauen. Er lag dann auch richtig mit seiner Vermutung. Als er den Hof hinter der Trauerhalle betrat, konnte er schon den Knüppel sehen, der unter die Türklinke geklemmt worden war. Der war schnell beseitigt und Margareta somit frei. Ihr Handy lag außen auf der Fensterbank.

Lieber, guter Sebastian!

Nun war sie auf dem Weg nach Bad Sassendorf, durchfuhr gerade den Kreisverkehr an der A2, um an der Auffahrt Richtung Hannover abzubiegen.

Unzählige Telefonate hatte sie heute Morgen schon geführt. Das Pseudo-Kochen würde morgen Abend stattfinden, alles war bereits eingestielt. Den Mund fusselig hatte sie sich geredet, bis Susanne und Conni endlich zähneknirschend zusagten. Waltraud war auch dabei. Wo etwas los war, war die abenteuerlustige Frau nicht weit. Sicherlich würde sie Gernot aufgeregt davon berichten. Falls er der Mörder war, kam für ihn morgen die große Chance, einer dritten Frau den Garaus zu machen.

Holger Hesse würde ebenfalls anwesend sein. Er rief an, um sich nach ihrem Gesundheitszustand zu erkundigen und ihr Genesungswünsche auszurichten. Da Sebastian sich strikt weigerte, an dem Kochen teilzunehmen, lud sie ganz spontan Holger Hesse dazu ein, in der Hoffnung, er würde sie nicht bei Zarske verpfeifen. Immerhin war sie laut Arzt arbeitsunfähig. Hesse war begeistert über diese Einladung, schwärmte von seinen phänomenalen Kochkünsten. Natürlich erzählte Margareta ihm nicht, dass diese Veranstaltung nur als Mittel zum Zweck diente, den Rosensalzmörder endlich dingfest zu machen. Sollte dieser tatsächlich auftauchen, würde er sich schon nicht an dem kleinen, zarten Hesse vergreifen.

Mit nach Bad Sassendorf zu fahren, davon konnte Margareta ihre Mutter allerdings nicht überzeugen. Sie hätte zu tun, da Gernot heute abreisen würde. Vielleicht wollte sie ihn, aus Angst, er würde sich etwas aus ihrer Wohnung aneignen, nicht allein lassen? Wenn er nun hören würde, dass am nächsten Abend bei Margareta ein weiteres Kochen stattfand, würde er vielleicht seine Abreise verschieben. Das wäre für Margareta ein eindeutiges Indiz, dass er Dreck am Stecken hätte und sich ein neues Opfer suchen wollte. Eine halbe Überführung des Täters wäre das bereits in Margaretas Augen.

Heute Abend fand eine letzte Krisensitzung bei Margareta statt. Es musste ja noch geklärt werden, wer wie nach Hause kam. Auch stand noch nicht fest, ob sie die Kripo mit ins Boot holen sollte. Margareta war weder auf Blauländer noch auf Stefan gut zu sprechen. Wahrscheinlich würden sie nichts anderes tun, als ihr die Sache auszureden.

Jetzt konzentrierte sie sich erst einmal auf Bad Sassendorf. Sie hoffte, dass die Damen oder Herren in der dortigen Kurverwaltung kooperativ sein und ihr Auskunft geben würden, wer diese Rosensalzgläschen gekauft hätte. Sie hatte Fotos von Klaus, Robert Fischer und Gernot dabei. An die zu kommen, war nicht so einfach gewesen.

Ob zur Krönung der Fahrt ein Essen im schönen Schnitterhof drin wäre? Immerhin hatte ihr der knausrige Stefan Geld da gelassen. Ein Teil davon ging allerdings schon für Benzin drauf. Außerdem musste sie morgen früh noch für das Dinner einkaufen.

An der Ausfahrt Soest-Ost verließ sie die Autobahn, um auf der B 475 nach Sassendorf zu gelangen.

Als sie auf dem großen Parkplatz des Thermalbades hielt und ihren Wagen parkte, wurde ihr ganz wehmütig ums Herz. Sie musste an Harald Kleinschnittger denken, den schönen Heiratsschwindler. Bevor sie ein Paar werden konnten, fand sie ihn ermordet in seinem eigenen Heizungskeller. Der Tod wurde langsam für sie zum ständigen Begleiter. Hier in Bad Sassendorf hatte alles begonnen.

Sie überquerte die Straße, passierte das Thermalbad und steuerte auf die Salinen zu. Auf den Bänken davor tummelten sich schon um die Mittagszeit die Kurgäste. In Grüppchen oder alleine atmeten sie die wohltuende Sole ein, unterhielten sich oder hielten Ausschau nach einem Kurschatten. Das nahm Margareta jedenfalls an. Ein herrlicher Sommertag eignete sich hervorragend dazu, Kontakte zu knüpfen. Links in dem Außenbecken des Thermalbades vergnügten sich überwiegend ältere Gäste im Wasser oder ruhten auf den Holzliegen. Margareta blieb kurz stehen und checkte die Lage. Kein Typ unter 60 Jahre dabei. Durchschnittsalter eher 75, schätzte sie. Ein älterer Herr, schlank, jedoch mit brauner Lederhaut, präsentierte seinen Körper unter der Dusche nach allen Richtungen. Die knappe rote Badehose sollte wohl seine Bereitschaft signalisieren, jemanden kennenlernen zu wollen. Nein, der war ihr eindeutig zu alt. An mangelndem Selbstbewusstsein litt er jedenfalls nicht.

Sie setzte sich auf die Terrasse des Brunnenhaus-Cafés. Genau auf dem gleichen Platz hatte sie im vergangenen Jahr auch gesessen, am Nebentisch der schöne Harald, umgeben von alten Frauen. Sie trank einen Kaffee, verzichtete auf den Kuchen und überlegte, wie sie gleich in der Kurverwaltung vorgehen würde, als eine junge Dame sich zu ihr an den Tisch setzte.

Die freundliche Frau mit den rötlichen Haaren und dem gut sitzenden Jeansanzug war ihr sofort sympathisch, und so kamen sie ins Gespräch. Journalistin sei sie, berichtete sie Margareta. Ihr Gesprächspartner, mit dem sie zu einem Interview verabredet war, sei leider nicht gekommen.

Völlig verzweifelt legte sie ihre Mappe auf den Tisch, strich sich eine Haarsträhne aus dem Gesicht und blickte zu den Salinen. »Ein schönes Fleckchen Erde, nicht wahr? So friedlich.«

»Das täuscht. Im letzten Sommer habe ich hier einen Heiratsschwindler kennengelernt. Einige Tage später fand ich ihn ermordet in seinem eigenen Heizungskeller.« Margareta trank von ihrem Kaffee und blickte ebenfalls in Richtung Salinen. »Das war ein toller Mann. Wie aus dem Bilderbuch. Nicht so einer wie die alten Männer, die heute hier herumlaufen. Ein horizontales Abenteuer ist jedenfalls nicht dabei. Entschuldigung, ich wollte nicht so direkt sein.«

Die junge Frau, die sich ihr als Theresa Neumut vom *Soester Anzeiger* vorgestellt hatte, musste lachen. »Sie erzählen mir Geschichten, oder? Ein Heiratsschwindler hier in Sassendorf? Und den haben Sie ermordet aufgefunden? Das ist ja noch spannender als das, was mir der Lyrik-Autor erzählt hätte.«

»Ist tatsächlich wahr. Und wieder bin ich in einen Mordfall verstrickt. Ich suche nach dem Rosensalzmörder.« Margareta holte aus, nachdem sie in die interessierten weit aufgerissenen Augen der jungen Frau geblickt hatte. Sie erzählte, wie sie als passionierte Hobbydetektivin ständig in irgendwelche kriminellen Geschichten geriet, angefangen vom Mann mit den Eisaugen bis hin zu der ermordeten Barbara und der verschwundenen Inge. Sie ließ weder die Fast-Vergewaltigung aus, noch die letzte Nacht in der Friedhofstoilette.

»Und was treibt Sie dann heute hierher?«

»Ein Kommissar hat mir erzählt, dass ein Mann mit Ruhrpottdialekt mehrere Gläschen Rosensalz hier bei der Kurverwaltung gekauft hatte. Nun würde ich gerne mehr über den Mann erfahren. Wie er aussah und was er so geredet hat, wäre für mich interessant. Aber ehrlich gesagt weiß ich nicht, wie ich das anstellen soll. Ich habe Angst, dass ich dort hochkantig rausfliege.«

Sie legte die drei Fotos auf den Tisch. Gernot, Klaus und Robert Fischer sahen aus, als wären sie mehrfach vorbestrafte Verbrecher.

»Oh Mann, die sehen ja alle drei schlimm aus.«

Die junge Frau mit den krausen langen Haaren schien nachzudenken.

»Ich schlage Ihnen einen Deal vor. Sie stellen sich für ein Interview zur Verfügung, und im Gegenzug begleite ich Sie zur Kurverwaltung. Ich kenne die Angestellten dort. Ich erzähle denen, im Rahmen einer Reportage müssten Sie mehr über diesen gewissen Herrn wissen. Die Chance, so Auskunft zu bekommen, ist mit Sicherheit größer, als wenn Sie es allein versuchen.«

»Eine Reportage über mich?«, fragte Margareta ihr

Gegenüber, das freudig seine Kladde aufgeschlagen hatte und munter mitschrieb, ungläubig.

»Das ist doch total interessant. Eine Hobbydetektivin, von Beruf Damenoberbekleidungsverkäuferin, reist nach Sassendorf, um in einem Fall zu ermitteln. Sie waren doch schon mehrmals erfolgreich, wie Sie mir erzählt haben. Übrigens auch kein gutes Zeichen für die Kripo in Gelsenkirchen. Sie sagten doch, Sie wollten sich beruflich verändern. Ja, sich überhaupt im Leben neu orientieren. Durch diese Reportage bietet sich Ihnen vielleicht die große Chance.« Theresa legte die Hand auf Margaretas Arm. »Kommen Sie schon, geben Sie sich einen Ruck!«

So unrecht hat sie gar nicht, dachte Margareta. Vielleicht lauert ja wirklich die ganz große Veränderung irgendwo. Und wenn nicht, was habe ich zu verlieren?

»Okay, machen wir es«, stimmte sie zu. »Mein Ex-Freund wohnt ja weit weg und wird den Artikel mit Sicherheit nicht lesen.«

»Der sollte ihn ruhig lesen. Dann wüsste er, was er falsch gemacht hat.«

Auch wieder wahr, dachte Margareta.

Die beiden Frauen brachen auf und schlenderten durch den Kurpark in Richtung Ortsmitte. Vorbei an der herrlichen Hotelanlage Schnitterhof. Dieses Fachwerkanwesen war eine Augenweide. Auf einem der Balkone stand ein Pärchen in weißen Bademänteln und küsste sich innig. Da stände ich jetzt auch gerne, dachte Margareta. Vielleicht liest mein Märchenprinz, der irgendwo auf mich wartet, die Reportage.

Theresa zog ihre Kamera aus der Tasche und schoss ein paar Aufnahmen von Margareta, die in ihrem roten Sommerkleid entzückend aussah.

Sie passierten das Café Blaubeere und befanden sich auch schon auf dem Sälzerplatz, von wo aus sie das ›Haus des Gastes‹ auf der Kaiserstraße bereits sehen konnten.

Renate Wolf baute sich im Entree vor der großen Empfangstheke auf, als gehörte ihr ganz Sassendorf. Sie trug ein beigefarbenes Kostüm mit hellblauer Bluse darunter sowie eine polnischblonde Vogelnestfrisur. Sie schenkte den beiden eintretenden Frauen ein künstliches Lächeln.

»Ach, sieh an, die Frau Neumut. Auch mal wieder in Sassendorf?«

»Hallo, Frau Wolf. Wie geht es Ihnen?«, lenkte Theresa geschickt das Gespräch. Sie wusste, wie gern die ältliche Frau über ihre Wehwehchen plauderte.

Und richtig, Renate Wolf atmete tief ein und holte weit aus. »Ach, Sie können sich gar nicht vorstellen, wie sehr mich diese Hitze umhaut. Mein Kreislauf ... und erst meine Beine ...«

Theresa ließ die Frau reden und heuchelte vollendet ihr Interesse. Margareta sah sich derweil in der weiträumigen Halle, die mit hellen Möbeln eingerichtet war, um. In einer großen Glasvitrine entdeckte sie das legendäre Rosensalz und zuckte kurz zusammen. Daneben waren noch weitere Gläschen mit verschiedenen Salzen aufgereiht. Unter anderem auch Bauernsalz. Wer zum Teufel benutzte Bauernsalz, und wozu brauchte man es?

Nach gefühlten 20 Minuten hielt Frau Wolf endlich den Mund, und Theresa konnte ihr Anliegen vorbringen. Sie stellte Margareta vor und berichtete über ihre angeblich so wichtige Reportage, die sie über die Hobbydetektivin Margareta Sommerfeld schreiben wollte.

Renate Wolfs Interesse hielt sich in Grenzen. Etwas lahm bat sie die beiden Frauen auf einen Kaffee nach hinten in ihr Büro. Als sie saßen, ließ Theresa die Katze aus dem Sack.

»Zurzeit ermittelt Frau Sommerfeld in einem Mord- und einem Entführungsfall. Der Täter hat beide Male ein Gläschen Rosensalz aus Sassendorf am Tatort zurückgelassen. Der Kommissar hätte hier von Ihnen erfahren, dass ein gewisser Mann mit Ruhrpottdialekt gleich mehrere Gläschen Rosensalz gekauft hätte.«

Nun war bei Renate Wolf Schluss mit lustig. Ihre Kinnlade fiel herunter. Sie schien in Sekunden um Jahre gealtert.

»Herrje, wieso muss denn Frau Sommerfeld überhaupt ermitteln, wo sie nicht bei der Polizei arbeitet? Das verstehe ich nicht. Bei mir hat keiner Rosensalz gekauft. Das war, soviel ich gehört habe, bei meiner Kollegin, der Birgit, gewesen.«

»Ach, Birgit Peters? Könnten wir sie vielleicht kurz sprechen?« Theresa schenkte der guten Frau, die nun äußerst skeptisch schaute und den spendierten Kaffee für die Damen bereits bitter bereute, einen liebevollen, fast bettelnden Blick.

»Ja, ich weiß nicht. Frau Peters hat doch schon alles, was sie weiß, der Polizei erzählt. Jetzt soll sie einer Wildfremden noch mal alles berichten?« Für Renate Wolf war der Tag gelaufen. Kripo, Mord, Entführung und nun noch diese Hobbyermittlerin. Das ging ihr gegen die Hutschnur. Abfällig taxierte sie Margareta von oben bis unten. Trotzdem ging sie im Schneckentempo in ein angrenzendes Büro, um ihre Kollegin zu holen.

Birgit Peters hätte die Tochter von Renate Wolf sein können. Die gleiche Ausgabe mit dunklen Haaren und grauem Kostüm, ungefähr 30 Jahre jünger als ihre Kollegin. Flüsternd redete Wolf auf sie ein. Genervt ging Peters auf die Frauen zu.

»Sieh an, die Theresa vom *Soester Anzeiger*. Du schreibst eine Reportage über eine Hobbydetektivin?« Das letzte Wort hatte sie regelrecht ausgespuckt. Für Margareta hatte sie nur einen verächtlichen Blick übrig. »Ich weiß nicht. Ich habe ja schon alles der Kripo aus Gelsenkirchen erzählt. Wozu soll ich es jetzt noch einer angeblichen Hobbyermittlerin erzählen? Darf ich das überhaupt?«

Emsig kramte Margareta ihre Fotos aus der Tasche und hielt sie Frau Peters hin. »War es vielleicht einer dieser Männer, der sich hier mit Rosensalz eingedeckt hat?«

»Was heißt denn hier *eingedeckt*. Er hat ein paar Gläschen gekauft. Das darf er doch wohl. Viele nehmen Rosensalz mit, als Mitbringsel für die Lieben daheim. Deshalb muss er nicht gleich ein Mörder sein.«

»Das behaupten wir ja auch gar nicht«, versuchte Theresa, die Situation zu entschärfen. »Aber vielleicht könntest du uns sagen, ob es einer dieser Herren auf den Fotos war?«

Immer noch äußerst misstrauisch nahm Birgit Peters die Fotos in die Hände und sah sie sich genau an. »Nein, von denen war es keiner. Der sah ganz anders aus.«

»Könnten Sie ihn vielleicht beschreiben?« Margareta war neugierig geworden. »Er soll tiefstes Ruhrpottdeutsch gesprochen haben, wurde mir erzählt.«

»Na so schlimm war es nun auch wieder nicht. Es war ein ganz normaler Mann. Man konnte hören, dass er aus dem Ruhrgebiet stammte. Mehr habe ich nicht gesagt. Tiefstes Ruhrpottdeutsch! So ein Unsinn. So entstehen Gerüchte. Also, ich will hier niemanden beschuldigen. Mit Sicherheit war es nur ein harmloser Kurgast.«

»War er groß oder eher klein? Wie alt ungefähr?« Theresa war voll in ihrem Element, versprach sie sich doch eine heiße Story. Vielleicht wurde durch sie der Rosensalzmörder überführt.

»Nun mal langsam. Ich weiß wirklich nicht, ob ich das darf.«

»Aber Birgit, nun sei doch nicht so. Du kannst uns doch wenigstens verraten, wie er aussah. Was soll schlimm daran sein?«

»Und morgen lese ich in der Zeitung, die Peters von der Kurverwaltung hätte dieses und jenes behauptet. Nee, das möchte ich eigentlich nicht.«

»Von euch wird keine Rede sein, das verspreche ich hoch und heilig!«

Zögernd spielte Birgit Peters an ihren Haaren herum. »Groß war er, mittelblond, in Jeansjacke mit einem T-Shirt darunter. Ich schätze ihn auf Mitte 30. Aber ob der mit dem Mord was zu tun hat, wie gesagt, das weiß ich nicht.«

»Ist doch klar, Birgit. Trotzdem vielen Dank. Du hast Frau Sommerfeld sehr geholfen.«

Margareta bedankte sich höflich und steckte ihre verknickten Fotos wieder ein.

»Mir fällt gerade ein«, meldete sich Renate Wolf nun zu Wort. »Er wollte eine Quittung haben. Also müssten wir doch den Namen des Herrn haben.«

Theresa fragte sich, woher der plötzliche Sinneswandel der Wolf kam. Emsig wühlte Renate in einer der Schubladen, auf der Suche nach dem Quittungsblock.

»Nein, den Namen geben wir nicht raus«, ereiferte sich nun Birgit Peters und schenkte ihrer Kollegin einen bösen Blick. »Das habe ich alles schon der Kripo erzählt. Soll sie sich doch dahin wenden. Steck den Block weg, ich warne dich«, fauchte sie ihre Kollegin an. Und schon war sie in ihrem Büro verschwunden. Ohne Abschiedsgruß.

Renate Wolf begleitete die Damen bis zur Eingangstür der großen Halle und drückte Theresa einen Zettel
in die Hand.

»Von mir haben Sie die Adresse nicht.«

»Danke Frau Wolf, Sie haben mal was gut bei mir«,
freute sich Theresa und reichte draußen den Zettel an
Margareta weiter.

»Wie gut, dass die beiden sich nicht grün sind. Sonst
hättest du die Adresse nicht. Obwohl das ja noch nichts
zu bedeuten hat.«

»Oh Theresa, ich weiß nicht wie ich dir danken soll!«
Mit Freudentränen in den Augen umarmte sie die sym-
pathische Journalistin. Beiden war nicht aufgefallen, dass
sie zum Du übergegangen sind.

»Lade mich auf einen Kaffee in die Blaubeere ein.«

24. KAPITEL

Waltraud räumte ihr gutes Geschirr, ›Classic‹ von Rosen-
thal in Weiß, aus dem Umzugskarton und stellte die Teile
vorsichtig auf die Spüle.

»Alles sehr kurzfristig, Kind. Außerdem verleihe ich
mein gutes Geschirr nicht gerne, das weißt du!«

Margareta verdrehte die Augen. Dass Waltraud samt Geschirr schon um neun Uhr hier aufschlagen würde, hätte sie nicht gedacht. Es war ausgemacht, dass sie ihre Mutter samt Geschirrkarton gegen Mittag abholen würde. Wie sie es überhaupt geschafft hatte, die Kiste auf dem Einkaufstrolley zu transportieren, war ihr ein Rätsel.

»Du hast mir dein Geschirr selbst angeboten, regelrecht aufgedrängt. Erinnere dich. Von neun Uhr war außerdem nie die Rede gewesen. Ich muss noch alles einkaufen.« Margareta stöhnte und wischte sich den Schweiß von der Stirn.

»Wenn man so etwas vorhat wie dieses Dinner, fährt man auch nicht einen Tag vorher noch nach Bad Sassendorf. War es wenigstens schön? Hattest du ein wenig Spaß?«

»Ja, ich hatte trotz meiner Recherche sogar Spaß. Ich habe eine Journalistin kennengelernt, die eine Reportage über mich schreiben will. Durch sie kam ich an die Adresse von dem Mann, der dort in der Kurverwaltung mehrere Gläser Rosensalz gekauft hat.«

»Über dich eine Reportage? Aber Gretchen, wer soll denn das lesen? Du blamierst dich doch bloß. Ach Kind, dass du dich aber auch überall einmischen musst. Kein Wunder, dass Stefan ausgezogen ist. Das kann doch kein normaler Mann aushalten mit dir.« Waltraud schaute ihre Tochter mitleidig an.

Margaretas Augen schossen Giftpfeile ab. Am liebsten hätte sie ihre Mutter samt ihrem dämlichen guten Geschirr vor die Tür gesetzt. Bevor sie jedoch etwas Falsches sagte, atmete sie ein paar Mal tief ein und aus.

»Ach nee, du hast dich doch auch jedes Mal bei meinen Ermittlungen mit reingehängt und großen Spaß dabei gehabt, oder nicht?« Wenn Margareta nur daran dachte, wie ihre Mutter sämtliche Kerle, ob alt oder jung, wuschig gemacht hatte, schämte sie sich jetzt noch für sie.

»Du hast mich ja quasi gezwungen.«

»Ja, ich habe dich gezwungen, alles klar.« Margareta kochte vor Wut. Was bildete sich die Koloniekönigin eigentlich ein?

Zum Glück fragte sie nicht weiter nach dem Mann, dessen Adresse Margareta noch immer in den Jeans mit sich trug. Um ihn wollte sie sich morgen kümmern, nach der Arbeit. Das Essen hatte oberste Priorität.

Der Tag hatte für Margareta schon nicht gut angefangen. Als sie sich gegen sieben Uhr aus dem Küchenfenster lehnte, um die frische Morgenluft einzuatmen, und nach rechts zum Nebenhaus schaute, dachte sie, sie träfe der Schlag. Aus dem geöffneten Fenster der bis vorgestern noch nicht belegten Wohnung schaute mit freiem Oberkörper der Verwalter und grüßte auch noch freundlich herüber. Sekunden später tauchte eine Frau am besagten Fenster auf, küsste diesen Mann und kuschelte sich an ihn. Da haben sich aber zwei gefunden, dachte Margareta. Das Sprichwort »auf jeden Topf passt ein Deckel« bewahrheitete sich tatsächlich. Damit hätte sie niemals gerechnet. Der unschöne sogenannte Verwalter hatte mit seiner Partnerin die leer stehende Wohnung bezogen. Na ja, immerhin besser, als Gernot in der Nachbarschaft zu wissen.

»Was ist denn nun mit Gernot? Ist er endlich zurück nach Essen? Weiß er von dem Kochen heute Abend?« Margareta riss ihren Einkaufszettel vom Block, kramte im Schrank nach Stoffbeuteln, um sich auf den Weg zum Buerschen Markt zu machen.

»Ja, der ist gestern abgefahren. Du, ich bin echt froh.

Der hat ja schon Arbeit gemacht. Ja, von dem Essen heute Abend habe ich ihm erzählt. Es schien ihn aber nicht weiter interessiert zu haben. Glaubst du noch immer, dass er der Mörder von Barbara ist und auch Inge entführt hat? Rechnest du echt damit, dass er heute Abend zuschlägt? Gernot, der große Rosensalzmörder?« Waltraud kicherte vor sich hin.

Am liebsten hätte Margareta ihr von hinten ihre Einkaufstaschen über den Kopf gezogen. Blöde Idee, Waltraud einzuladen, fand sie plötzlich.

»So, ich muss dann los. Der Speiseplan für heute Abend hängt an der Pinnwand. Bevor du mit dem Schnibbeln anfängst, wäre es nicht schlecht, wenn du mal durchsaugen und eventuell die Küche durchwischen würdest.« Mit einem Bein war Margareta schon zur Tür hinaus.

»Du, das war aber nicht abgemacht«, empörte sich Waltraud.

»Es war auch nicht abgemacht, dass du heute Morgen hier schon um neun Uhr aufkreuzt. Ich muss jetzt los, sonst bekomme ich kein Kaninchen mehr.« Und schon war sie zur Tür hinaus.

»Kaninchen?«, rief Waltraud ihr noch hinterher, doch Margareta hatte die Tür schon hinter sich zugezogen.

Sie war stolz auf ihr Menü, welches sie gestern Abend noch auf edlem Büttenpapier ausgedruckt hatte. Als Vorspeise würde es Endiviensalat mit Kartoffeln und Eiern geben. Das Hauptgericht nannte sich Kaninchenbraten ›Koslowski‹. Dazu wurden Klöße und Rotkohl gereicht. Den krönenden Abschluss würde der Obstsalat ›Löchterheide‹ bilden.

Und das alles, nur um einen Mörder dingfest zu machen. Bis um 22 Uhr hatte sie gestern Abend mit Conni und

Susanne zusammengesessen, um Einzelheiten zu besprechen. Sebastian hatte noch kurz angeklingelt, um Margareta den Vorschlag zu machen, seine Mutter zum Kochen einzuladen. Er würde so lange den Kiosk hüten. Zu gerne würde sie auch einmal in so einer Kochrunde dabei sein. Als Margareta geschockt verneinend mit dem Kopf geschüttelt und mehrfach versichert hätte, dass das nicht nötig sei und sie genug Leute wären, schob er beleidigt ab. Nein, Bastis Mutter wollte sie auf keinen Fall dabei haben, obwohl sie Hannelore eigentlich mochte. Nur spielte die eben in der falschen Liga.

Nun konzentrierte sie sich erst einmal auf den Einkauf. Sie hoffte, nicht von einer ihrer Arbeitskolleginnen auf dem Wochenmarkt gesichtet zu werden. Das würde wieder Gerede geben, von wegen arbeitsunfähig sein und einkaufen gehen. Obwohl sie ja nicht bettlägerig war und schließlich auch essen musste. Morgen würde sie ja wieder bei der Arbeit erscheinen.

Nachdem sie ihren Wagen im Parkhaus abgestellt hatte, ging sie auf dem direkten Weg durch die Unterführung des Sparkassenhauses zum Markt und vermied die Hochstraße. Am Stand vom Geflügelhändler fragte sie nach einem Kaninchen. Fehlanzeige! Ein ganzes Kaninchen ohne Vorbestellung? Unmöglich, wurde ihr gesagt.

»Nehmen Se doch Hinterläufe und Rückenteile, da hätte ich was da. Schaun Se ma, junge Frau«, meinte der rotgesichtige große Mann und warf vier Keulen und zwei Rückenstücke auf die Waage. »Für wie viele Leute wolln Se dat denn haben?«

»Für fünf Personen«, antwortete Margareta schüchtern und war froh, kein ganzes Kaninchen nach Hause tragen zu müssen. So blieb ihr das Zerkleinern erspart.

»Hach, fünf Mann. Da nehmen Se ma hier die vier Keulen und die zwei Rückenstücke. Sind zusammen gut zwei Kilo. Macht, weil Sie et sind, 30 Euro.«

Margareta zuckte zusammen. 30 Euro allein für das Fleisch, dazu käme noch das Obst für den Obstsalat und die Zutaten für den Endiviensalat. Wein müsste sie auch noch haben. Nein, das war zu teuer.

»Ich nehme nur zwei Keulen und ein Rückenstück. Das muss reichen.«

»Und die andern gucken inn Mond, wa? Zwei Keulen für fünf Mann?«

»Ich habe ja noch den Rücken«, erboste sich Margareta.

»Du muss et wissen, Mädchen«, meinte der Mann. »Du bist die Köchin.«

Eben noch per Sie, nun war sie schon sein Mädchen.

Ob sie eine gute Köchin war, würde sich erst noch herausstellen, dachte Margareta. Kaninchen hatte sie noch nie zubereitet. Überhaupt hatte sie wenig Kocherfahrung. Die kulinarischen Genüsse, die sie bisher auf den Tisch gebracht hatte, konnte sie an einer Hand abzählen.

»20 Euro. Und nimm dat Kaninchensalz mit, schmeckt Klasse, kostet 1,30 Euro.«

Na gut, darauf kam es jetzt auch nicht mehr an. Also noch das Kaninchensalz. Das gab bestimmt viele Punkte, wenn das Fleisch gut mundete. Doch musste es allen gut munden? Sie wollte nichts gewinnen. Es ging darum, den Mörder anzulocken und eventuell zu überführen.

»Also, ich ess am liebsten den Kopp vom Karnickel. Dat is ne Delikatesse, schön angebraten, mit Bäckchen und Zunge. Hach, dat ist so lecker. Dat Hirn vom Karnickel soll schlau machen.« Der urige Typ redete sich in Rage.

»Na, dann wirst du ja noch nicht viel davon gegessen haben«, wollte Margareta dem Mann an den Kopf werfen. Sie ließ es jedoch lieber. Sie hätte würgen können bei der Vorstellung, die putzigen Kaninchenköpfe in der Pfanne scharf zu braten und samt Inhalt aufzuessen. Menschen sind grausam, dachte sie, schnappte sich ihr Fleisch nebst Salz und ging weiter zum Gemüsestand.

Hier ging alles recht zügig. Zwei Köpfe Endiviensalat, einige Äpfel, Apfelsinen, Aprikosen, Brombeeren und Bananen sowie eine Zitrone. Anschließend noch zum Supermarkt, die restlichen Zutaten und die Getränke besorgen. Als sie in der Kühltheke den fertigen Knödelteig entdeckte, entschied sie sich dafür. Sie würde ihn in eine Tupperschüssel packen und den anderen erzählen, sie hätte ihn schon heute Morgen zubereitet, damit er sich besser entfalten konnte. Beim Rotkohl griff sie zur gefrorenen Ware, in der Hoffnung, niemand würde es merken. Ein zerteiltes Äpfelchen hinein, und gut war es.

Voll beladen kam sie gegen Mittag nach Hause. Ihre Mutter zog wie fast immer ein beleidigtes Gesicht.

»Ja was sollte ich denn schnibbeln? War ja noch nichts da.«

Immerhin hatte sie die Wohnung geputzt, samt Badezimmer. Margareta strahlte. Den Tisch hatte sie auch schon gedeckt. Eine wirklich festliche Tafel hatte ihre Mutter mit ihren Hausfrauenhänden gezaubert, der Margareta nun den letzten Schliff verpasste. Ein Give-away wie eine dämliche Seife oder ein Tütchen mit einem Gewürz würde es bei ihr nicht geben. Ein gewisses Niveau wollte sie schon halten.

In den nächsten Stunden waren die Frauen damit beschäftigt, das Kaninchen zu braten, Obst zu schneiden, Eier und Kartoffeln zu kochen und zu verarbeiten.

Weniger Arbeit, als ich dachte, freute sich Margareta, als sie kurz vor 18 Uhr unter die Dusche sprang. Waltraud machte sich auf den Weg, um sich ebenfalls salonfähig zu machen.

Als es gegen 18.30 Uhr an der Wohnungstür klingelte, war Margareta überrascht, dass Stefan davor stand. Sie hatte bereits mit den Gästen gerechnet. Ihr Herz schlug schneller.

»Hallo, Margareta, toll siehst du aus.« Er meinte es so, wie er es sagte.

Sie gab den Weg frei und ließ ihn ohne Worte eintreten. In ihrem dunkelblauen Minikleid sah sie entzückend aus.

Er roch unwiderstehlich. Boss Orange, stellte sie fest.

»Ich habe dich vermisst«, sagte er fast flüsternd und sah ihr nicht nur in die Augen.

»Und deshalb bist du gekommen? Um mir das zu sagen?« Auch sie hatte sich nach ihm gesehnt, was sie natürlich für sich behielt.

»Nein, natürlich nicht. Mensch, riecht das hier gut. Was kochst du denn da?«

»Kaninchenbraten ›Koslowski‹, dazu Rotkohl und Knödel, vorweg einen Endiviensalat, zum Nachtisch Obstsalat ›Löchterheide‹.« Margareta war sichtlich stolz, als sie das Menü herunterleierte.

»Bis auf den bescheuerten Namen für den Hasenbraten hört sich das Klasse an. Ich wusste echt nicht, dass du so etwas kannst.«

»Was ist schon dabei?«, erwiderte sie lässig. Dass sie bis vor ein paar Stunden auch noch nicht wusste, dass sie dazu in der Lage war, verschwieg sie ihm.

»Also, was willst du? Meine Gäste können jede Minute hier aufkreuzen.«

»Das ist echt mutig, dass du dieses Pseudo-Dinner nun doch durchziehst.«

»Von wem weißt du es?«

»Das pfeifen die Spatzen von den Dächern. Ist doch in deinem Sinne, oder? Nein, Quatsch, deine Mutter hat es mir erzählt.«

»Einfach so? Hat sie dich etwa angerufen?« Ich bringe die Alte um, dachte Margareta.

»Nein, *ich* habe sie gestern angerufen. Nur mal so. Und da hat sie mir davon berichtet. Ist doch gut so. Ich habe Angst um dich.«

»Und jetzt willst du mich bewachen?«

»So ähnlich. Eine Streife in Zivil wird sich in der Nähe hier postieren und im Notfall eingreifen, falls es Ärger gibt. Und ich liege natürlich auch auf der Lauer. Du kannst unmöglich alle deine Gäste im Auge behalten. Wie stellst du dir das vor?«

»Ein Arbeitskollege wird meine Mutter nach Hause bringen, ich begleite Susanne zum Auto. In Hassel wird sie ihr Mann erwarten, und Conni bringe ich anschließend nach Hause. Das heißt, ich klemme mich mit Abstand an ihren Drahtesel.«

»Und anschließend fährst du heim, und unter dem Torbogen lauert der Mörder.«

»Dann wirst du ja da sein und mich beschützen.« Honigsüß lächelte sie ihn an. Irgendwie war sie froh, dass er aufgekreuzt war und sogar Leute abgestellt hatte, die sie und ihre Gäste bewachen würden. Vielleicht würde es ja heute Abend tatsächlich gelingen, den Mörder dingfest zu machen.

Als es erneut klingelte, verabschiedete sie Stefan.

Die vier Gäste schlugen gleichzeitig auf. Waltraud in einem großblumigen Sommerkleid, Holger Hesse in Jeans und gelbem Poloshirt, Conni in dunkelblauem Strickpulli zur schwarzen Hose und Susanne im rot gemusterten Kostüm. Wie in der TV-Serie ›Das perfekte Dinner‹ übergab jeder der Gäste ihr ein kleines Präsent, von selbst gekochter Marmelade bis zur Weinflasche, ganz professionell.

Margareta war gar nicht mehr nervös. Locker plauderte sie mit ihren Gästen, fragte sich nur im Stillen, wieso sie hier so einen Aufstand machte. Der Täter, der natürlich ein ganz normales Dinner vermutete, wusste ja nicht, dass diese Aktion eigens für ihn stattfand. Sie hätten sich also genauso gut auf Pommes mit Currywurst treffen können. Verspürte sie etwa doch so etwas wie Hausfrauenstolz? Wollte sie beweisen, dass sie imstande war, so ein Essen auf den Tisch zu bringen?

Neugierig steckten alle ihre Nasen in die gediegenen Speisekarten.

Zum Endiviensalat, der allen vorzüglich mundete, gab es einen leichten Weißwein von der Mosel.

Holger Hesse, der sich mit gesegnetem Appetit auf die Vorspeise stürzte, blieb fast die Gabel im Halse stecken, als er erfuhr, was Sinn und Zweck dieses Abends war. Nein, so hatte er sich das nicht gedacht. Einen Mörder zu fangen, das war ihm zu heikel. Er hatte gehofft, Margareta näherzukommen, wenn die anderen Gäste sich verabschiedet hatten. Außerdem wollte er sich ein wenig mit seinen angeblichen Kochkünsten rühmen, was ihm gründlich vergangen war. Sein Blick ging zu Waltrauds ausladender Oberweite mit dem tiefen Dekolleté. Seine Aufgabe war es also, diese Walküre nach Hause zu begleiten. Na wenn das mal gut geht, dachte er und ließ sich ein weiteres Mal vom Weißwein nachschenken. Er kam sich benutzt vor. Zumal die anderen beiden Frauen auch nicht gerade seinem Idealbild entsprachen. Okay, Conni war Single und auf der Suche nach einem neuen Partner, wie sie mehrmals beiläufig erwähnte. Doch so einen Brecher wollte der zarte Mann nicht sein Eigen nennen.

Der Kaninchenbraten ›Koslowski‹ war dank Waltrauds Hilfe und dem Zaubergewürz des Geflügelhändlers ein wahrer Genuss. Die Stücke waren zwar recht überschaubar, jedoch wurden sie durch die Zutaten, die großen Knödel, den Berg Rotkohl und einen ordentlichen Schuss Sahnesoße, dennoch zu einem Hingucker. Und nicht nur das.

»Oh wie lecker, wie zart, wie köstlich«, kam es aus aller Munde. Das hätten sie Margareta gar nicht zugetraut.

»Und die Knödel hast du selbst gemacht?«, wollte Susanne skeptisch wissen, während sie sich ein Stück davon in den Mund schob.

»Ja, was denkst denn du?«, ließ Margareta mit warnendem Blick zu ihrer Mutter verlauten.

»Ach, wenn das Inge und Barbara noch erleben könnten. Sie wären stolz, Margareta in der Kochrunde zu haben«, sprach Conni seufzend.

»Den beiden Frauen zu Ehren findet dieses Essen heute Abend statt. Vielleicht haben wir ja Erfolg und schnappen den Täter. Einen weiteren Kochabend werde ich weder veranstalten noch an einem teilnehmen.« Margareta prostete ihren Gästen mit Rotwein, Bahndamm-Südseite, 2,99 Euro, zu.

Die Nachspeise, der Obstsalat ›Löchterheide‹, war ebenfalls ein Gedicht. Das bunte Obst und obenauf die gehackten Walnüsse waren nicht nur eine Augenweide. Dazu mundete ein zuckersüßer Dessertwein, eine Spende von Waltraud. Ohne ihre Mutter, die dem Essen und allem Drumherum den letzten Schliff gab, hätte Margareta einpacken können.

Je später der Abend, je angespannter die Stimmung. Die Gespräche verebbten immer wieder, egal was für ein Thema angeschnitten wurde. In der Schweigezeit konnte man aus Sebastians Wohnung Rockmusik hören. Die Bässe dröhnten sogar durch die dicken Wände. Selbst schuld, dass er so gefrustet war, dachte Margareta. Er hätte ja dabei sein können.

Nachdem die Sonne untergegangen war, kroch unwillkürlich allen Anwesenden die Angst den Rücken hoch. Um sich abzulenken und dem Ganzen doch eine gewisse Ernsthaftigkeit zu verleihen, ging es endlich zur albernen Punktevergabe. Entweder trauten die Anwesenden sich nicht, weniger als die Höchstpunktzahl zu vergeben, oder sie waren tatsächlich von dem Dinner so beeindruckt. Margareta bekam von jedem Gast die volle Punktzahl. So heimste sie 40 Punkte ein und konnte sich diese Wertung sonst wohin klemmen. Stolz war sie trotzdem.

Langsam wurde es spannend.

Der Heimweg!

Margareta beruhigte die Vier immer wieder: »Stefan hat alles im Griff, ihr könnt euch auf ihn verlassen.«

»Ach nee, gestern Abend war er noch ein elendes Schwein, und heute redest du so«, meinte Susanne kopfschüttelnd.

»An seinen beruflichen Fähigkeiten habe ich nie gezweifelt. Das Menschliche steht heute nicht zur Debatte.«

»Wenn er so ein guter Kommissar ist, wieso hat er den Rosensalzmörder dann noch nicht gefasst?«, wollte Conni wissen.

Margareta zuckte mit den Schultern, stand auf und beendete somit offiziell das Dinner. Alle gingen gemeinsam durchs Treppenhaus, um sich vor dem Haus laut und auffällig zu verabschieden. Fünf Augenpaare lugten nervös durch die Gegend, um irgendetwas Auffälliges zu erspähen.

Hesse zog mit Waltraud zu Fuß los, die Alleestraße entlang, zum Ende der Siedlung, wo sie in einem Vierfamilienhaus wohnte. Susanne stieg in ihr Auto und fuhr den Gartmannshof hinauf Richtung Buer, von dort weiter nach Hassel. Conni schwang sich auf ihr Rad, gefolgt von Margareta in ihrem Polo.

Hesse hatte noch nie so eine gammelige und spärlich beleuchtete Siedlung gesehen. Er hielt einen Meter Abstand zu Waltraud und schaute ängstlich in jede Hofeinfahrt und in jeden Zugang. Auf der Arbeit hatte er noch die dicke Lippe riskiert, als es um den Umkleidekabinenonanierer ging, den er erfolgreich vertrieben hatte. Bis jetzt war er nicht wieder aufgetaucht.

An der großen Kastanie auf dem Lindrathplatz blieb Waltraud stehen. »Wohnen wir nicht schön hier? Ist die Siedlung nicht ein richtiges Idyll?«

»Ich weiß nicht«, meinte Holger Hesse nur. »Wie weit ist es denn noch?« Er schaute sich um, blickte zurück zum Wohnturm, der in der Fastdunkelheit bedrohlich auf ihn wirkte. Er hatte das Gefühl, der Turm würde nach vorn kippen und ihn jeden Moment unter sich begraben. In der obersten Etage brannte hier und da noch Licht, TV-Geräte flackerten, die Fenster waren nicht verdunkelt. Die beiden runden Fenster in den Turmspitzen schauten ihn drohend an wie Augen. Auf was hatte er sich da bloß eingelassen? Die flotte Nummer mit Margareta konnte er sich abschminken, war ihm inzwischen klar geworden.

»Ach, nicht mehr weit, höchstens noch 100 Meter«, meinte Waltraud und rückte näher an den kleinen Mann heran. Sie musste schmunzeln, als sie merkte, wie ängstlich er war. Und der soll mich beschützen?, dachte sie amüsiert.

Vor dem dunklen Hofzugang, der zum Hauseingang von Waltrauds Wohnung führte, blieb er stehen. »Hier geht es rein? Warum ist denn der Hof nicht beleuchtet? Können Sie den Rest nicht alleine gehen?«

»Margareta hat gesagt, Sie bringen mich bis vor die Wohnungstür«, kam es erbost aus ihrem Munde.

Er ließ sie vorausgehen und folgte ihr. Von der Middelicher Straße schien die Beleuchtung bis auf den Hof und ließ Umrisse erkennen. Ein leises Gurren drang aus der Taubenhütte, die sich auf dem Hof befand. Sie bogen links ab und hatten die marode Haustür erreicht. Waltraud schloss auf und drehte sich um.

»Na ja, bis nach oben brauchen Sie mich nicht begleiten, im Treppenhaus wird schon keiner auf mich warten.«

»Sie wohnen rechts oben?« Hesse schaute an der Häuserfront hinauf. Links brannte noch Licht, rechts war alles dunkel, also musste sie dort wohnen.

Waltraud nickte. Wohl schien ihr nicht zu sein.

»Dann bleibe ich hier stehen, bis Sie oben sind und das Licht angemacht haben. Okay?«

Und schon hörte er, wie Waltraud die ausgetretenen Holzstufen donnernd nach oben polterte. Sekunden später ging das Licht an und beleuchtete den dunklen Hof zusätzlich.

Hesse steckte die Hände in die Hosentaschen und trat den Rückweg an. Sein Wagen parkte vor Margaretas Haus.

Ihm war bewusst, dass er eigentlich kein Auto mehr fahren durfte bei seinem Weinkonsum. Doch das war ihm egal. In Gelnhausen fuhr er auch hin und wieder angetrunken. Vor dem Haus auf Margareta zu warten, hielt er für völlig überflüssig. Wahrscheinlich würde der smarte Hauptkommissar noch seinen Rapport abgeben und die Belohnung für die Überwachung kassieren, dieser Schmarotzer.

Plötzlich hörte er Schritte hinter sich. Hatte man auch für ihn einen Polizisten in Zivil abgestellt, der ihn bewachte?

Funkstille!

Er wusste nicht, wie lange er schon nach oben in den Nachthimmel starrte. Er wusste gar nichts mehr. Da waren diese Schritte und dieses Hüsteln gewesen. Ihm wurde bewusst, dass er wach war. Mit dem Bewusstsein kamen auch die Fragen.

Wo bin ich?

Was ist passiert?

Er vernahm das leise Gurren der Tauben. Ihm fiel ein, dass er Margaretas Mutter nach Hause gebracht hatte. Diese unmögliche Person. Dann wollte er zurück zu seinem Auto. Und dann war plötzlich nichts mehr.

Funkstille!

Sein Kopf schmerzte. Er versuchte, ihn anzuheben. Der Schmerz wurde stärker und zwang ihn, sich wieder zurückzulehnen. Er fasste mit der Hand an seinen Hinterkopf. Dorthin, wo der Schmerz am stärksten war. Die Stelle war nass. War das Blut? Er roch daran. Ja, es musste wohl Blut sein. Jemand hatte ihm mit einem Gegenstand auf den Kopf geschlagen.

Wie lange liege ich hier schon?

Schaut die Alte denn nicht mal aus dem Fenster?

Vermisst Margareta mich denn nicht?

Ihr muss doch auffallen, dass mein Auto noch immer vor ihrem Haus steht.

Mit der anderen Hand wollte er sein Handy aus der Hosentasche ziehen. Doch er merkte, dass er etwas in der Hand hielt. Ein Gläschen. Er hielt es dicht vor sein Gesicht. Es könnte sich um dieses Rosensalz handeln, welches der Täter immer an den Tatorten hinterließ. Ihm war klar, dass es eine Warnung sein sollte.

Misch dich hier nicht ein, Junge! So jedenfalls interpretierte er diesen Überfall.

Er hörte ein Auto vorfahren, Türen schlagen, Schritte. Dann nahm er Taschenlampen wahr, wenig später Sirenen, weitere Fahrzeuge fuhren vor. Und schon beugten sich Margareta und ihr Kommissar über ihn.

»Verdammte Scheiße«, kam es aus dem Mund des Kommissars.

Margareta weinte. »Oh Holger, das tut mir so leid. Das hätte nicht passieren dürfen.«

Hesse reichte ihr das Gläschen, das sie geschockt entgegennahm. Sie hatte ihn geduzt, war ihm aufgefallen.

»Wie erkläre ich das bloß deinem Chef morgen früh?«, fragte Hesse und stöhnte auf.

Der Krankenwagen transportierte ihn wenig später nach Buer ins Unfallkrankenhaus Bergmannsheil.

25. KAPITEL

War dieses Kochen nun ein Erfolg oder nicht? Ein kleiner zumindest, fand Margareta. Obwohl ihr Holger Hesse schon sehr leid tat. Nachdem man ihn im Krankenhaus notärztlich versorgt hatte, bestand er darauf, nach Hause zu gehen, beziehungsweise in sein Hotel. Zur Arbeit war er heute Morgen natürlich nicht erschienen, und Margareta überlegte schon, ihn in ihrer Mittagspause im Buerer Hof zu besuchen. Das war sie ihm einfach schuldig. Als sie allerdings in Zarskes wütendes Gesicht schaute, verwarf sie den Gedanken wieder. Hatte Hesse ihm erzählt, dass sie dahintersteckte? Hätte sie sich doch lieber einen Nachschlag bei ihrem HNO-Arzt holen und der Arbeit noch ein paar Tage fernbleiben sollen? Stattdessen quälte sie sich mit den Kunden herum, war überhaupt nicht bei der Sache. Sie hatte kaum geschlafen und sogar noch von Gernot geträumt. War er wirklich nach Essen zurückgekehrt oder befand er sich, wie in ihrem Traum, in der Wohnung des Verwalters?

Wer hatte Hesse niedergeschlagen?

War es tatsächlich der Rosensalzmörder?

Gingen alle drei Taten auf das Konto eines einzigen Täters?

Stefan hatte sich vorbildlich verhalten, fand Margareta. Ganz uneigennützig hatte er ihr sogar angeboten, in der Nacht bei ihr zu bleiben. Oder vielleicht doch nicht ganz so uneigennützig? Hätte er die Situation ausgenutzt? Er machte sich Vorwürfe, konnte sich nicht erklären, wie der Täter es geschafft hatte, Hesse niederzuschlagen, wo seine Leute so scharf aufgepasst hatten. Auch Waltraud war untröstlich, davon nichts mitbekommen zu haben.

Margareta sehnte die Mittagspause herbei. Doch statt Hesse aufzusuchen, hatte sie spontan umdisponiert und machte sich auf den Weg ins Buersche Polizeipräsidium, um mit Blauländer zu sprechen. Sie hatte das Gefühl, dass einige Dinge unbedingt geklärt werden mussten. Mutig ging sie zur Pforte, die sich genau zwischen den beiden imposanten Gebäuden befand. Das linke fünfstöckige Gemäuer war am 5. Oktober 1927 eingeweiht worden.

Hatte sie bis dahin noch gedacht, es wäre wie in den Krimi-Serien im Fernsehen und man könnte einfach so das Büro des Hauptkommissars aufsuchen, musste sie feststellen, dass es hier vollkommen anders zuging. Man hielt Blauländer streng unter Verschluss. Der Bedienstete telefonierte mit ihm und ließ sich mehrmals ihren Namen sagen. Der Kommissar bekam am anderen Ende der Leitung wahrscheinlich einen Schock, als er diesen hörte. Nach längerer Diskussion wurde ein weiterer Kommissar herbeordert, der Margareta zu Blauländer bringen sollte. Zum Glück kam nicht Stefan, sondern ein Kollege von ihm.

Hoffentlich finde ich jemals wieder zurück, dachte Margareta, als sie wie durch einen Irrgarten geführt wurde. Gebäude rein, Gebäude raus, Treppe hoch, Fahrstuhl hoch, Gang rechts, Gang links. Alle Türen zu den Gängen waren verschlossen wie in einem Hochsicherheitstrakt.

Endlich waren sie im Dachgeschoss des ersten Gebäudes angelangt und standen vor Blauländers Bürotür. Der nette Wegbegleiter musste erst um Einlass winseln, bevor der gute Erste Hauptkommissar Helmut Blauländer sie in sein Reich ließ. Er selbst verabschiedete sich wieder und versprach, sie später abzuholen.

Nun kenne ich Blauländer so lange und war noch nie in seinem Allerheiligsten, dachte Margareta und schaute sich mit offenem Mund neugierig um, als sie den Raum betrat.

So also residiert der oberste Chef der Kripo, stellte sie schockiert fest. Jetzt wurde ihr klar, wieso er sich immer woanders mit ihr getroffen hatte, mal in der Buerschen Markthalle, mal auf der Terrasse von Schloss Berge.

Das Büro war eine bessere Besenkammer. Winzig klein mit schrägen Wänden und einem kleinem Fenster. In der rechten Ecke der Dachschräge fiel ihr eine winzige Tür auf und sie fragte sich, was sich wohl dahinter verbarg.

»Margareta Sommerfeld höchstpersönlich«, ließ Blauländer verlauten. »Das hätten Sie nicht erwartet, was? Sie dachten wohl, ich hätte ein tolles großes Büro mit schönen Möbeln, oder? So wie in den Krimis im TV. Nun sind Sie enttäuscht, das sehe ich Ihnen an.«

Er bot ihr immer noch keinen Stuhl an, ließ sie stehen und betrachtete sie mit melancholischem Blick.

»Normalerweise kommt hier kein Publikum hin. Hätte ich gewusst, dass Sie kommen, hätte ich wenigstens aufgeräumt. Setzen Sie sich doch.«

Sie musste schmunzeln, ihr fiel der Werbesong ›Hätt ich dich heut erwartet, hätt ich Kuchen gemacht‹ ein. Die Melodie setzte sich regelrecht in ihrem Hirn fest.

»Ja, ich bin schon ein wenig geschockt, das muss ich zugeben. Nun kenne ich Sie schon so lange und wusste bis heute nicht, wo und vor allem, wie Sie hier im Präsidium sitzen.«

Die Möbel stammten aus den 1950er Jahren und hatten schon bessere Zeiten gesehen. Ehemals helles Holz, inzwischen nachgedunkelt, voller Schrammen und hässlich. Die Aktenberge, die überall herumlagen, erweckten den Eindruck, Helmut Blauländer wäre total im Stress.

Margaretas Blick blieb an den Fotos an der rechten Wand hängen. Das linke, eines mit einem dicken Holzrahmen, zeigte ihn und seine Frau vor mindestens 20 Jahren auf einer Bank im Wald. Sie strahlten glücklich. Wahrscheinlich waren zu der Zeit die dunklen Wolken am Ehehimmel noch nicht aufgezogen. Gleich daneben das Foto eines pickeligen Jünglings. Er hatte die gleiche Knollennase wie Blauländer. Margareta ging immer davon aus, dass Blauländer kinderlos war. War der Sohn vielleicht gestorben? Sie traute sich nicht, danach zu fragen. Das letzte Bild dieser aufschlussreichen Trilogie zeigte zwei Frauen, beide mit grauem Dauerwellkopf, die eine dick und glühend, die andere schon sehr eingetrocknet, als hätte man das Wasser aus ihrem Körper abgelassen. Die Ähnlichkeit war auch hier verblüffend, obwohl die beiden Damen mindestens 25 Jahre trennten. Das war doch nicht etwa …? Margareta musste einen aufkommenden Lachanfall unterdrücken.

Als könne er Gedanken lesen: »Ja, das sind Anni und ihre Mutter. Ich musste das Bild aufhängen. Bei Annis seltenen Besuchen achtet sie stets darauf, dass es noch hängt. So habe ich meine liebe Schwiegermutter den ganzen Tag vor Augen.«

»Grausam! Wenn ich mir vorstelle, ich hätte auf der Arbeit ein Bild meiner Mutter hängen, das ich täglich ansehen müsste. Undenkbar!«

»Man gewöhnt sich an vieles«, sagte der Kommissar

und spielte mit einem Radiergummi. Zu dem Foto mit dem Jungen sagte er nichts.

»Ich würde Ihnen gerne einen Kaffee anbieten, doch hier nach oben bringt mir niemand etwas. Meine Sekretärin, die normalerweise nebenan sitzt, ist krank.«

Wie mochte sie aussehen, diese Sekretärin?, fragte Margareta sich. Genauso staubig wie dieses Büro?

»Ich bin nicht zum Kaffeetrinken gekommen. Wegen gestern ...«, druckste sie herum.

»Ja, das ging völlig daneben. Sie hätten tot sein können. Das ist Ihnen doch hoffentlich klar?«

»Ich lebe noch. Es tut mir nur so leid um Holger Hesse. Ich hatte ihn eingeladen, um mir zu helfen. Das hat er ja auch getan, hat meine Mutter nach Hause gebracht. Unvorstellbar, wenn der Täter meine Mutter erschlagen hätte.«

Wieder und wieder sah sie sich in dem kargen Raum um. So musste es in der ehemaligen DDR in den Polizeidiensträumen ausgesehen haben. Wie ein hässliches Wohnzimmer, diese Gardinen, die Wände, einfach nur grausam.

»Das hätte durchaus passieren können. Zum Glück geht es Ihrem Kollegen schon besser. Ist doch Ihr Kollege, oder?«

»Nicht direkt. Das jetzt zu erklären, würde zu lange dauern. Er ist jedenfalls sehr nett.«

»Er wird es überleben. Also wer war es nun, Frau Sommerfeld? Sie wissen doch sonst immer alles.«

»Ach, mich wieder aushorchen und mir im Gegenzug nichts erzählen. Wieso haben Sie mir nicht gesagt, dass Klaus wegen eines Bankraubs gesucht wurde, und Sie ihn gar nicht in Verdacht hatten, mit dem Mord an Barbara und dem Verschwinden von Inge was zu tun zu haben?«

»Ja stimmt, das war nicht okay. Dank Ihrer Hilfe haben wir ihn schnell gefunden. Wir hatten schon einen Tipp bekommen, dass er sich in einer Schrebergartenanlage aufhalten würde. Herauszufinden, in welcher, hätte uns noch einige Zeit gekostet.«

»Was ist mit dem Mann, der Rosensalz bei der Kurverwaltung Bad Sassendorf gekauft hat? Wieso durfte ich das nicht wissen?«

»Ach, haben Sie den etwa auch schon aufgesucht?«

»Noch nicht, da will ich heute Abend hin.«

»Können Sie sich sparen. Ein unbescholtener Mann.«

Du kannst mir viel erzählen, dachte Margareta, davon werde ich mich selbst überzeugen.

»Haben die Ihnen in Sassendorf tatsächlich den Namen des Mannes genannt?«

»Den herauszufinden, war nicht so einfach. Da musste ich mir echt was einfallen lassen.«

»Was ist mit Ihrem Onkel? Ist der jetzt wieder zurück nach Essen?«

»Ich hoffe es«, sagte Margareta und wirkte irgendwie erleichtert, diesen Mann nicht mehr in ihrer Nähe zu wissen.

»Er soll sich noch in der Siedlung aufhalten. Halten Sie doch mal die Augen offen. Wir werden des Öfteren eine Streife hinschicken, die die Gegend abfährt.«

»Aber ich hätte sein Auto sehen müssen, sollte er sich noch dort aufhalten. Von wem haben Sie den Hinweis?«

»Per Telefon, anonym.«

»Sie haben doch nicht etwa meinen durchgeknallten Onkel Gernot im Visier?« Sollte sie ihm von ihrem Traum erzählen? Gernot Mönnich in der Wohnung des Verwalters!

»Unter anderem.« Der wortkarge Helmut Blauländer bekam die Zähne mal wieder nicht auseinander.

»Weshalb sind Sie denn nun hier?«

»Weiß ich auch nicht, mir war einfach danach.« Und das meinte sie so, wie sie es sagte. Sie zuckte mit den Schultern und schaute ihn mit Tränen in den Augen an.

»Mädchen, passen Sie auf, dass Ihnen die Sache nicht über den Kopf wächst. Warum ich Ihnen nicht alles erzählt habe? Können Sie sich das nicht denken? Ich wollte Sie schützen. Ganz einfach. Und das mit Kornblum … Ich hätte mich da nicht so weit aus dem Fenster lehnen dürfen. Vielleicht ist die Sache mit der jungen Kollegin ganz harmlos. Tut mir leid. Ich wollte Sie auch schon anrufen, habe mich aber, ehrlich gesagt, nicht getraut.« Er sah sie lange an.

Margareta schwieg. Es tat ihr gut, mit ihm gesprochen zu haben. Obwohl sie genau wusste, dass Stefan mit dieser Tussi in der Kiste gelegen hatte. Also alles andere als harmlos.

»Ich muss dann mal wieder, meine Pause ist gleich um.« Sie stand vom Stuhl auf. Blauländer griff zum Telefon, um den Kollegen herbeizubitten, der Margareta hinaus begleiten würde.

»Und passen Sie auf. Falls Sie Ihrem Onkel begegnen, geben Sie mir sofort Bescheid.«

Statt des netten Herrn von vorhin erschien Kriminalhauptkommissar Stefan Kornblum, um sie durch die alte Festung nach draußen zu führen.

»Komm doch noch mit zu mir ins Büro. Dort kriegst du einen Kaffee. Na, wie wär's?« Er strahlte sie regelrecht an und schien ernsthaft daran interessiert, ihr sein Büro zu zeigen.

Sie fuhren mit dem Fahrstuhl eine Etage tiefer, nachdem Margareta zögernd genickt hatte. Ob er auch in so einer besseren Besenkammer hauste?

Nein, Stefans Büro war groß, hell und modern eingerichtet. Eine tolle Besucherecke strahlte Gemütlichkeit aus. Mehrere Fenster zu zwei Seiten – das Büro lag an einer Hausecke – ließen fast ganz Buer überblicken. Bevor sie sich jedoch setzen durfte, schob Stefan sie nach nebenan ins Büro, um sie seinen Kollegen, vier an der Zahl, vorzustellen. Drei überaus freundliche Männer stürzten herbei, um ihr die Hand zu schütteln, Jenny Gehrke blieb sitzen, grüßte jedoch freundlich. Margareta hätte sich die Frau attraktiver vorgestellt. Ihre langen roten Haare trug sie offen, die Schultern waren viel zu ausladend, die Haut zu blass, die Nase zu lang, der Mund zu breit. Na ja, vielleicht standen Männer auf so ein Riesenmaul und sahen im Geist darin schon ein bestimmtes Körperteil verschwinden. Ihre vulgäre Ausstrahlung war es wahrscheinlich, die die Kerle so antörnte.

Als Margareta mit ihrem Kaffee in Stefans Büro saß, hörte sie das laute Lachen und die frechen Sprüche aus Jennys breitem Mund. Standen die Männer auf so ein Großmaul? Da dachte sie schon, *sie* wäre patzig und dreist. Jenny Gehrke mimte die freche Emanze noch wesentlich besser. Margareta war beruhigt, da sie ihr für ihr Äußeres höchstens sechs von zehn möglichen Punkten geben würde. Mit der konnte sie locker mithalten, war sie überzeugt, auch wenn sie 15 Jahre älter war. Und scheinbar schien Stefan das Interesse an ihr bereits verloren zu haben.

Einen weiteren Pluspunkt bekam Stefan für das aufgestellte Foto von Margareta auf seinem Schreibtisch. Hatte er sie doch noch nicht abgeschrieben?

»Na, was sagte der alte Brummbär? War er nett zu dir?«

Stefan beobachtete sie ununterbrochen. Des Öfteren blieb sein Blick in dem Ausschnitt ihres bunten Sommerkleides hängen.

Nicht nur seine Gestik und Mimik sowie seine langsamen Bewegungen begeisterten Margareta, sondern vor allem seine Multitaskingfähigkeit, welche man ansonsten eigentlich nur Frauen zuschrieb. Oder war er ganz einfach nervös, weil sie ihm gegenüber saß? Während er eine Akte durchging, goss er gleichzeitig die üppig blühende Klivie auf der Fensterbank, kramte in der Schublade nach einem bestimmten Stift, nahm den bimmelnden Telefonhörer ab und klemmte sich diesen zwischen Schulter und Wange. Margareta musste soeben feststellen, dass sie ihn noch immer liebte und vor allem körperlich begehrte. Am liebsten hätte sie die Bürotür verschlossen und sich auf ihn gestürzt. Jetzt! Hier! Sofort!

»Ja, nett war er schon. Bloß sein Büro, das ist ja furchtbar.«

»Da brauchst du kein Mitleid zu haben, das war sein freier Wille, dort oben einzuziehen.«

Nachdem sie alle Einzelheiten des gestrigen Abends noch einmal durchgegangen waren, verabschiedete sich Margareta, um wieder an ihren Arbeitsplatz zurückzukehren.

»Nun weißt du wenigstens, wie es im KK11 aussieht. Eine gute Idee von dir, herzukommen.« Er hielt ihre Hand viel zu lange fest.

»Ja, finde ich auch. Doch jetzt muss ich wieder an die Kleiderständer. Hesse liegt mir noch sehr im Magen. Der arme Kerl.«

»Er lebt ja noch. Komm bloß nicht auf die Idee, ihn zu besuchen. Du hast ihm schon genug den Kopf verdreht.«

Sie musste Stefan noch versprechen, sich zurückzuhalten und nicht weiter zu ermitteln. Für den morgigen Abend hatten sie sich verabredet. Fernsehabend bei Margareta.

»Vielleicht könntest du noch mal dieses Karnickel ›Koslowski‹ zubereiten.«

Margareta musste lachen. »Mit Sicherheit nicht. Einmal hat mir gereicht. Wir können uns Pizza bestellen.«

Mit Schaudern dachte sie daran, wie sie die halbe Nacht das Karnickel-Koslowski-Chaos beseitigt hatte. Nie wieder würde sie ein sogenanntes perfektes Dinner geben. Sie konnte noch immer nicht verstehen, dass es Frauen gab, die völlig aus dem Häuschen waren, wenn sie so ein Essen auf den Tisch brachten. Stundenlanges Abrackern, um die Speisen in wenigen Minuten zu verschlingen. Sie hatte bewiesen, dass auch sie dazu in der Lage war, ein schönes Essen zu zaubern. Das musste genügen. Ihre Fähigkeiten lagen eindeutig auf anderen Gebieten. Ja, wo liegen die eigentlich?, überlegte sie, während sie zurück ins Kaufhaus lief.

26. KAPITEL

Sie verspürte wenig Lust, sich noch einmal umzuziehen, um Hartwig Neubauer, diesen Mann, der in Bad Sassendorf mehrere Rosensalzgläschen gekauft hatte, aufzusuchen. Wie der Zufall es wollte, wohnte er auch noch ganz in ihrer Nähe. Hätte ja auch sein können, dass er in Essen oder Dortmund beheimatet wäre. Nein, Hartwig Neubauer wohnte in der Erlestraße in Buer, keine zwei Kilometer von ihrem Zuhause entfernt. Sie hatte diesen Mann schon im Internet gegoogelt und festgestellt, dass er auf facebook vertreten war. Auf dem dort eingestellten Foto wirkte er recht sympathisch, mittelblonde Kurzhaarfrisur, Vollbart, ungefähr Mitte 30. Wie ein Mörder sah er jedenfalls nicht aus. Doch Fotos konnten täuschen. Außerdem hatte Blauländer, was diesen Mann betraf, ja schon Entwarnung gegeben. Doch wusste man das so genau? Sollte sie Hartwig Neubauer vielleicht vorher anrufen und ihren Besuch ankündigen?

Lieber würde sie auf einen Sprung Sebastian aufsuchen, den sie in den letzten Tagen sträflich vernachlässigt hatte. Ging man so mit einem Freund um? Und was war mit Hesse? Ein Krankenbesuch war doch wohl das Mindeste, was sie ihm schuldete.

Also zuerst Hesse anrufen, Besuch für morgen ankündigen, Sebastian anrufen, über ihr Kommen in ungefähr einer Stunde informieren und sich anschließend auf die Socken machen, Hartwig Neubauer in die Mangel nehmen.

Der war dann gar nicht begeistert, als sie an seiner Haustür der imposanten Backsteinvilla klingelte. In schwarzen Shorts und gelbem T-Shirt öffnete er die Tür und starrte Margareta neugierig an.

»Guten Abend, ich hoffe, es ist noch nicht zu spät? Ich hätte da mal eine Frage.«

Genervt schaute Neubauer auf seine Armbanduhr, die fast 20 Uhr anzeigte. »Zu spät für wat?«, wollte er wissen.

Tatsächlich sprach er tiefstes Ruhrpottdeutsch.

»Nun fragen Se schon. Wir sind am Grillen. Also los.«

Er hatte etwas Aggressives im Gesicht. Wie kommt so ein Proll zu so einer tollen Villa, fragte sie sich. Sie blickte auf die Blumenkübel, die rechts und links vom Eingang standen. Sie waren mit herrlichen Hortensien in blau und lila bepflanzt.

»Mein Name ist Margareta Sommerfeld. Ich bin so eine Art Privatdetektivin. Es geht um den Mord an Barbara Fischer und um die Entführung von Inge Wienert. Wie Sie sicherlich in der Zeitung gelesen haben, hinterließ der Täter an den Tatorten ein Gläschen Rosensalz. Solche, wie Sie bei der Kurverwaltung in Bad Sassendorf gekauft haben.«

»Ach, und deshalb soll ich et gewesen sein, oder wat? Nur weil ich für meine Buckligen sowat mitbringe? Machen Se sich vom Acker, junge Frau, ich hab alles schon dem Kommissar gesacht. Wenden Se sich an den.«

»Mich würde nur interessieren, wieso Sie Ihren Verwandten ausgerechnet Rosensalz mitgebracht haben?« So schnell gab Margareta nicht auf. Sie sah, wie Neubauers Hände zitterten. Das war doch für so eine coole Socke nicht normal. Hätte er nichts zu verbergen, würde er nicht zittern. Höchst verdächtig!

»Außerdem ist gestern Nacht ein Mann niedergeschlagen worden, der, als man ihn fand, ebenfalls ein solches Gläschen in der Hand hielt.« Das hätte sie nicht sagen sollen, wurde ihr bewusst, als die Worte ihren Mund bereits verlassen hatten.

»Und den soll ich niedergeknüppelt haben? Sach ma, geht's noch? Wer hat dich überhaupt meine Adresse gegeben? Die Schnepfen von der Kurverwaltung wahrscheinlich. Pass ma auf, wenn du dich nich sofort vom Acker machs, setzt es was.«

Um seine Aussage zu bekräftigen, griff er nach der Grillzange, die er wohl eben, als es an der Tür läutete, auf der Kommode neben sich abgelegt hatte.

»Hamse dir schon ma mit soner tollen Grillzange die Nase eingeklemmt?« Er fuchtelte mit der Zange, an der noch Essenreste hingen und die fürchterlich roch, vor ihrer Nase herum.

»Ich werd mich beschwern. Jawoll, ich werd den dicken Sack bei den Bullen anrufen und mich beschwern. Solche Verdächtigungen auszusprechen, is kriminell.« Noch immer stocherte er mit der Zange um Margaretas Kopf herum.

»Ich habe niemanden verdächtigt, habe nur eine harmlose Frage gestellt«, verteidigte sich Margareta.

»Harmlose Frage gestellt? Du has mich hier zu Hause überfalln. Dat nennt man Hausfriedensbruch.«

»Seit wann duzen wir uns? Sind Sie immer so höflich? Ist das so in dieser Gegend?«

Hartwig Neubauer zitterten nun nicht mehr nur die Hände, der ganze Mann bebte.

»Wenne jetz nich verschwindes, setzt es was. Pass ma auf, ich ruf jetzt den Arko. Der wird et dich geben.« Und schon schrie er in einer Wahnsinnslautärke nach seinem Hund, der umgehend angehechelt kam. Deutscher Schäferhund, passte zu ihm, registrierte Margareta. Hatte Hitler nicht auch einen deutschen Schäferhund?

»Da fährt man eima zur Kur wegen 'ne kaputte Hüfte und hat hinterher son Ärger. Verschwinde!«

Bevor der sabbernde Arko, der inzwischen laut knurrte, ihr sein Gebiss in die Wade schlug, verschwand sie lieber.

»Eine Frage hätte ich da noch. Wieso haben Sie sich eine Quittung geben lassen, wenn es nur Mitbringsel waren?«

»Dat geht dich nen Scheißdreck an, und nun Abfluch!«

Am Gartentor rief sie dem aufgebrachten Mann noch »Nichts für ungut«, zu und hoffte, er würde sich nicht bei Blauländer beschweren.

»Ich wird dich gleich helfen, nichts für ungut, du …«, schrie er ihr hinterher.

Na ja, den Ausspruch kannte er scheinbar nicht, wusste nicht, dass es sich um eine Entschuldigung handelte. In die Kategorie ›harmlos‹ wollte sie Neubauer auf keinen Fall stecken. Ob er für die Tatzeiten überhaupt ein Alibi hatte? Wahrscheinlich hatte er dieses Wort gar nicht in seinem überschaubaren Wortschatz. Sie schaute, als sie in ihren Wagen stieg, zurück zu dem wunderschönen Haus und wunderte sich einmal mehr, was so ein Typ hier verloren hatte. Geerbt? Von einer reichen Tante vielleicht?

Margareta zuckte mit den Schultern und fuhr zurück Richtung Siedlung. Was hatte sie denn erwartet? Dass ein kultivierter Hartwig Neubauer sie hineinbitten und ihr sofort ein kühles Getränk servieren würde? Am besten gleich zum Grillen einzuladen, wäre nicht schlecht gewesen. Träume weiter, Mädchen, mahnte sie sich selbst.

Sebastian empfing sie mit einer köstlich duftenden Paella. Alles selbst zubereitet, weder aus der Gefriertruhe noch die Zutaten aus der Dose. Und das alles binnen einer Stunde. Dazu reichte er einen roten Moselwein, den er seinem Vater abgequatscht hatte.

Margareta war fest entschlossen, sich in Zukunft mehr um ihren Freund Sebastian zu kümmern. Schließlich sollte man Freundschaften pflegen. Sie atmete den Duft der Paella ein und war des Lobes voll.

Heruntergekommen sah er aus. Haare eine Ewigkeit nicht geschnitten, und eine Rasur war auch mal wieder fällig.

»Du hättest ruhig zu meinem Dinner kommen können gestern. Der Hase war echt gelungen. Übrigens, lecker deine Paella, ein Traum. Doch um diese Uhrzeit noch ein warmes Essen geht voll auf die Hüften.«

»Du hattest doch deinen Kollegen da. Der arme Kerl. Als Dank, dass er deine Mutter nach Hause gebracht hat, bekam er dann eins auf die Birne.« Er fasste sich an den Hinterkopf und verzog theatralisch sein Gesicht. »Muss ganz schön schmerzhaft gewesen sein. Weiß man, was man ihm da rüber gezogen hat?«

»Nein, davon hat Blauländer nichts erzählt. Zum Glück geht es Hesse schon besser. Ich werde ihn morgen Mittag besuchen.«

»Dein neuer Freund?«

»Was du immer hast. Nein, er ist einfach nur ein netter Kollege, mehr nicht.«

»Auch nicht gerade ein Traumtyp vom Äußeren her. Habe ihn vom Fenster aus beobachtet.« Sebastian verzog spöttisch den Mund.

Margareta schaute ihn an. Na ja, wer im Glashaus saß, sollte nicht mit Steinen werfen. Der Traumtyp war er ja schließlich auch nicht. Vielleicht zehn Zentimeter größer als Hesse, jedoch die gleiche schmale Statur. Sie fand Hesse vom Gesicht her attraktiver. Außerdem war Holger Hesse viel gepflegter. Kam es daher, dass es beruflich von ihm verlangt wurde? Sebastian hatte auch schon mal ordentlicher ausgesehen. Sein Motiv-T-Shirt war ungebügelt. Der übergroße Eselskopf auf seiner Brust war voller Flecken, so als hätte der Esel sich mehrmals übergeben. Sie konnte sich nicht vorstellen, dass Hesse in seiner Freizeit solche geschmacklosen T-Shirts trug. Und wenn, dann bestimmt kein besabbertes.

»Sein Aussehen steht hier nicht zur Debatte.«

Sie wehrte den Nachschlag, den Sebastian ihr auf den Teller schaufeln wollte, rigoros ab. »Köstlich, aber zu viele Kalorien. Lass mal.«

»Du hast doch zurzeit keinen Freund, also ist es nicht schlimm, ob du nun ein Pfund mehr oder weniger auf die Waage bringst.«

»Stefan mag keine dicken Frauen.«

»Wieso Stefan? Sag bloß, ihr seid wieder zusammen?« Geschockt sah er sie an. Hätte er gewusst, dass sie sich mit dem oberschlauen Kommissar wieder zusammenrotten würde, hätte er sich die Mühe mit der Paella gespart. Wie hatte er sich mit der Zubereitung beeilt. Er hatte gehofft, dass Margareta und er sich vielleicht endlich näher kommen würden, nicht nur rein freundschaftlich.

»Noch nicht. Er kommt morgen Abend vorbei. Mal sehen, wie es sich weiter entwickelt.«

»Mensch, Margareta, wie lange soll das gut gehen? Bis er die nächste Tussi flachlegt?«

»Lass uns über was anderes reden, ja? Erzähl mir von deinem Vater.« Sie hatte wenig Lust, Stefans Fehltritt breitzutreten.

»Erzähl du mir lieber von diesem Mann, den du eben aufgesucht hast. Der mit den Rosensalzgläsern.«

»Das war vielleicht ein Schwachkopf, kann ich dir sagen.«

Haarklein schilderte sie Sebastian die Szene vor dem

Haus in der Erlestraße. Im Gegenzug berichtete er ihr von seinem Vater, mit dem er sich inzwischen richtig gut zu verstehen schien. Auch von dem Bewerbungsgespräch, welches ihm bevorstand, erzählte er ihr.

Als könne er Gedanken lesen, musste er schmunzeln. »Keine Angst, ich gehe vorher noch zum Friseur und werde mich auch rasieren. Heute ist eben nicht mein Tag. Man kann doch auch mal einen Durchhänger haben.«

Margareta hob abwehrend die Hände. »Ich habe doch gar nichts gesagt.«

»Deine Augen sprechen Bände«, sagte er mit traurigem Blick.

Sie ließ sich noch ein Glas Rotwein einschenken. »Dein Vater hat einen guten Geschmack, was Wein betrifft.«

»Was soll denn das nun heißen? Sein guter Geschmack bezieht sich also nur auf Wein? In puncto Frauen hat er bei meiner Mutter voll danebengegriffen, oder wie?« Böse schaute er sie aus den engstehenden Augen mit den fast weißen Wimpern an.

»So meinte ich das doch gar nicht. Nicht im Traum habe ich an deine Mutter gedacht, als ich den Wein lobte. Du weißt, dass ich Hannelore mag.« Entrüstet schaute sie ihn an. Jetzt dreht er durch, dachte sie. Es wurde echt Zeit, dass er wieder einer geregelten Arbeit nachging.

»Warum hast du sie dann nicht zu deinem Dinner eingeladen?«

»Ach Sebastian, was soll das denn jetzt? Alles war geplant, wir waren genug Gäste.«

»Mich hattest du eingeladen. Sie hätte an meiner Stelle kommen können. Faule Ausrede!«

»An deiner Stelle kam schon Hesse.«

Warum musste er den schönen Abend verderben? Er

reagierte aber auch sehr empfindlich. Fühlte sich bei allem und jedem angegriffen.

Ein gehässiges Lachen ging seinen bösen Worten voraus. »Das Essen hat ein böses Ende für ihn genommen. Hähähä.«

»Du freust dich, dass er niedergeschlagen wurde? Er wollte mir helfen, den Mörder dingfest zu machen, und wurde schwer verletzt. Kannst du dir vorstellen, wie ich mich dabei fühle?«

»Mensch, Margareta, du tust gerade so, als würde dieser Mörder deine eigene Familie ausrotten. Was mischst du dich da eigentlich ein? Hast du keine Angst, vielleicht selbst die Nächste zu sein? Du kanntest Inge und Barbara vorher kaum, und jetzt willst du unbedingt den Täter finden. Vielleicht hatte er ja ein einleuchtendes Motiv.«

»Sag mal, tickst du noch richtig? Ein einleuchtendes Motiv rechtfertigt diese grausamen Verbrechen? Hey, wo ist der nette verständnisvolle Sebastian geblieben? Was ist los mit dir?«

Er sah sie aus traurigen Augen an und zuckte nur mit den schmalen Schultern.

»Wohin hat es mich geführt, immer verständnisvoll und nett zu sein?«

»Interessiert es dich denn gar nicht, wer Barbara ermordet hat, und wo Inge sich aufhält? Ob sie eventuell noch lebt?«

»Ehrlich gesagt, nein. Bin ich Polizist, oder was? Was habe ich mit den Weibern zu schaffen? Sag es mir.«

»Du machst mir Angst, Sebastian. Du warst doch sonst nicht so. Erstickst in Selbstmitleid, wirkst brutal und böse.«

Der Abend war für Margareta gelaufen. Immer wieder schaute sie den geistesabwesenden Sebastian an und fragte sich, wieso er sich so eigenartig verhielt. Alles nur, weil sie seine Mutter nicht eingeladen hatte? Sie fand keine Erklärung. Es folgte noch ein unbefriedigender Smalltalk, bevor sie sich gegen 22 Uhr aufmachte, um ihre Wohnung aufzusuchen. Hatte sie ihn etwa als Freund verloren?

Grimmig schaute Sebastian ihr nach. Ich reiße mir hier den Hintern auf, serviere ihr Paella, und was macht sie am nächsten Abend? Bewirtet diesen Fremdgeher. Habe ich das verdient?, dachte er verärgert, kratzte den Rest der Mahlzeit in eine Tupperdose und stellte sie in den Kühlschrank. Morgen würde er die Schüssel zu Hannelore bringen. Die würde sich freuen. Seine Mutter war die Einzige, auf die er sich noch verlassen konnte. Er würde es nicht zulassen, dass man ihr Böses zufügte. Niemals!

27. KAPITEL

Margareta stand auf der anderen Straßenseite und beobachtete die Wohnung des Verwalters, nachdem sie oben, als sie aus ihrem Küchenfester schaute, verdächtige

Geräusche gehört hatte. Um 23 Uhr noch so ein Krach? Was feierte dieser schräge Typ da unten in seiner Wohnung? Dem musste sie nachgehen.

Die Straße war menschenleer. Eine einsame Straßenlaterne beleuchtete die umliegenden Häuser nur schwach. Die Luft war noch angenehm mild. Überall waren die Fenster mit Rollos verdunkelt, nur das Wohnzimmerfenster des Verwalters war noch hell erleuchtet, Musik drang durch das offenstehende Fenster nach draußen. Die ›Amigos‹ sangen laut und unermüdlich: »In unseren Herzen sind wir für immer jung«. Nicht nur der Text war gewöhnungsbedürftig, die Stimmen der beiden ältlichen Männer wirkten auf Margareta ein wenig monoton. Das sahen der Verwalter und seine Freundin anders. Sie schwangen in dem nostalgischen Wohnzimmer das Tanzbein und sangen textsicher mit. Der unattraktive Verwalter urwaldmäßig mit verklebtem Haar, unrasiert und nacktem Oberkörper. Seine Tussi in einem roten, viel zu engen Negligé. Die Haare standen ihr zu Berge. Sie quiekte vor Vergnügen.

Holt die Polizei, stoppt diesen Wahnsinn, hätte Margareta am liebsten gerufen. Wieso wurde denn keiner von den Nachbarn wach?

Und dann machte sie, während sie geschockt dieses Szenario beobachtete, eine grausame Entdeckung. Ein Mann betrat das Zimmer und näherte sich tanzend dem Paar. Zu dritt drehten sie sich zu dem Amigo-Song im Kreis. So wie es aussah, waren alle drei betrunken. Es handelte sich um einen ziemlich alten Mann mit spitzer Nase und zurückgekämmten Haaren. Dieses Lachen kannte sie doch. Das konnte doch nicht möglich sein. Der dritte Mann war kein anderer als ihr Onkel Gernot.

Hilfe!

Gernot Mönnich war zurück und hielt sich in der Wohnung des scheußlichen Verwalters versteckt. Oder war er gar nicht erst zurück nach Essen gefahren? Wo hatte er sein Auto gelassen? Das hätte ihr doch auffallen müssen.

Ein neuer Hit der ›Amigos‹ erklang, und die drei jubelten.

»Dann kam ein Engel den Himmel herab und schwebte über dem Grab, sie drehte sich um und glaubte es nicht, sie schaute der Mutter ins Gesicht.«

Was für ein eigenartiger Refrain! Wer sang so einen Schlager?

Die drei drehten sich noch immer im Kreis. Nun fasste Gernot dieser Alten an die Brust und lachte wie ein Vollidiot. Dem Verwalter schien das gar nicht zu gefallen. Er schlug Gernot auf die Hand und schubste ihn gegen den alten Schrank in Gelsenkirchener Barock, dass das Geschirr darin nur so schepperte. Bei den alten Holzdielenböden auch kein Wunder, dass alles bebte und wackelte.

»Hey, lass das, du Schwein!« Der Verwalter kroch Gernot ganz nah ins Gesicht.

»Was regst du dich auf? Eben im Schlafzimmer hast du nichts dagegen gehabt. War doch schön, der flotte Dreier, oder etwa nicht?«

»Ja, aber jetzt ist Schluss. Das ist meine Freundin!«

»Mann, hab dich nicht so«, lallte Gernot.

Margareta wurde schlecht. Das Herz schlug ihr bis zum Hals. Sie musste Blauländer anrufen. Wenn Gernot auftauchen würde, sollte sie ihm doch Bescheid geben.

Wie ekelhaft. Der uralte Gernot hatte Sex mit diesem widerlichen Paar. Das durfte alles nicht wahr sein.

Wieder erklang der Refrain des Amigo-Songs.

»Dann kam ein Engel den Himmel herab und schwebte über dem Grab, sie drehte sich um und glaubte es nicht, sie schaute der Mutter ins Gesicht.«

Gernot rieb sich seinen Hinterkopf und nahm aus einem offenen Fach des Schrankes eine Weinflasche, die er drohend über dem Kopf des Verwalters schwenkte.

»Das machst du nicht noch mal, du hohle Nuss, sonst setzt es was. Deine Alte hat doch wohl auch noch ein Wörtchen mitzureden.«

»Gar nichts hat die. Ich bestimme hier. Ist meine Wohnung. Und du verschwindest jetzt.«

»Du hast gesagt, ich kann noch ein paar Tage bleiben.«

»Hab es mir anders überlegt. Hau ab. Und die Olle, die du bei mir im Stall deponiert hast, nimmst du gleich mit.«

Margaretas Herz begann zu stolpern. Was hatte der Kerl gesagt? Gernot hatte im Stall des Verwalters eine Frau deponiert? Er meinte doch nicht etwa Inge Wienert?

Sie kramte in der Hosentasche vergeblich nach ihrem Handy. Mist, es musste oben in der Wohnung liegen.

»Das kannst du vergessen. Wo soll ich denn hin?« Immer noch schwenkte Gernot die Weinflasche über dem Kopf des Verwalters.

»Deine Nichte wohnt doch nebenan. Zieh zu der.«

»Die ist mit einem Oberbullen zusammen. Geht ja wohl nicht. Außerdem wird die mir schnell auf die Schliche kommen, dass ich die Wienert in deinem Stall versteckt habe. Dann ist auch die dran. Mitgehangen mitgefangen.«

»Damit habe ich nichts zu tun. Pack deine Sachen und verschwinde. Beende das mit der Frau im Stall. Die ist sowieso schon halb tot. Hau der die Weinflasche auf den Kopf und verscharre sie anschließend im Stadtwald«, schrie der Verwalter.

Und schon krachte die Weinflasche auf den Verwalterkopf hernieder. Der Mann schrie auf und schnappte nach Luft. Das alte Weib jammerte, und die ›Amigos‹ sangen wieder den Refrain:

»Dann kam ein Engel den Himmel herab und schwebte über dem Grab, sie drehte sich um und glaubte es nicht, sie schaute der Mutter ins Gesicht.«

Wenn der rettende Engel nur vom Himmel kommen würde, dachte Margareta mit Tränen in den Augen. Sie rührte sich nicht von der Stelle. Zum Glück stand sie nicht im Schein der Laterne, und auch wenn die Verwalterbrut sich aus dem Fenster lehnen würde, wäre sie kaum zu sehen.

Plötzlich absolute Stille. Sogar die Amigos schwiegen.

War der Verwalter tot?

Seine Freundin fing an zu weinen, und Gernot fauchte sie an:

»Halt dein Maul. Der ist hinüber. Das ist Pech. Was sollen wir mit ihm machen?«

»Ich ruf den Notarzt. Ja, und die Polizei. Du Mörder! Hast dich bei uns eingeschlichen und als Dank, dass mein Freund dich aufgenommen hat, erschlägst du ihn.« Sie stimmte einen winselnden Klagegesang an.

»Sei endlich still, die Nachbarn können uns hören.«

Doch das Verwalterliebchen dachte gar nicht daran und heulte, was das Zeug hielt. »Ich … rufe … jetzt … die … Polizei!«, jammerte sie und schien wohl das Telefon aus der rechten Ecke des Zimmers holen zu wollen.

»Lass das, hab ich gesagt!« Verärgert riss Gernot ein schwarzes Holzpferd aus einem offenen Fach des Schrankes und schlug ihr wie von Sinnen damit von hinten auf den Kopf. Sie brach zusammen und knallte geräuschvoll auf den Boden.

Du meine Güte, der Irre rottet die ganze Siedlung aus. Ich muss nach oben, Blauländer anrufen, dachte Margareta, konnte sich aber vor Schreck nicht von der Stelle bewegen.

In der Wohnung herrschte nun Ruhe. Gernot raufte sich die Haare. An seinem Feinripp-Unterhemd klebte jede Menge Blut. Da hatten sich zwei so merkwürdige Gestalten wie der Verwalter und diese komische Frau, gefunden, und Gernot schaltete ihnen das Licht aus. Wer hätte das gedacht, Gernot war der Rosensalzmörder! Wenn er Inge gekidnappt hatte, ging auch der Mord an Barbara auf sein Konto und anschließend freundete er sich mit ihrem Mann Robert an. Wie passte das alles zusammen? Ja und nicht zu vergessen Hesse, den er ebenfalls niedergeschlagen hatte.

Inge!

Ich muss zu ihr. Vielleicht lebte sie noch und konnte gerettet werden. Margareta überquerte zitternd die schmale Straße und steuerte auf die Hofeinfahrt zu, die zu den Ställen führte. Eine einzelne von Mücken umschwirrte Lampe beleuchtete spärlich den Hof und den Hauseingang. Soweit sie sich erinnerte, gehörte gleich der erste Stall zur Wohnung des Verwalters. Er war natürlich verschlossen. Margareta versuchte, durchs Fenster hineinzuschauen. Sie steckte anschließend die Nase dicht an den winzigen Türspalt und schnüffelte. Nein, nach Leiche roch es noch nicht.

Inge, ich komme!

Nicht mehr lange wirst du gefangen sein.

Sie hörte, wie rechts neben ihr die Haustür aufgeschlossen wurde. Kein zehn Sekunden später stolperte Gernot aus dem Hauseingang und kam auf sie zu.

»Ah sieh an, meine Nichte. Was willst du denn hier?«

»Das wollte ich dich gerade fragen. Willst du den Stall aufschließen, um die beiden Leichen dort zwischenzulagern?«

»Was redest du für einen Unsinn?«

Im Schein der Laterne sah Gernot einfach schrecklich aus. Blutverschmiertes Unterhemd, fleckige Unterhose, blutunterlaufene Augen. Sein sonst nach hinten gekämmtes Haar fiel ihm in fettigen Strähnen ins Gesicht. Wie der Teufel persönlich, dachte Margareta. Und wie er roch. Nach billigem Fusel, Schweiß und Fäkalien.

Ein Kindheitserlebnis schoss ihr ins Hirn: Sie musste ungefähr acht Jahre alt gewesen sein. Ihre Eltern hatten das Wohnzimmer renoviert, und die ganze Wohnung war ein heilloses Chaos gewesen, alle Zimmer waren mit Möbeln vollgestellt. Da kam Waltraud auf die glorreiche Idee, ihre Tochter so lange bei ihrer Schwester Christa und dem Schwager Gernot zu parken. Sie riss wahllos ein paar Kleidungsstücke aus Margaretas Schrank und stopfte sie in ihren kleinen Koffer, fuhr ihr mit dem schmutzigen Spüllappen übers Gesicht und schickte sie zu Fuß zu den Verwandten. Christa freute sich, der TV-schauende Gernot leckte sich die Lippen. Sie musste auf der Besucherritze des Ehebettes nächtigen und zusehen, wie der nackte Gernot sich am Abend vor ihren Augen in seinen blauen Sträflingsschlafanzug stopfte. Anschließend beugte er sich über sie und wollte ihr mit seinem Knoblauchmaul einen Gutenacht-Kuss aufdrücken. Dabei klappte der Eingriff der Schlafhose auf und gab den Blick auf sein behaartes Geschlechtsteil frei. Margareta zog sich vor Schreck das Kopfkissen übers Gesicht und wartete, bis er aus dem Schlafzimmer verschwunden war. Die ganze Nacht lag sie vor Angst stocksteif in der Mitte des Bettes und hoffte, der böse Onkel würde nicht die langen Griffel nach ihr ausstrecken. Nie wieder hatte sie dort übernachtet. Na ja, nun trug er wenigstens eine geschlossene Unterhose.

»Ich habe dich von der Straße aus beobachtet. Du hast den Verwalter und seine Freundin niedergeschlagen.«

»Na und? Die haben es verdient. So ein Pack.«

»Was willst du überhaupt hier? Ich dachte, du wärst längt wieder in Essen.«

»Was soll ich da? Einsam in meiner Wohnung herumsitzen? Das halte ich nicht aus.«

Er klimperte mit dem Haustürschlüssel und lachte hämisch.

»Gib mir den Schlüssel. Hängt an dem Bund auch der Stallschlüssel? Gib ihn mir. Ich will nachsehen, ob Inge sich im Stall befindet.« Margareta konnte kaum glauben, dass Inge dort versteckt gehalten wurde. Das hätten die Nachbarn doch mitbekommen. Schließlich musste sie versorgt werden.

»Die bekloppte Wienert. Wahrscheinlich ist sie schon tot.«

Margareta zerrte an dem Schlüsselbund, doch Gernot ließ nicht los.

»Geh nach oben in deine Wohnung, du alte Schnüfflerin. Steckst in alles deine Nase. Soll ich dir auch noch den Garaus machen?«

»Das hättest du wohl gerne, doch das schaffst du nicht. Verschwinde endlich aus der Siedlung. Mit dir kam das Unglück. Vorher lebten wir hier in Frieden. Du Mörder!«

Gernot gab ihr einen Stoß, und sie fiel nach hinten, landete fast vor der alten Holzbank. Neben der Bank stand eine Vogeltränke, die Margareta nun voller Wut aufnahm und mit ihr in den Händen vom Boden hochkrabbelte. Schon oft hatte sie die Vögel an dieser niedlichen Tränke aus Naturstein, die von einem Nachbarn regelmäßig mit Wasser gefüllt wurde, beobachtet, wenn sie auf ihrer Sonnenliege relaxte. Die beiden kleinen Steinvögel, die am Tränkenrand befestigt waren, konnte man in der Fastdunkelheit kaum erkennen.

Gernot grinste noch immer, hielt den Schlüssel fest in der Hand.

»Was hast du vor? Willst du mich erschlagen?«

»Ja, ich werde die Siedlung von einem Mörder und Entführer befreien.« Sprach's, hob die Vogeltränke mit beiden Händen hoch über ihren Kopf und schlug damit auf Gernot ein. Das schwere Steingefäß, das auf Gernots Birne knallte, gab ein dumpfes Geräusch von sich, das durch Mark und Bein ging. Als wäre einmal nicht genug, hob Margareta ein weiteres Mal die Tränke nach oben und schlug mit aller Kraft wieder und wieder auf Gernots Kopf ein. Er schrie wie ein Verrückter, doch niemand schien ihn zu hören. Kein Nachbar wurde wach, alle Wohnungen blieben dunkel. Der zähe Gernot stand noch immer. Blut floss schwallartig aus seinem Kopf. Nun wuchtete Margareta die schwere Tränke zur Seite und knallte sie ihm ins Gesicht. Einer der beiden Steinvögel traf Gernot über dem rechten Auge. Er schrie noch lauter, ging nun endlich in die Knie und beugte seinen Oberkörper schmerzverzerrt nach vorne. Blut, überall Blut. Er hielt sich sein Auge zu. Als er die Hände kurz losließ, konnte Margareta im schwachen Schein der Laterne sehen, dass sein Auge nichts abbekommen hatte. Ein blutendes Loch zierte jedoch seine Stirn. Margareta machte einen Schritt zurück. Sie wollte sich nicht die neuen Sandaletten versauen.

»Mein Auge, du hast mir mein Auge ausgeschlagen, verdammte Ziege. Ich verblute.«

Er wand sich auf den Steinplatten der kleinen Sitzecke wie ein Aal.

»Ich habe dein Auge überhaupt nicht getroffen. Deine Birne oben und deine Stirn bluten«, klugscheißerte sie.

Er hörte einfach nicht auf zu jammern, wollte nun am Boden liegend nach ihren Beinen greifen, woraufhin sie ihn mit ihrem rechten Fuß in den Mund trat. Sie konnte sein wackeliges Kassengebiss an der Fußspitze spüren. Müsste mal unterfüttert werden, dachte sie noch. Zum Schluss noch eins mit der Vogeltränke auf den Hinterkopf, und er hielt endlich den Schnabel, dieser Widerling.

Keine Sekunde bereute sie, was sie getan hatte, wand den Schlüssel aus seiner verkrampften Hand und ging zum Stall.

Inge!

Inge, ich komme!

Sie hörte Polizeisirenen. Hatten die Anwohner doch Gernots Schreie gehört? Lauf weg, Margareta, mahnte sie sich, sonst erwischen sie dich. Renn weg.

Die Sirenen wurden lauter und lauter, kamen immer näher. Schweißgebadet wurde sie wach.

Es waren keine Polizeisirenen, die da unaufhörlich nervten. Es war ihr Wecker, der wieder und wieder Summtöne von sich gab. Nass geschwitzt richtete sie sich auf. Die Sonne schien bereits durch die Ritzen ihres Rollos. Ihr Herz raste. Sie war kaum in der Lage, ihr Bett zu verlassen. Ihr war übel. Sie hatte Angst, sich übergeben zu müssen, und wankte ins Bad.

Alles nur ein Traum?

Gernot war gar nicht tot?

Der Brechreiz ließ nach. Sie ließ sich Wasser übers Gesicht laufen und kam langsam zu sich.

In der Küche öffnete sie weit das Fenster und schaute hinüber zu der Wohnung des Verwalters. Alles ruhig und friedlich. Hielt Gernot sich gar nicht dort versteckt? Ihr Blick ging zum Hof. Die Vogeltränke stand auf ihrem Platz unter dem Vogelhaus, und zwei kleine gefiederte Gäste badeten fröhlich darin.

Sie schaute auf die Küchenuhr. Schon nach acht Uhr. Auf zur Arbeit!

28. KAPITEL

Margareta fragte sich, während sie zu Fuß zum Hotel Buerer Hof unterwegs war, wieso sich Sebastian bloß so verändert hatte. Bisher war er immer der gute Freund gewesen. Er war einfühlsam, geduldig, klug und hilfsbereit. Dagegen war sie die totale Egoistin. Sie hatte sich von ihm bekochen lassen, wie selbstverständlich hektoliterweise seinen Eistee heruntergeschüttet, hatte ihm ihren Seelenmüll vor die Füße gekippt und seine Geduld oft bis aufs Äußerste strapaziert. Waren ihre Tränen getrocknet, hatte sie ihn oft tagelang vergessen. Dabei hatte er sicherlich auch Sorgen und Nöte.

Hatte sie ihm zu wenig Aufmerksamkeit geschenkt? War er deshalb so anders in letzter Zeit? Oder hoffte er noch immer, dass aus ihnen ein Paar werden würde, und reagierte deshalb so eifersüchtig? Auf Hesse eifersüchtig zu sein, dazu bestand absolut kein Grund.

Morgen würde Hesse wieder in ihrer Abteilung auf der Matte stehen, hatte ihr Zarske vorhin erzählt. Also wäre der Besuch eigentlich nicht nötig. Trotzdem steuerte Margareta auf den Eingang des Buerer Hofs zu, um dem Mann ihre Mittagspause zu opfern. Außerdem brauchte sie Ablenkung. Dieser völlig reale Traum der letzten Nacht ließ sie noch immer nicht los. Ihr Gedankenkarussell ließ sich einfach nicht stoppen. Wäre sie tatsächlich dazu in der Lage, einen Menschen dermaßen zusammenzuschlagen? Was, wenn Gernot tatsächlich noch irgendwo in der Siedlung steckte? Waltraud musste sich darum kümmern. Sie kannte schließlich Hinz und Kunz in der Nachbarschaft.

Margareta betrat die Lobby des kleinen Hotels mit nur 24 Zimmern und war begeistert. Obwohl es dieses Haus schon seit 22 Jahren in der Buerschen City gab, sah sie es heute zum ersten Male von innen. Die Empfangstheke in hellem Holz wirkte ebenso gemütlich wie die rote Ledersitzecke mit den rot gemusterten Gardinen dahinter. Geschmackvolle Bilder an den Wänden und die farblich passenden Lampen wirkten sehr edel. Sie hatte, nachdem sie Hesse eine SMS zukommen ließ, gehofft, er würde hier unten auf sie warten. Dem war leider nicht so.

Sie ließ sich von der netten Dame am Empfang seine Zimmernummer geben und nahm die Treppe in den ersten Stock. Was mochte die Frau wohl gedacht haben, als sie ihr mit skeptischem Blick hinterherschaute? Ehrlich gesagt, hatte Margareta fast damit gerechnet, dass sie das sagen würde, was der Hausdiener im Hotel Beverly Wilshire in dem Film ›Pretty Woman‹ zu Julia Roberts sagte, nämlich dass Prostituierte hier nicht erwünscht wären. Es war schon komisch, wenn eine Frau einen Mann in seinem Hotelzimmer aufsuchte und auch noch am helllichten Tag.

Über ein Restaurant verfügte dieses Hotel nicht, sodass sie keinen Mittagsimbiss würde einnehmen können. Auch egal, dachte sie und richtete sich vor seiner Zimmertür noch einmal ihre blaukarierte Bluse sowie ihre Haarpracht. Ein tiefer Ausatmer, und schon klopfte sie laut an der Tür. Nach wenigen Sekunden vernahm sie ein gequältes »Herein«. Oh Mann, sagte man so etwas noch? Sie hätte eher ein »ja bitte« erwartet. Egal, sie öffnete die dunkle Holztür und sah ihn auch schon wie das Leiden Christi in der Couchecke des Zimmers sitzen. Er trug einen Riesenverband wie einen Turban um seinen schmalen Kopf. Sein Gesicht war grünlich verfärbt, ähnlich wie die Farbe der Polstergarnitur. Von seiner sonnengebräunten Attraktivität keine Spur mehr. Und so wollte er am anderen Tag in Zarskes Abteilung erscheinen? Da würde der Chef aber staunen.

»Hallo, Holger«, grüßte sie ihn betont freundlich.

»Hallo, Margareta, schön, dass du mich besuchst. Wir hätten uns aber auch woanders treffen können. Ich kann dir nur Wein anbieten«, sagte er mit weinerlicher Stimme und goss ihr sofort von der angebrochenen Flasche Sauvignon Blanc in ein leeres Weinglas ein. Die Flasche war schon zur Hälfte geleert, sein eigenes Glas wies nur noch einen kleinen Rest auf. Unter dem Tisch stand schon eine leere Flasche des gleichen Weines. Am Mittag schon Wein konsumieren?, dachte Margareta. Na ja, wer daheim in

Hessen betrunken Auto fuhr, wie er selbst erzählt hat, trank wahrscheinlich den ganzen Tag Alkohol.

Sie überreichte ihm ihr Mitbringsel, ein Körbchen mit verschiedenen Trüffelpralinen, welches sie sich gerade in einem Süßwarenladen auf der Hochstraße hatte zusammenstellen lassen.

Es folgten die üblichen Sprüche: »Wäre doch nicht nötig gewesen«, »Ach, wie reizend«, »Tausend Dank«, und so weiter und so fort.

»Wie geht es dir?«, fragte sie der Form halber und sah sich in dem schönen Zimmer um. Die gestreiften Vorhänge in Beige-Orange harmonisierten gut mit der Einrichtung aus dunklem Holz. Rechts und links neben dem Sofa, auf dem Hesse lümmelte, standen moderne Stehlampen. Auf einem der Sessel stand Hesses Laptop, auf dem Sofa in der Ecke eine edle Ledertasche. Genau gegenüber der Sitzecke befand sich das frisch gemachte Einzelbett, auf dem eine kleine braune Umhängetasche lag. Ein sehr schönes Einzelzimmer. Sogar über einen Balkon, dessen Tür offen stand, verfügte es. Leider lag dieser an einer verkehrsreichen Straße.

»Kommst du morgen wieder zur Arbeit?«, fragte Margareta und nahm ihm gegenüber auf einem gepolsterten Sessel Platz. »Fühlst du dich denn schon wieder in der Lage, zu arbeiten?«

»Ich werde verrückt, wenn ich weiter hier nur so abhänge. Der Arzt im Krankenhaus wollte mich eine ganze Woche arbeitsunfähig schreiben. Doch das kann ich mir nicht erlauben. Die Filiale in Frankfurt würde Ärger machen. Ich muss an meine Beförderung denken.«

»Wenn du tot wärst, könnte man dich auch nicht mehr befördern.«

»Das stimmt wohl. Doch ich lebe noch. Die Schmerzen halten sich in Grenzen. Es gibt ja Schmerzmittel.« Mit gezwungenem Lächeln schaute er Margareta an.

Für sie war er immer noch der große Held, der ihre Mutter beschützt hatte.

Dass er den Securityman nur äußerst widerwillig gespielt hatte, erzählte er ihr nicht. Er hoffte tatsächlich noch auf eine Belohnung für seinen schmerzhaft geendeten Freundschaftsdienst.

»Und, ist die Kripo irgendwie weitergekommen? Hat man den Mörder schon im Visier?«, fragte er sie mit wenig Interesse und beobachtete sie aus seinen Mausaugen, taxierte ihr Aussehen von oben bis unten. Sie gefiel ihm. Zweifelsohne.

Wird er morgen tatsächlich mit diesem ekligen Turbanverband erscheinen?, fragte Margareta sich und schaute anschließend an ihm herunter. Wie konnte ich ihn mal gepflegt und ansehnlich finden? Er war nicht nur klein, sondern auch äußerst ungepflegt. Auch wenn man krank war, brauchte man sich nicht derart gehen zu lassen.

»Nein, bisher noch keine heiße Spur. Der Kommissar vermutet meinen Onkel noch in der Siedlung. Und stell dir vor, ich habe heute Nacht von ihm geträumt.« Es folgte die haargenaue Schilderung ihres Traumes. Auch von dem Hit der ›Amigos‹, der in der Wohnung des Verwalters ständig wiederholt wurde, erzählte sie ihm und äußerte sich dabei wohl ein wenig zu abwertend über das Gesangsduo.

»Was hast du gegen diese Jungs? Die sind doch klasse! Wohnen ganz bei mir in der Nähe in Lauterbach. Ich höre die gern.«

»*Jungs*? Das sind alte Männer. Und wer zieht sich in

deinem Alter solche Musik rein?«Margareta war fassungslos. Nun, das erklärt einiges, dachte sie und fuhr mit ihrem
Bericht fort.

Holger Hesse musste das Gähnen unterdrücken. Er
schaute möglichst unauffällig auf die Uhr. Nur noch eine
halbe Stunde, dann war ihre Pause um. Wenn wir noch
eine Nummer schieben wollten, wird es jetzt aber Zeit,
dachte er ein wenig angespannt. Seine Fantasie spielte
ihm übel mit. Er sah Margareta bereits nackt auf dem
Sessel sitzen. Soeben spreizte sie ihre langen Beine. Ihm
wurde heiß und kalt. Kam das noch von der Gehirnerschütterung?

Sie hatte seinen lüsternen Blick bemerkt. Auch, dass
er kaum zuhörte, registrierte sie. Während er sie weiterhin mit seinem Schlafzimmerblick anstarrte, kraulte er
sich seelenruhig an seinen dünnen Schneeweißchenbei-
nen. Wie konnte er sie nur in einer kurzen Hose emp-
fangen? Bei solchen schwimmbaduntauglichen Beinen.
Einfach schrecklich. Das gelbe Polohemd war noch okay.

Und dann folgte das, was sie befürchtet hatte. Er deutete diesen Besuch in seinem Hotelzimmer völlig falsch.
Oh, hätte ich mich doch woanders mit ihm verabredet.
Da sie angenommen hatte, er wäre noch ziemlich lädiert –
immerhin war der Schlag auf den Kopf erst zwei Tage
her –, dachte sie, es wäre am besten, ihn hier in dem Hotel
zu besuchen. Wo hätte er sich auch mit diesem ollen Kopfverband zeigen können? In seiner heimischen Dorfkneipe
vielleicht, jedoch wohl kaum in der Buerschen City.

»Vielleicht sollten wir noch gegenüber im ›Zutz‹ einen
Kaffee trinken gehen?«, fragte sie ihn trotzdem und starrte
auf das Bild über seinem Kopf, welches ein Tanklastschiff
auf einem Kanal zeigte. Dort auf dem Kahn wäre sie jetzt

gerne. Nur raus hier aus dieser Bude, wer weiß, was gleich kommen würde.

»Ach, machen wir es kurz, schließlich ist deine Pause nicht endlos lang. Wozu noch Kaffee trinken gehen? Ich müsste mich erst umziehen und duschen. Also … worum es geht. Ich finde, ich hab eine Belohnung verdient. Na ja, Belohnung hört sich irgendwie blöd an. Sagen wir besser, eine kleine Anerkennung. Oder? Außerdem sind wir beide uns doch sympathisch, oder etwa nicht? Schau mich nicht so entgeistert an. Komm, setz dich hier zu mir auf die Couch, und ich zeige dir, wie diese Anerkennung aussehen könnte.« Er klopfte auf den Platz neben sich, als beordere er seinen Hund oder seine Katze herbei: »Los komm, Krauli, Krauli machen.«

Für so direkt hatte Margareta ihn gar nicht gehalten. Ging man dort wo er wohnte etwa so mit Frauen um? Wut stieg in ihr hoch. Was bildete sich dieser kleine Emporkömmling eigentlich ein? Verschwitzt und verklebt, mit einem ekeligen Verband auf dem öligen Kopf, erwartete er jetzt und hier Sex aus Dankbarkeit? Ja ging es noch?

»Du, ich glaube, du hast meinen Krankenbesuch völlig falsch verstanden. Ich bin aus Höflichkeit hergekommen und nicht, um mit dir in die Kiste zu steigen. Sag mal, was bildest du dir eigentlich ein? Für was, meinst du, stände dir eine Anerkennung zu? Einzig und allein dafür, dass du meine Mutter die paar Meter nach Hause begleitet hast? Okay, man hat dir die Birne eingeschlagen. Doch ist das meine Schuld? Vielleicht ein kleines bisschen. Dieses Pseudo-Kochen war eine Schnapsidee, zugegeben. Doch das alles ist noch kein Grund, dir etwas schuldig zu sein.«

Hesse grinste, nahm das orangefarbene Kissen, das neben ihm lag, in beide Hände, drückte es zusammen und schlug mit voller Wucht mit der rechten Faust darauf. Sein Gesicht hatte sich zu einer hässlichen Fratze verzogen. »Boing! Ja, so schnell geht das. Und schon hat man eins auf den Kürbis bekommen.«

»Sag mal, willst du mir drohen, oder was?« Nicht mit mir, dachte Margareta, stand auf, um ihm zu beweisen, dass sie nicht nur körperlich um einiges größer war als er. »Entweder sind das noch Nachwirkungen deiner Gehirnerschütterung, oder die Ruhrgebietsluft scheint dir nicht zu bekommen. Bis vor ein paar Tagen dachte ich noch, du wärst ein netter Kerl. Da habe ich mich wohl getäuscht.«

Er trank sein Weinglas leer und lachte laut. »Spiel dich doch hier nicht so auf, du Möchte-gern-Kommissarin. Dir eilt jedenfalls nicht der Ruf voraus, du wärst eine Heilige. Stell dich also nicht so an.«

»So, was sagt man denn über mich? Ja erzähl mal. Ich fackel da nicht lange. Derjenige, der Gerüchte über mich in die Welt setzt, kriegt eine Verleumdungsklage an den Hals gehängt, dass es nur so rappelt im Karton.«

Holger Hesse legte das Kissen weg und schluckte. Mit so einer Reaktion hatte er nicht gerechnet. Er stand ebenfalls auf und schaute zu Margareta hoch. »Ja so direkt hat niemand was gesagt ... nur ... ich dachte ...«

»Wie war das noch mit den Pferden und dem Denken? Wahrscheinlich haben die Pferde nicht nur den größeren Schädel, sondern auch das größere Hirn.« Sie schüttelte den Kopf und ging in Richtung Tür.

Doch so leicht gab Hesse nicht auf. Er hielt sie am Arm fest, wollte sie um jeden Preis aufhalten. »Margareta, nun warte doch. Ich habe es nicht so gemeint. Ich dachte nur, wenn du schon mal hier bist ...« Seine kurzen Fingerchen gruben sich in ihren Unterarm.

»Wie billig, deine Anmache. Macht man das bei euch auf dem Dorf so? Wahrscheinlich leben die Weiber dort noch hinter dem Mond. Und nun lass mich los.«

Noch immer hielt er ihren Arm fest umklammert und grinste sie an. Er ist total durchgeknallt, stellte sie fest. Da ihre Worte nicht zu ihm durchdrangen, nahm sie ihr Weinglas vom Tisch, an dem sie nur genippt hatte, und goss ihm den Inhalt mitten ins Gesicht.

Er schnappte nach Luft und ließ sie erschrocken los.

»Und erwähnst du irgendwo auch nur ein Wort davon, dass ich heute hier war, dann siehst du alt aus, mein Freund. Dann hast du eine Anzeige am Hals wegen versuchter Vergewaltigung. Aussage gegen Aussage. Was meinst du, was Zarske dazu sagt?«

»Du bist so eine blöde Ziege. Ihr alle hier im Kohlenpott seid total bescheuert. Ich bin froh, wenn ich hier wieder verschwinden kann, das kannst du mir glauben.«

»Ich bin auch froh, wenn du das Weite suchst.« Margareta schlug die Tür hinter sich zu und verließ eiligen Schrittes das kleine Hotel.

So ein Vollidiot! Und mit dem soll ich noch einige Wochen zusammenarbeiten? Doch was wäre die Alternative? Zum Arzt gehen und mich arbeitsunfähig schreiben lassen? Nein! Auf keinen Fall. Sie straffte die Schultern und lief wieselflink zurück in den Betrieb. Wie war das noch mit dem Hinfallen, Aufstehen und die Krone richten?

Was habe ich aber auch nur immer für ein Pech, fragte sie sich, während sie einer Kundin wenig später einen Rock absteckte. Wieso immer ich?

Wie konnte sie sich in Hesse so getäuscht haben? Zuerst gab er sich als cooler Businessman, wollte sie unbedingt beeindrucken, sülzte sie mit tollen Sprüchen zu. Was war aus ihm geworden? Ein Wrack mit Turban auf dem Kopf, ungewaschen und in alten Klamotten. Alles nur, weil er eins auf die Rübe bekommen hatte? Das konnte doch nicht sein. War er etwa genauso ein Psychopath wie Robert Fischer und Gernot?

Was würde ihr noch alles passieren? Hatte Stefan recht, wenn er ihr dringend riet, die Finger vom Ermitteln zu lassen? Wie weit war sie denn gekommen? Eine Fast-Vergewaltigung hatte sie zu verbuchen, eine Nacht in der Friedhofstoilette hinter sich und eine sexuelle Beläs-tigung durch einen hessischen Zwerg. Fand sie Hesse vor wenigen Tagen noch äußerst attraktiv, kam er ihr heute wie ein Gnom vor. In seiner Nähe spürte sie abso-lut nichts Erotisches. Sie konnte seine Blicke, die wie Laserstrahlen auf ihrem Körper gebrannt hatten, noch immer spüren.

Als sie vor wenigen Minuten von der Personaltoilette heimlich mit ihrer Mutter telefonierte, erfuhr sie auch noch, dass Hesse sie höchst ungern heimbegleitet hatte, dauernd blöde Sprüche von sich gab, sie möge doch den Rest des Weges alleine gehen. Und dafür wollte er eine Belohnung?

Sie hoffte, dass er am morgigen Samstag der Arbeit noch fernbleiben würde.

Nun freute sie sich erst einmal auf den Abend. Stefan würde kommen. Sie würden zusammen essen und reden. Vielleicht sich auch ein wenig näher kommen. Sie hatte sich vorgenommen, es langsam angehen zu lassen. Gleich wieder bei ihr einziehen, war nicht drin.

29. KAPITEL

Ein Blick auf die Uhr sagte Margareta, dass sie noch etwas Zeit hatte, bis Stefan auftauchen würde. So steckte sie den Haustürschlüssel wieder ein und klingelte bei Sebastian, in freudiger Erwartung, dass er die Tür öffnen und sie bei ihm noch in den Genuss eines Kaffees kommen würde. Vielleicht hatte er ja Kuchen gebacken. Bei der Gelegenheit könnte sie ihm gleich von ihrem schlimmen Traum erzählen, der immer noch allgegenwärtig war und sich einfach nicht abschütteln ließ. Da er auch nach dreimaligem Klingeln nicht öffnete, benutzte sie ihren Schlüssel und stieg müde die Treppe in den ersten Stock hinauf. Sie war gerade an ihrer Wohnungstür angelangt, da hörte sie von unten den wahnsinnig lauten Türsummer, der die alte Holztür erzittern ließ. Wenig später wurde sie geräuschvoll aufgestoßen. Wer bekommt um diese Uhrzeit Besuch, dachte Margareta und blieb neugierig vor ihrer Tür stehen. Sie hörte ein dunkles Hüsteln und vernahm Schritte auf der morschen Holztreppe. Und schon hatte sie ihn im Blickfeld. Dr. Hans-Horst Jochum quälte sich die Treppen hinauf, um seinen Sohn zu besuchen. Sebastian war tatsächlich zu Hause und hatte ihr nicht die Tür geöffnet. Seinem Vater schon. Der Oberlehrer begab sich unter das Volk einer Zechensiedlung und stattete seinem Abkömmling einen Besuch ab.

Der hagere große Mann mit dem überdimensionalen Kopf sah sie an, zauberte tatsächlich ein Lächeln auf sein zerfurchtes Ledergesicht und grüßte freundlich. »Guten

Abend. Sie müssen Margareta Sommerfeld sein. Sebastian hat mir schon viel von Ihnen erzählt.«

»Tatsächlich?« Margareta verharrte noch immer in Schockstarre. Freundlich hatte sie diesen Mann noch nie erlebt. Sie hatte verdrängt, dass sie selbst auch einmal von Herrn Studienrat, diesem promovierten Lehrer, unterrichtet worden war. Grundschule Neustraße, 4. Klasse, kurz vor dem Wechsel zur Realschule. Auch sie kam in den Genuss seines Erdkundeunterrichts, was er vergessen zu haben schien. Wieso hatte sie das bloß so gründlich verdrängt? Selbst Sebastian wusste nichts davon. Wusste nicht, wie streng der Herr Vater zu ihr gewesen war. Wie oft er sie angeschrien, sich vor ihre Bank gestellt und Speicheltröpfchen durch die Gegend gespuckt hatte. Wie oft er sie ganz einfach rausschmiss, weil sie wieder einmal zu albern war und sich über ihn lustig machte.

Noch immer trug er seine armselige Lockenpracht bis tief in die Stirn. Allerdings war sie nun ergraut. Die Nase war nach wie vor riesig und schoss wie ein Starfighter aus dem gebräunten Gesicht hervor. Die Zähne sahen besser aus als früher, stellte sie fest. Die Zahntechnik hat halt in drei Jahrzehnten große Fortschritte gemacht, und wenn man über genug Kleingeld verfügte, konnte man aus den hässlichsten Monsterzähnen ein ansehnliches Gebiss zaubern.

»Schön, dass Sie sich mit meinem Sohn angefreundet haben«, meinte er noch und stieg die Treppe in den zweiten Stock hinauf. »Einen schönen Abend noch.«

»Den werde ich haben, danke«, erwiderte Margareta fast flüsternd und verschwand in ihrer Wohnung.

Sebastian, so ein Feigling, dachte sie wütend. Öffnete ihr nicht die Tür, weil er sie nicht sehen wollte, Sekunden später ließ er seinen Vater hinein, den er bis vor wenigen Tagen noch gehasst hatte wie die Pest. Wahrscheinlich wird er wieder auf seinem Wachposten am Küchenfenster gesessen und jeden Passanten beobachtet haben. Was wollte Dr. Jochum hier? Unheimlich, dieser Kerl. Hatte es vielleicht mit dem Job für Sebastian geklappt? Margareta gönnte es ihm.

Statt Kaffee zu trinken, ließ Margareta sich, um einen gemütlichen Abend einzuläuten, ein Bad ein. Vielleicht gar nicht so schlecht zum Entspannen nach diesem stressigen Tag. Hesse zählte nun also auch zum Kreis der Psychopathen, die sie um sich scharte.

Fast wäre sie in der Wanne eingeschlafen. Ein Blick auf die Uhr sagte ihr, dass Eile geboten war. Noch 15 Minuten, und Stefan würde auf der Matte stehen. Sie entstieg der Wanne, schmiss sich in ein enges rotes Kleid und richtete sich mit dem Lockenstab ihre Haare. Von oben hörte sie wildes Getrampel, ein deutlicher Nachteil der alten Holzböden. Drehte Sebastian durch, nachdem sein Vater ihm die Leviten gelesen hatte? Oder stampfte der Erdkundelehrer durch die Bude und inspizierte alle schmutzigen Ecken? Sie musste schmunzeln. Da hatte sie diesen Mann 30 Jahre nicht gesehen und dennoch sofort wiedererkannt. Dinge gab es!

Stefan war ein wahrer Augenschmaus, musste Margareta feststellen, als sie ihm pünktlich um 20 Uhr die Tür öffnete. Da konnten sich Sebastian und auch Hesse eine dicke Scheibe von abschneiden. Frisch gestylte Haare, glatt rasiert, strahlend weiße Zähne, hellblaues Hemd und gut sitzende Jeans. So hatte ein Mann auszusehen.

Die Begrüßung war herzlich. Sie lagen sich mindestens

fünf Minuten in den Armen, bevor sie sich an den Wohnzimmertisch setzten. Ein dezenter Hauch seines Parfums umwehte ihn.

Sie redeten fast gleichzeitig, ließen Entschuldigungen aus ihren Lippen fallen, versprachen sich, alles besser machen zu wollen, sich in Zukunft zusammenzureißen. Doch hatten sie überhaupt eine Zukunft?

Diese Harmonie hielt nicht lange an. Eine halbe Flasche Eberbacher 2013er Pinot Noir später zogen bereits erste Wölkchen am Liebeshimmel auf.

»Stell dir vor, ich war heute bei Hesse im Buerer Hof. Der ist total ausgerastet und wollte mit mir in die Kiste. Er hätte eine Belohnung verdient, war er überzeugt. Da habe ich ihm ein Glas Wein ins Gesicht geschüttet und bin gegangen.« Mit erhitztem Gesicht erwartete sie, dass Stefan in das gleiche Horn blasen würde, was Wein in Hesses Gesicht schütten betraf. Ja, dass er stolz auf sie, die coole Margareta, sein würde. Dem war leider nicht so.

Stefan schaute sie entsetzt an. »Margareta, ich glaube es nicht. Wieso gehst du zu diesem Mann ins Hotel? Du legst es förmlich darauf an, dass man dir immer wieder an die Wäsche geht.«

»Na hör mal. Das war ein Höflichkeitsbesuch, nachdem er meine Mutter beschützt hatte und dabei niedergeschlagen wurde. Was soll schlimm daran sein?«

»Der hat deine Mutter nur begleitet, weil er scharf auf dich ist. Und diesen Krankenbesuch hättest du dir sparen sollen. Der lag doch nicht im Sterben. Wie sieht das denn aus? Als Frau einen Mann in seinem Hotelzimmer zu besuchen. Das macht man einfach nicht. Du suchst förmlich solche prekären Situationen. Hast du denn noch nichts dazugelernt?«

Wütend schaute sie ihn an. »In welchem Jahrhundert leben wir denn? Ich darf keinen Mann in seinem Hotelzimmer besuchen? Spielst du jetzt den Moralapostel, oder was? Gerade du. Du machst ja immer alles richtig, nicht wahr?« Margaretas eben noch gute Laune war auf dem Nullpunkt.

»Wenn du auf die Sache mit Jenny anspielst, klar war das nicht okay. Soll ich mich jetzt deshalb hier oben vom Turm stürzen, oder was erwartest du? Das ist doch was völlig anderes. Du bejammerst ewig die Situation, wie schlecht doch alle sind, was sie dir alles antun wollen. Dabei begibst du dich ständig selbst in Gefahr. Denk mal an die Sache mit Robert Fischer, der dich fast vergewaltigt hat. Musstest du denn unbedingt in seine Hütte eindringen? Nur, weil du dort Inge Wienert vermutet hast? Oder die Nacht in der Friedhofstoilette? Da hast du doch nur Streit mit deinem Onkel und Fischer gesucht, hast sie provoziert. Dann rast du nach Bad Sassendorf, um dort die Leute zu verhören. Sag mal, geht es noch? Warum machst du das alles?«

»Vielleicht, weil ihr bei der Kripo absolut nichts rauskriegt? Was habt ihr denn schon für Ermittlungserfolge zu verbuchen? Mir gehen die Frauen eben nicht mehr aus dem Kopf. Ich denke die ganze Zeit daran, wer wohl die Nächste sein wird. Inge lebt vielleicht noch. Dann dieser Traum heute Nacht …« Margareta liefen Tränen übers Gesicht. Ihre Stimme versagte, kein Wort brachte sie mehr hervor und fing hemmungslos an zu schluchzen.

»Wir sind nah dran und haben den Mörder schon im Visier. Vertraue der Kripo mal ein wenig. Ach Margareta, wir wollten doch heute über uns sprechen, uns einen gemütlichen Abend machen und nicht wieder die Taten des Rosensalzmörders durchkauen. Komm, erzähle mir von deinem Traum.«

Eine halbe Stunde später sah die Welt schon wieder anders aus. Die Pizzen waren bestellt, der Wein in den Gläsern nachgeschenkt, Margaretas Tränen getrocknet.

Stefan musste laut lachen. »Die ›Amigos‹! Mann, du träumst ja von tollen Typen. Und Gernot hast du fast ein Auge ausgeschlagen?«

Nun musste auch Margareta lachen. Wer hatte schon so irre Träume?

Während sie wenig später an ihrer Pizza Tonno Cipolla herumsäbelte, sah sie ihm tief in die Augen.

Stefan schmolz dahin. Er kannte und liebte diesen Blick, so wie er diese Frau noch immer liebte. Doch konnte er sich nicht vorstellen, dort weiterzumachen, wo sie vor ein paar Tagen aufgehört hatten. Ihre Miss-Marple-Ambitionen gingen ihm gehörig auf den Keks. Deshalb schlug er ihr jetzt vor, was eigentlich nur ein Hirngespinst war, absolut noch nicht ausgereift, die Vorstellung, dass sie zu ihm zöge.

»Was hältst du davon, deine Zelte hier abzubrechen und zu mir nach Polsum zu ziehen? Die Wohnung hat immerhin 80 Quadratmeter und hat also ausreichend Platz für uns beide. Na, was sagst du?« Er strahlte sie an. Vergessen war seine Pizza Funghi mit doppeltem Käse. Er war stolz auf sich, ihr nun endlich diesen großzügigen Vorschlag gemacht zu haben. Wie der große Retter sah er sich, der sie aus dem Sumpf holen und in eine tolle Gegend bringen würde. Doch dem Retter fielen alsbald die Mundwinkel herunter.

»Lieb gemeint, Stefan, doch ich habe andere Pläne.«

Ihm fiel fast die Gabel aus der Hand. »Du willst also

hier wohnen bleiben und so weitermachen wie bisher? Mit diesem Kappeskopp über dir, der dir ab und an mal was kocht und dir in den Hintern kriecht? Mit diesen grässlichen Nachbarn, die in alles ihre Nasen stecken? Deiner Mutter, die ewig hier auf der Matte steht?«

Da machte er ihr so ein tolles Angebot, kam sich vor wie Richard Gere in ›Pretty Woman‹, als dieser Julia Roberts, wie Gere meinte, aus dem Elend befreit hat, und sie lehnt ab.

»Nein, ich will nicht hierbleiben. Ich sagte doch schon, dass ich andere Pläne habe. Privat und auch beruflich.« Margareta war in diesem Moment klar geworden, dass sie soeben die richtige Entscheidung für sich getroffen hatte. Veränderung! Ja, sie brauchte eine Veränderung. Vor allem wollte sie selbstständig leben und nicht wieder mit einem Mann zusammenziehen, so toll er auch war. Sobald der Rosensalzmörder gefasst war, würde sie ihre Pläne in die Tat umsetzen.

Sie legte Stefan den Ausdruck der Doppelseite des *Soester Anzeigers* auf den Tisch. Die Reportage über sie trug die Headline ›*Mord ist ihr Hobby*‹. Theresa Neumut hatte einen tollen Artikel über sie verfasst. Margareta hatte ihn seit dem Eintreffen per E-mail gestern mindestens 20 Mal gelesen und konnte nicht glauben, dass es sich um sie, Margareta Sommerfeld, handeln sollte. Erste Reaktionen waren auch schon da, so wie Theresa, die vorhin anrief, ihr vorausgesagt hatte. Ein Hotel bot ihr einen Posten als Hausdame an. Sofort hatten Glocken in Margaretas Kopf geläutet. Hotel, tolle Männer, vielleicht endlich ein Ehemann? Doch niemand sollte davon erfahren, bis es spruchreif war. Manchmal musste man einfach umdisponieren, so wie jetzt.

Stefan nahm die Seiten in die Hand und las den Artikel. »Gut und schön. Und wie soll deine Veränderung aussehen?«

»Theresa, die Journalistin, hat mich angerufen und mir berichtet, dass ein Hotel mir einen Traumjob anbieten würde. Ein seriöses Haus, keine Absteige.«

Stefan legte sein Besteck endgültig zur Seite. Er war geschockt.

»Und was wird aus uns?« Traurig sah er Margareta an.

»Das wird sich finden. Sassendorf ist ja nicht weit entfernt. Wir könnten uns an den Wochenenden sehen oder in der Woche, wenn wir beide frei haben.«

Er hatte sich seinen Versöhnungsversuch völlig anders vorgestellt. Reumütig würde sie ihm bei dem Vorschlag, zu ihm zu ziehen, um den Hals fallen, geloben, sich nie wieder in Polizeiermittlungen einzumischen, Sebastian in den Hintern treten und sich endlich von ihrer Mutter abnabeln, hatte er gehofft. Schließlich war er der tolle Stefan. Wozu brauchte sie Freund und Mutter? Wieso hatte er ihr bloß den Vorschlag gemacht, zu ihm zu ziehen? Was war der Dank? Sie lehnte ab und wollte sich stattdessen verändern.

»Das kann nicht dein Ernst sein, Margareta. Meinst du nicht, dass du voreilig handelst? Überschlafe das Ganze mehrere Nächte und schau dir doch erst einmal alles an.«

»Na du bist lustig, mehrere Nächte. Am Sonntag stelle ich mich dort schon vor.«

»Übermorgen?«, fragte er sie mit hängenden Mundwinkeln und knetete nachdenklich seine Oberlippe.

»Mensch, zieh nicht so ein Gesicht. Noch bin ich ja hier.« Insgeheim freute sie sich über das Angebot, bei ihm einzuziehen. Das, worauf sie so lange gewartet hatte, wurde ihr nun in Aussicht gestellt und war ihr plötzlich nicht mehr so wichtig.

Sie stand von ihrem Sessel auf, setzte sich neben ihn auf die Couch und drückte ihm einen Kuss auf die in Falten gezogene Stirn.

»Du weißt doch, dass ich durchgeknallt bin. Hast du ja oft genug gesagt.«

Mit einem tiefen Seufzer nahm er sie in die Arme und drückte sie fest an sich. »Kann ich heute Nacht hierbleiben?«

»Natürlich«, flüsterte sie, löste sich aus seiner Umarmung, stand auf und legte eine CD von Adel Tawil ein.

Nun wollte sie erst einmal den Abend mit Stefan genießen.

Eine angenehme Ruhe breitete sich in ihr aus. Es würde sich zeigen, wie ihre Entscheidung bezüglich des angebotenen Jobs ausfiel. Sie freute sich auf Bad Sassendorf. Doch vorher gab es noch ein Zusammentreffen mit Hesse. Sie war gespannt, ob er tatsächlich am morgigen Samstag zur Arbeit käme. Hoffentlich wurde der ekelige Kopfverband durch ein Pflaster ersetzt. Da musste sie wohl durch. Sie nahm sich vor, ihn, so gut es ging, zu ignorieren.

Auch auf Sebastians Reaktion war sie gespannt, wenn sie ihn davon in Kenntnis setzen würde, Gelsenkirchen eventuell den Rücken zu kehren. Sie war außerdem neugierig, was der alte Jochum hier wollte. Und letztendlich musste sie Sebastian unbedingt von ihrem Traum erzählen. Als Stefan kurz das Wohnzimmer verließ und das Bad aufsuchte, schickte sie ihrem Freund eine SMS: »Morgen Spätnachmittag gemeinsame Kaffeerunde?«

Auf eine Antwort wartete sie vergeblich. Wahrscheinlich saß er wieder an seinem Piratenausguck und starrte wütend auf Stefans Wagen. Pech, sagte Margareta sich und schaltete irgendwann das Handy aus.

30. KAPITEL

»Ich will, dass du verschwindest«, schrie Robert Fischer den auf dem zartbeinigen Küchenstuhl sitzenden Gernot an. »Du nervst einfach. Da hast du was völlig falsch verstanden. Du kannst dich hier nicht einnisten. Wie war das noch mit dem Besuch und dem Fisch? Nach zwei Tagen fängt beides an zu stinken. Also um es kurz zu machen: Morgen früh bist du hier weg. Klar?«

»Ich kann noch nicht zurück nach Hause. Die leere Wohnung macht mich verrückt. Alles erinnert mich an meine verstorbene Frau. Du musst das doch verstehen. Du hast schließlich auch deine Barbara verloren.«

»Na und? Mich erinnert auch alles an sie, und manchmal vermisse ich sie sogar, obwohl unsere Ehe nicht mehr das Wahre war. Sie war, was Sex betraf, eine olle Zimperliese. Doch das war mir egal. Dafür hab ich mir eine andere gesucht. Es hätte ewig so weitergehen können. Barbara hat das Haus versorgt, mich bekocht und alles geputzt. Die Schnecke von nebenan hat die Beine für mich breit gemacht. Es war alles tacko. Nun sitze ich hier im Dreck, kochen tut auch keiner für mich, dazu ist die Alte nebenan zu blöd. Aber es wird sich schon finden irgendwie. Vielleicht muss ich ihr mal eins aufs Auge hauen.«

»Ich könnte für dich kochen«, schlug Gernot ihm kleinlaut vor.

»Hey Alter, du tickst wohl nicht richtig. Du haust hier ab, ist das klar? Ich will keinen Ärger. Die Bullen haben mich schon wieder aufs Präsidium bestellt. Ich habe mit Barbaras Tod nichts zu tun. Und wenn jetzt noch rauskommt, dass du hier bei mir wohnst, was meinst du, was dann los ist? Wieso bist du nicht bei der alten Sommerfeld geblieben? Die ist doch auch allein. Hättest ihr ab und an den Kamin gefegt, und alles wäre gut gewesen.«

Zwei Nächte waren abgemacht, dachte Robert Fischer wütend und ging unruhig in seiner Wohnküche auf und ab. Wie es in seiner Küche aussah. Das schmutzige Geschirr stapelte sich auf der Spüle und im Becken. Die leeren Bierflaschen von gestern Abend standen noch auf dem Küchentisch zwischen dem Frühstücksgeschirr. Gernot Mönnich wollte kochen? Der konnte ja noch nicht einmal Ordnung halten. Worauf hatte er sich da bloß eingelassen? Er konnte wieder einmal nicht Nein sagen, als er vor seiner Tür stand und ihn überreden wollte, gemeinsame Sache gegen Margareta Sommerfeld zu machen. Ihr mal richtig eins auszuwischen. Doch wollte er das wirklich? Nein! Die Nacht in der Friedhofstoilette musste reichen. Er wollte seine Ruhe haben. In der Küche tranken sie ihr allabendliches Bier, obwohl die Abende draußen noch sommerlich warm waren. Gernot Mönnich durfte nicht gesehen werden. Damit war jetzt Schluss!

Wie ein Häufchen Elend saß Mönnich auf dem alten Plastikstuhl am maroden Küchentisch, den Kopf auf den

Händen abgestützt. Ein Wrack! Ein richtiges altes Wrack! Sein gelbes Hemd war schmutzig, seine helle Stoffhose ebenfalls voller Flecken. Wo war sein neu erworbener Anzug?

»Waltraud wollte mich nicht mehr. Hat mich nur schikaniert. Da konnte ich unmöglich bleiben. Ich war ja schon in Essen in meiner Wohnung. Doch plötzlich habe ich Angst bekommen. Angst vor der Einsamkeit. In allen Ecken habe ich Christa gesehen. Die ganze Nacht konnte ich nicht schlafen. Da habe ich am nächsten Morgen meine Tasche geschnappt und bin zurück nach Gelsenkirchen gefahren.«

»Und da dachtest du, ach, der alte Fischer wird mir schon Unterschlupf gewähren. Nee du, zwei Nächte müssen reichen. Ich will endlich meine Ruhe haben. Wer weiß, vielleicht hast du ja was mit dem Mord an meiner Frau und der Entführung der Wienert zu tun. Hast du vielleicht dem Kollegen deiner Nichte die Rübe eingeschlagen?«

»Nein, ich war es nicht«, kam es müde aus Gernots Mund. »Außerdem war ich am Mittwochabend, als dieses dämliche Kochen stattfand, gar nicht in Gelsenkirchen.«

»Hast du erzählt. Wer weiß, ob das stimmt. Vielleicht hast du im Auto geschlafen. Was ist eigentlich mit dem Auto? Vielleicht hat das schon irgendeiner entdeckt.« Robert Fischer fuhr sich nervös durch die langen Haare, setzte sich auf einen Stuhl, stand wieder auf.

»Das habe ich am Stadtwald abgestellt. Dort vermutet es keiner.«

»Nee, die sind auch alle blöd. Die Sache wird mir zu heikel. Du machst den Abflug. Ich hab es mir anders überlegt. Du kannst nicht bis morgen bleiben. Ich gebe dir genau zwei Stunden, dann bist du weg. Vorher räumst du noch die Küche auf. Klar?« Robert Fischer stand auf, ging zu Mönnich, als dieser nicht antwortete, und packte ihn am Kragen seines Hemdes. »Ob das klar ist, Mönnich?« Sein Gesichtsausdruck duldete keine Widerrede.

»Aber wir wollten doch meiner Nichte ...«, versuchte er ein letztes Mal, sein Verschwinden aufzuschieben.

»Nichts will ich. Kläre das mit deiner Nichte allein. Außerdem kann ich Waltraud verstehen. Zwei Wochen hast du dich bei ihr breit gemacht. Das hat gereicht.«

Fischer schob in seinem Wahnsinnsoutfit, schwarze Shorts und Doppelripp-Unterhemd, ab in den Garten. Gernot blieb verzweifelt am Tisch sitzen. Hier in dieser chaotischen Küche Ordnung zu schaffen, überforderte ihn. Wo er sowieso verschwinden musste, sah er diese Aktion als völlig überflüssig an. Außerdem würden zwei Stunden nicht reichen, diese versiffte Küche zu reinigen und zu entmüllen. Er stand vom Tisch auf und riskierte einen Blick in den Kühlschrank. Die Fleischwurst, die dort unverpackt lag, stank bestialisch und bekam schon Junge. Von den wenigen anderen Sachen war die Hälfte ebenfalls schon ungenießbar. Da wird ihm die Frau ermordet, und er lässt sofort alles verkommen.

Er stieg die schmale Treppe, eher eine Hühnerleiter, ins Obergeschoss hinauf, wo er in Fischers Arbeitszimmer seit zwei Tagen genächtigt hatte. Diese Rumpelbude war alles andere als ein Arbeitszimmer. Der Teppichboden, Schlingenware, der Quadratmeter zu drei Euro, beigefarben, hatte Laufspuren, als würde eine ganze Armee jeden Tag durch dieses winzige Zimmer trampeln. Die Tapete hatte ein rot-goldenes Wappenmuster und war uralt und fleckig. Es roch feucht und abgestanden. Die gelben Vorhänge zierten lange Staubfäden. Na, so lange war Barbara ja nun auch wieder nicht unter der Erde. Mindestens ein Jahr lang hatte hier niemand mehr einen Finger krumm gemacht in diesem Zimmer. Die Couch, auf der er genächtigt hatte, war aus den 60er Jahren. So eine, die Kinder dazu einlud, darauf herumzuspringen. Der Stoff war so rau, dass man ohne Hose Angst um die Haut an seinen Beinen haben musste. Er wollte nicht wissen, welche Heerscharen von Mikroorganismen sich in ihr täglich vermehrten. Ihr gegenüber befand sich eine ebenso alte Kommode in braun lackiertem Holz. Darauf lagen Berge von Pornoheften. Links daneben stand ein Stuhl, auf dem mindestens fünf alte Oberbetten mit rotem Bezug aufgestapelt lagen. Obenauf ungefähr zehn wild gemusterte Wolldecken. Rechts in der Ecke hingen an Nägeln sämtliche Kleidungsstücke. Mangels Kleiderschrank deponierten die Fischers wohl ihre ganze Garderobe dort. An dem ersten Nagel hing obenauf eine lange, ehemals weiße auf links gezogene Unterhose mit sichtbarem Schritt. Nach einer bösen Durchfallattacke war sie dort wohl irgendwann vergessen worden. Ekelhaft! Fischer gehörte in die unterste Schublade, fand Gernot. Der Fernseher daneben passte zu der übrigen Einrichtung. Schmand und Siff, soweit das Auge reichte. Gernot schaltete ihn ein, nahm die Fernbedienung und zappte zwischen den Programmen hin und her. Er wäre bei der dämlichen Dauerwerbesendung auf einem Sender fast eingeschlafen, als er sich auf das Sofa setzte. Er schaltete den Kasten wieder ab, ging zum winzigen Fenster in der Dachschräge und schaute hinunter in den Garten. Dort lag Fischer auf der Liege, das Unterhemd hatte er ausgezogen. Seine fleischigen Brüste gehörten in einen 85-B-Büstenhalter.

Die Rothaarige von nebenan kam aus ihrem Haus, stieg über den niedrigen Zaun und setzte sich mit einem Teller zu Fischer auf die Liege. Es sah von hier oben aus wie Frikadellen und Kartoffelsalat. Wahrscheinlich aus dem Päckchen, denn Fischer sagte ja, dass sie nicht kochen könnte. Er kniff ihr, nach einem Biss in einen der Fleischklopse, in den Hintern, und sie lachte vor Vergnügen. Weiber, alle gleich. Gernot schüttelte den Kopf.

Er verließ das sogenannte Arbeitszimmer und ging ins Bad. Schwimmbadgrüne Fliesen, dunkelgrünes Sanitär. Gerne hätte er sich unter die Dusche gestellt. Die letzte körperliche Reinigung war zwei Tage her, da er es nicht fertigbrachte, in diese versiffte Duschtasse zu steigen. Der braun gemusterte Vorhang war die Krönung. Wasserflecken, Seifenreste sowie undefinierbare braune und rote Klumpen zierten dieses Teil. So ein verkommenes Bad hatte er noch nie gesehen. Die grünen Kacheln sowie die ehemals weißen Fugen waren dunkelbraun gefleckt. Die Duschtasse selbst war braun. Stellenweise machte sich Rost breit. Außerdem stand eine braune Brühe darin, die nicht ablaufen wollte. Der Klotopf samt Brille war noch akzeptabel, das Waschbecken war ebenfalls verstopft. Welch ein Schwein, dachte Gernot. Nein, es ist nicht schlimm, dass ich gehen muss. Da habe ich es zu Hause schöner.

Er nahm seine rote Reisetasche und verließ wenig später das alte Zechenhaus. Kein danke oder einen Gruß hatte er für Robert Fischer übrig. Er schlurfte Richtung Friedhof, um über diesen zum Stadtwald zu gelangen, wo sein Auto stand. Wehmütig dachte er an die schöne Zeit bei Waltraud zurück. Hätte ich mich dort ein bisschen mehr eingebracht, hätte sie mich vielleicht gebeten, noch zu bleiben. Wer weiß.

Die Mittagshitze schien ihm auf seinen Schädel. Mehrmals musste er auf einer der Friedhofsbänke eine Pause einlegen. Er hatte es nicht eilig, nach Essen zu kommen. Dort wartete keiner auf ihn. Er überlegte krampfhaft, jedoch fiel ihm niemand ein, wo er einen Zwischenstopp einlegen könnte. Verdammter Mist.

Er dachte kurz an den urigen Verwalter, verwarf den Gedanken jedoch sofort wieder. So gut kannte er ihn nun auch wieder nicht. Außerdem lebte er mit seiner Freundin in dieser Zweizimmerwohnung, die auch noch direkt gegenüber der Wohnung seiner Nichte lag.

Seufzend stand er auf und ging weiter Richtung Stadtwald. Er konnte den Ausgang, der ihn zu seinem Fahrzeug führte, bereits sehen. Heute Nachmittag würde er dem Pfarrer seiner Gemeinde eine E-mail schicken und ihn fragen, ob er nicht eine Frau für ihn wüsste. Irgendwo unter seinen Schäfchen würde es doch wohl so ein armes, dankbares Hascherl geben, dessen er sich annehmen könnte. Der Pfarrer hatte schließlich bei der Beisetzung seiner Frau gesagt, wenn etwas wäre, könne er sich jederzeit an ihn wenden. Er schöpfte plötzlich wieder Mut. Alles würde gut werden, glaubte er in diesem Moment.

Erna Wienert saß auf der Bank vor der Trauerhalle und beobachtete den Trauerzug, der soeben zum Grab Richtung Resse startete. Vorneweg der Kranzwagen, danach der Katafalk mit einem wunderschönen Mahagonisarg. Obenauf ein Gebinde aus weißen Lilien. Dahinter der Pfarrer im weißen Talar mit schwarzer Stola und ungefähr 20 tiefschwarz gekleidete Trauernde. Und das bei dieser Hitze.

Inge sollte auch so einen schönen Sarg bekommen, wenn sie tatsächlich tot sein sollte und endlich gefunden würde. Richtig schön, mit einem tollen Bouquet aus lauter roten Rosen darauf. Eine Gruft hatte Erna auch schon ausgesucht. Im Gemeinschaftsgrabfeld ›Garten der Erinnerung‹. Eine Doppelgruft für Inge und sie. Doch eigentlich glaubte sie fest daran, dass ihre Enkelin noch lebte und bald gefunden wurde. Jeden Tag schleppte sie sich zum Friedhof, setzte sich auf eine Bank und beobachtete das Treiben an der Trauerhalle. Zu Hause in ihrer Dachwohnung hielt sie es kaum aus. Immerzu musste sie an ihre Enkeltochter denken, die sie großgezogen hatte, als ihr Sohn und seine Frau, Inges Mutter, tödlich mit dem Auto verunglückten. Da war Inge gerade zehn Jahre alt. Wie kann man auf dem Weg zu Aldi, keine zwei Kilometer von der Siedlung entfernt, bloß verunglücken, hatte sie sich wieder und wieder gefragt, als die Polizisten vor der Tür standen, um ihr die schreckliche Nachricht zu überbringen. Na gut, ihr Sohn, dieser zerstreute Professor, war des Öfteren bei Rot über eine Ampel gefahren, weil seine Frau, ihre gute Schwiegertochter, ununterbrochen redete, ja ihn regelrecht tot quatschte bei jeder Autofahrt. Fuhr ein rasanter Autofahrer aus einer Seitenstraße und bremste kräftig vor ihnen ab, schrie sie jedes Mal aus Leibeskräften: »Wahh, pass auf«, und schlug ihm dabei auf den knochigen Oberschenkel, woraufhin er fast vor den nächsten Baum fuhr. Wer sollte dabei nicht verrückt werden? Meistens ging das bei Rot-über-die-Ampel fahren gut aus. Doch dieses eine Mal eben nicht. Frankampstraße, Ecke Oststraße bretterte er ein letztes Mal bei Rot über die Ampel und preschte direkt in einen LKW. Somit war Inge Vollwaise, und da sie niemanden hatte außer Oma und Opa, der zu dem Zeitpunkt noch unter den Lebenden weilte, zog sie zu den Großeltern. Zwischen Oma und Enkelin bestand seit jeher ein sehr enges Verhältnis. Mit Inge konnte die alte Frau alles besprechen, was sie quälte, und das war nicht wenig. Wenn sie beim Hausarzt wieder zu lange warten musste, er grob zu ihr war, wenn sie Streit mit ihrer Freundin Lydia hatte, weil diese mal wieder alles besser zu wissen glaubte, oder weil die Netto-Kassiererin ihr zu wenig Geld herausgegeben hatte, um nur einige Dinge zu nennen.

Und nun war Inge weg. Täglich zündete Erna eine Grabkerze an und stellte sie unter der Skulptur ›Trauer und Trost‹ auf dem Soldatenfriedhof auf, dort wo der Helden gedacht wurde, die während des Krieges für Deutschland gestorben waren. Inge war für sie auch eine Heldin. Eine noch viel größere.

Sie kratzte sich am Kopf. Schuppen fielen auf ihren Pullover. Unter dem Haarknoten juckte es besonders stark. Das Haar war tranig und ließ sich kaum mehr kämmen. Diese Arbeit, jeden Abend den Knoten zu lösen und das Haar durchzukämmen, machte der alten Frau schwer zu schaffen. Wie ein Engel kam sie sich dann immer vor in ihrem bodenlangen Nachthemd mit der Walla-Walla-Frisur. Morgens wurde das lange Haar dann wieder zu einem Knoten zusammengezurrt. Es müsste dringend wieder einmal gewaschen werden. Das hatte Inge immer erledigt, wenn sie ihre Oma besucht hatte, was fast täglich der Fall war. Seit Inge weg war, gab es keine Haarwäsche mehr, und gewaschen wurde sich nur noch mit dem Läppchen, da Erna alleine Angst hatte, in die Dusche zu steigen. Wer sonst sollte ihr dabei helfen? Es gab doch niemanden.

Hätte sie Klaus vielleicht fragen sollen, als er sie gestern besuchte? Er war aus der Untersuchungshaft entlassen worden und befand sich bis zur Verhandlung wegen des Bankraubs nun auf freiem Fuß. Er sorgte sich um Inge und um ihre Oma. Sein erster Weg aus dem Gefängnis führte ihn zu der alten Frau. Er hatte ihr ein paar Lebensmittel mitgebracht, worüber sie sich sehr freute: Brot, Schmierwurst, Butter, Bananen und Milch. Sie bestellten sich eine Pizza und sahen zusammen einen Film im Fernsehen. Und geweint hatten sie, über Inge geredet und geweint. Klaus war kein Schlechter, war Erna überzeugt. Er stellte ihr noch die Waschmaschine an, damit die alte Frau mal wieder einen anderen Pulli anziehen konnte als den dunkelgrünen mit dem Rollkragen. Anschließend schrieb er ihr den Waschgang für ihre Haushaltskittel mit einem dicken Filzschreiber auf ein Blatt Papier. Der blaue Kittel starrte so vor Schmutz, dass man das Blumenmuster kaum mehr erkennen konnte. Saubere Schlüpfer gab es auch nicht mehr in ihrem Schrank. Seit drei Tagen trug sie die bunten Slips ihrer Enkelin, die sie sich von unten aus deren Wohnung geholt hatte. Inge würde ihr verzeihen, war sie sich sicher. Und sollte sie tatsächlich tot sein, gehörten diese neumodischen Dinger sowieso ihr.

Ja, alt werden ist schon schlimm, dachte Erna und friemelte an ihrer Warze im Gesicht, die inzwischen schon die Größe eines Türstoppers hatte, herum. Sie schaute einer Gestalt mit einer roten Reisetasche hinterher, die soeben hinter der Trauerhalle Richtung Stadtwald her kroch. War das nicht der olle Mönnich?, dachte sie noch. Doch Waltraud Sommerfeld hatte ihr erst vorgestern erzählt, dass er angeblich nach Essen abgereist war, man aber die Augen offen halten sollte, falls man ihn in der Siedlung sehen würde. Schließlich zählte er zu den Verdächtigen, meinte sie noch. Hatte er vielleicht ihre Inge entführt? Ging auch der Mord an Barbara auf sein Konto? Ihr Herz schlug plötzlich schneller. Sie zog ihr Seniorenhandy mit den extra großen Tasten aus der Hosentasche ihrer ehemals schwarzen Jersey-Hose und wählte die 110. Die würden Kommissar Blauländer Bescheid geben, war sie sich sicher. Inge, mein Mädchen, wir finden dich!

31. KAPITEL

Henriette Koletzki und Gustchen Greifeneder unterhielten sich draußen auf der Straße dermaßen laut, dass Margareta neugierig das Küchenfenster öffnete. Sie war spät dran, eigentlich müsste sie längst auf dem Weg zur Arbeit sein. Stefan hatte sich bereits vor einer Viertelstunde von ihr verabschiedet, ohne Frühstück, da er in Eile war. Margareta wusste nicht, wie sie Hesse gleich, nach diesem unschönen Erlebnis im Hotel Buerer Hof, gegenübertreten sollte. Das machte sie nervös. Und nun schnatterten diese alten Frauen so laut, dass man es bis in den ersten Stock hören konnte.

Margareta seufzte. So ein herrlicher Morgen, die Sonne blitzte hinter einzelnen abziehenden Regenwolken hervor, und es schien wieder ein sommerlicher Tag zu werden. Anstatt neue Winterware an die Frau zu bringen, würde sie viel lieber mit Stefan an einen See fahren und faulenzen. Es tröstete sie, dass er gleich eine KK11-Sondersitzung hatte. »Vielleicht haben wir den Täter bald, mein Schatz«, sagte er, bevor er sie verließ. Das wäre zu schön, dachte Margareta, beugte sich tief aus dem Fenster, um die beiden alten Frauen besser verstehen zu können. Jede hatte einen Einkaufstrolley an der Hand, die eine einen roten, die andere einen braunen. Henriette Koletzki, eine der beiden Frauen, wohnte im Nebenhaus. Vor vier Jahren war Margareta mit ihrem Neffen Karol liiert gewesen. Er hielt sich in der Wohnung seiner Tante versteckt, da er illegal nach Deutschland gekommen war, um seine Familie zu suchen. Die fand er zwar nicht, dafür jedoch jede Menge zwielichtige Weiber, nachdem er sie wegen einer Sekretärin verlassen hatte. Das war der Dank dafür, dass sie ihn ins Leben zurück geholt hatte, ihm beistand, als er in den Kahn ging, ihn bei sich aufnahm als er entlassen wurde. Naja, Geschichte. Er sah gut aus, doch das war auch alles.

Koletzki trug einen gemusterten Regenmantel älteren Baujahrs, dazu ein grünes Kopftuch. Sie konnte ihre polnische Abstammung nicht verleugnen. Auguste Greifeneder, genannt Gustchen, wohnte direkt unter Margareta, war sogar in der Wohnung geboren worden, damals vor 84 Jahren. Sie war eine Seele von Mensch, zurückhaltend, hilfsbereit und alles andere als eine Tratsche. Sie hielt sich zurück, wenn über Nachbarn schlecht geredet wurde, erzählte nur das, was sie verantworten konnte. In ein ärmelloses rosa Kleid gehüllt, stemmte sie ihre wuchtigen, von Impfnarben verunzierten Arme in die ausladenden Hüften.

»Ja, wenn ich es Ihnen doch sage, bei uns im Keller stinkt es bestialisch, als wenn da irgendetwas vermodert. Ich glaube, das kommt aus dem Keller von dem jungen Mann, der unter dem Dach wohnt.« Gustchen schüttelte so feste den Kopf, dass ihre grauen langen Locken nur so wippten. »Wollen Sie mal mitkommen? Dann können Sie mal riechen!«

»No, no«, wehrte Koletzki ab. »Ich will nach Buer zum Markt, habe jetzt schon einen Bus verpasst. Der nächste kommt in fünf Minuten.« Trotz der milden Morgenluft zurrte sie sich ihr Kopftuch fester.

»Ich werde das nachher dem jungen Mann mal sagen. Der kraucht auch ewig im Keller rum. Irgendwie ist der mir unheimlich. Der guckt immer so komisch.« Gustchen nickte zur Bekräftigung ihrer Worte wieder mit dem Kopf. »Oder ich sage es der Frau Sommerfeld. Ihr Freund ist Kommissar. Der wird vielleicht wissen, ob man da was machen kann.«

»Was hat der damit zu tun, wenn es im Keller stinkt? Meinen Sie, da hat irgendeiner eine Leiche versteckt?« Koletzki lachte laut und riss dabei ihren zahnarmen Mund weit auf. Gustchen stimmte in ihr Lachen ein und verabschiedete sich von der Nachbarin.

Margareta verschloss mit klopfendem Herzen ihr Küchenfenster, schlüpfte in ihre Pumps und schnappte sich ihre Tasche.

Gestank im Keller!

Vielleicht eine verwesende Leiche?

Wieso gehe ich bloß so selten in den Keller? Sie überlegte, wann sie zum letzten Mal dort unten in den Katakomben, wie sie die Kellerräume nannte, gewesen war, und stellte fest, dass es mindestens ein halbes Jahr her

sein musste. Ihr machte dieser schlecht beleuchtete Alt-
baukeller Angst. Direkt neben ihrem Kellerraum befand
sich der damalige Luftschutzkeller, in dem nun Gerümpel stand. Diese vielen verschachtelten Gänge luden gera-
dezu ein, sich in einer dunklen Ecke zu verstecken. Ich
werde mit Sebastian sprechen müssen, nahm sie sich vor.
Auf ihre vielen SMS hatte er noch nicht reagiert. Doch
nun rief erst einmal die Pflicht.

Das Zusammentreffen mit Holger Hesse auf der Arbeit
gestaltete sich weniger schlimm, als erwartet. Er war
freundlich, höflich, eigentlich wie immer, so als hätte es
diesen unschönen Vorfall gar nicht gegeben. Ohne Kopfverband, die Haare frisch gewaschen und die Kleidung
fast so gepflegt wie sonst. Einzig die grünliche Gesichts-
farbe deutete noch auf seine Verletzung und den dadurch
erlittenen Schock hin.

Die Pause verbrachte jeder für sich, als wäre es nie
anders gewesen. Auf der Rückfahrt gegen 18 Uhr rief
Margareta vom Auto aus Stefan an. Es schien, als hätte
er auf ihren Anruf gewartet. Er ging davon aus, dass sie
den Abend zusammen verbringen würden. Zu ihrem
Lieblingsitaliener lud er sie ein, worüber sie sich riesig
freute. Bei diesem schönen Wetter draußen zu sitzen,
einen kühlen Wein zu trinken und ihr Lieblingsgericht
serviert zu bekommen, was gab es Schöneres? Gegen
20 Uhr wollte Stefan sie abholen. Kurz, bevor sie das
Gespräch beendete, erzählte sie ihm noch von der mor-
gendlichen Unterhaltung der beiden Nachbarinnen und
dem Gestank, der angeblich aus Sebastians Keller kam.
Nachdem sie Stefans lautes Stöhnen vernahm, lenkte sie
gleich wieder ein. »Ich will ihn bloß mal fragen, ob es

tatsächlich aus seinem Keller kommt, mehr nicht. Versprochen.«

»Okay«, Stefan musste lachen. »Aber nimm die Knarre mit«, sagte er nur so zum Spaß.

Vorsichtig betrat Margareta das Treppenhaus und schnüffelte, beugte sich über die Kellertreppe. Tatsächlich. Aus dem Keller zog ein eigenartiger Gestank hoch. Bevor sie jedoch zu Sebastians Wohnung hochstieg, holte sie tatsächlich ihre Pistole und steckte sie vorne in den Hosenbund. Mit dem weiten Pulli darüber bemerkte man sie nicht. Wieso sie es tat, wusste sie selbst nicht. Vielleicht war der Entführer gerade bei Inge, wenn sie mit Sebastian den Keller inspizieren würde? Oder ahnte sie Schreckliches?

Sebastian öffnete erst nach dem dritten Klingeln. Verschlafen sah er sie an. Er stand völlig neben sich. Diesen mausgrauen Jogginganzug hatte sie an ihm noch nie gesehen. Ein Erbstück vom alten Jochum?

»Sag mal, wieso reagierst du nicht auf meine SMS? Was ist denn los?«

»Nichts, nichts ist los.« Er schaute durch sie durch, als wäre sie gar nicht da.

»Willst du mich nicht hereinlassen? Hast du vielleicht Besuch?«

»Nein, ich bin allein.« Er gab die Tür frei und ließ sie eintreten.

Sie ging durch bis in die Küche und setzte sich wie immer an den Tisch. Alles war aufgeräumt. Kein Topf stand auf dem Herd, kein Glas stand herum, und die Kaffeemaschine war blitzblank gewienert. Alles so untypisch für Sebastian.

»Also los, rede schon, was hast du?«

Wie in Trance setzte sich Sebastian zu ihr an den Tisch. Er bot ihr weder Kaffee noch sonst ein Getränk an, starrte sie nur an.

»Was ist los? Bist du krank? Hat dein Vater dich geärgert, gestern, als er hier war?«

»Nein, es ist alles gut. Ich bin weder krank noch hatte ich Streit mit meinem Vater.«

»Ist was mit Hannelore?«

»Nein, meiner Mutter geht es gut.« Er sprach mechanisch, wie eine Roboterstimme.

»Bist du wütend auf mich?«

»Wieso sollte ich wütend auf dich sein? Ist doch deine Sache, mit wem du in die Kiste steigst. Der Herr Kommissar blieb über Nacht? Habe sein Auto stehen sehen.«

»Ach daher weht der Wind. Du bist eifersüchtig. Ich darf dich daran erinnern, dass wir nur Freunde sind. Mehr nicht. Außerdem kann ich dich beruhigen, denn er zieht nicht wieder hier ein. Er hat mir angeboten, bei ihm in Polsum zu wohnen, was ich jedoch abgelehnt habe. So wie es aussieht, werde ich nach Bad Sassendorf gehen. Mir wurde eine tolle Stelle in einem Hotel angeboten. Morgen werde ich mich dort vorstellen.«

So, jetzt war es raus. Margareta wartete auf Sebastians Reaktion.

Doch da kam nichts. Er starrte sie müde an und zuckte nur mit den schmalen Schultern. »Wenn du meinst, du musst das tun, dann mach es. Schön, dass ich es auch mal erfahre.«

»Ich weiß es auch erst seit gestern und wollte es dir gleich nach der Arbeit erzählen, doch leider hast du die Tür nicht geöffnet.«

»Stimmt, ich habe nicht aufgemacht. Ich hatte keine Lust, mit dir zu reden. Was aus mir wird, ist dir doch sowieso egal.«

Jetzt musste Margareta lachen. »Sag mal, spinnst du? Soll ich dich mitnehmen, oder wie hast du dir das vorgestellt?«

»Eben, das geht dir am Arsch vorbei, was ich mache.«

Bevor Margareta ihm vor Wut Dinge an den Kopf warf, die sie später bereute, wechselte sie genervt das Thema und kam auf das zu sprechen, was ihr wirklich am Herzen lag.

»Weswegen ich eigentlich hier bin. Die alte Greifeneder hat sich heute Morgen bei der Koletzki beschwert, dass es aus deinem Keller stinken würde. Komm, lass uns mal runtergehen und nachschauen.«

Sebastian riss seine kleinen Augen weit auf. »Jetzt? Heute?« Er blieb jedoch am Tisch sitzen und spielte weiter mit einem Flaschenöffner.

Margareta klatschte laut in die Hände. »Ja, jetzt und heute. Mach hin, ich habe nicht ewig Zeit!«

»Wieso, bist du verabredet? Mit Herrn Kommissar?«

»Also ganz ehrlich, Sebastian, das geht dich einen feuchten Kehricht an. So schon gar nicht. Los, komm jetzt mit in den Keller.«

Behäbig stand er vom Stuhl auf, trottete in die Diele, schlüpfte in seine schrecklichen Flechtsandalen von Dr. Jürgens, schnappte sich den Kellerschlüssel und schlurfte hüstelnd vor Margareta her die Treppe hinunter.

Sie verdrängte den Gedanken, dass sich Inge dort im Keller befinden und der Geruch von ihrer Verwesung stammen könnte. Den Gedanken, Sebastian wäre Inges Entführer, schob sie ebenfalls ganz weit von sich. Nein, so einer ist Sebastian nicht, redete sie sich immer wieder gut zu. Und doch hatte sie das ungute Gefühl, dass es genauso war.

Vor seiner Kellertür angekommen, drehte er sich im Zeitlupentempo zu Margareta um. Wieder hustete er. Die erbärmliche Deckenleuchte auf dem Gang ließ Sebastians Augen gespenstisch erscheinen. Erst jetzt fiel ihr auf, dass sie blutunterlaufen waren. Nahm er tatsächlich irgendwelche Drogen?

»Ich weiß nicht, was du hast, ich rieche nichts.«

Margareta begann bereits zu würgen. »Dann solltest du mal einen HNO-Arzt aufsuchen. Es stinkt hier nach altem Mist, und es kommt eindeutig aus deinem Keller. Los, schließ auf.«

Er friemelte an dem alten Vorhängeschloss herum und schaffte es endlich, die Tür zu öffnen. »Bitte schön, Madam Sommerfeld, schauen Sie nach«, äffte er und deutete eine Verbeugung an.

Sie betrat den schmalen Kellerraum, nachdem er das Licht eingeschaltet hatte. Diese uralte Wandfunzel war alles andere als eine helle Lichtquelle, und doch fiel ihr Blick zuerst auf die riesige Gefriertruhe.

Sebastian zog die Tür hinter sich zu.

»Du hast mir zwar von der Truhe erzählt, als du sie gekauft hast, doch dass sie so riesig ist, hätte ich nicht gedacht. Hast du da altes Fleisch drin, oder was stinkt so?« Margareta betrachtete die Truhe nun aus der Nähe. Sie hielt sich die Hand vor den Mund und würgte, dass ihr Tränen kamen. Nach genauerem Hinsehen entdeckte sie, dass die Truhe einen Spalt offen stand und der Deckel mit einem Riegel fixiert war. Ihr Herz begann zu hämmern. Sie ahnte Grauenvolles, wollte jedoch weiterhin verdrängen, dass ihr Freund Sebastian etwas damit zu tun haben könnte.

»Die Truhe ist ja gar nicht eingeschaltet. Sebastian, was soll das? Sperr den Riegel auf.«

»Warum?« Er lachte wie ein Irrer und machte keine Anstalten, sie zu öffnen.

»Ist Inge da drin? Hast du Inge in die Truhe gesperrt?«

»Ja, die Wienert liegt in der Kiste.«

»Ich sage es jetzt zum letzten Mal: Sperr den Riegel auf. Sofort!«

»Die ist sowieso schon tot. Ich habe zwei Tage nicht nach ihr geschaut. Die ist bestimmt hinüber.«

Ganz langsam realisierte Margareta, was hier abging. Sebastian war der Rosensalzmörder. Auf dem Regal über der Truhe sah sie die aufgereihten Rosensalzgläschen stehen. Ihr war schlecht, ihre Knie wurden weich, sie wusste nicht, was sie zuerst machen sollte. Nach dem Handy greifen und die Polizei rufen? Die Knarre zücken und Stefan zum Aufschließen der Truhe zwingen? Sie entschied sich für Letzteres. Jede Minute konnte kostbar sein.

Sie richtete die Pistole auf ihn und schrie ihn an. »Schließ sofort die Truhe auf!«

Er kam ihrer Aufforderung nach und entsperrte den Riegel. Ganz langsam klappte er den Deckel auf.

Der Anblick, der sich Margareta bot, war entsetzlich. Inge lag in ihrem eigenen Dreck, völlig verwahrlost, mit weit aufgerissenem Mund und offenen Augen. Lebte sie noch? Die Waffe weiterhin auf Sebastian gerichtet, beugte sie sich über Inge, rief wieder und wieder ihren Namen. Der Gestank war grausam. Wie konnte Sebastian die Frau so lange in so einem Unrat liegen lassen? Für sie unbegreiflich.

»Mar … ga … re … ta«, flüsterte Inge plötzlich mit heiserer Stimme.

Vor Freude liefen Margareta Tränen übers Gesicht. Sie lebte!

Inge lebte!

»Inge lebt! Los, ruf die Polizei, die Feuerwehr, den Rettungswagen …« Margareta war völlig fertig, hielt jedoch mit zitternden Händen weiterhin die Pistole auf Sebastian gerichtet.

»Nichts werde ich tun. Dann gehe ich in den Kahn, wenn die Polizei kommt.«

»Das hättest du dir vorher überlegen sollen. Ich fass es nicht. Wieso hast du das getan? Hast du auch Barbara umgebracht?«

Er grinste nur, sagte nichts.

»Hast du Barbara umgebracht?«, schrie Margareta wie hysterisch.

»Ja, ich habe Barbara mit einem Vorschlaghammer eins auf die Rübe gegeben. Sie war sofort tot. Die Birne der Wienert war härter. Auch nach einem weiteren Schlag stöhnte sie noch herum. Da habe ich sie mitgenommen. Die Truhe war eigentlich für dich vorgesehen. Ja, Margareta, nachdem ich alle Kochweiber ins Jenseits befördert hätte, wärst du dran gewesen. Ich hätte dich gekidnappt. Mich würde mal interessieren, wie lange dein schlauer Kommissar brauchen würde, dich zu finden.«

»Aber warum nur, Sebastian, warum?« Margaretas Blick suchte die Truhe mit Inge. Bei der Vorstellung, sie selbst hätte wochenlang darin ausharren müssen, wurde ihr schlecht.

»Warum? Das fragst du noch? Diese scheiß Kochtruppe. Meine Mutter wollte keiner dabei haben. Selbst du nicht. Immer wieder hat sie die Frauen gefragt, ob sie nicht mal mitmachen könnte. Du weißt, wie gerne Hannelore kocht. Doch hochnäsig, wie sie waren, haben sie meine Mutter nur belächelt und beiseite gestoßen. So was macht keiner mit meiner Mutter! Hörst du?«

Dass Hannelore gerne kochte, hörte Margareta zum ersten Mal.

»Aber das ist doch kein Grund, unbescholtene Frauen, die niemandem etwas getan haben, zu ermorden. Blieb doch denen überlassen, wen sie dabeihaben wollten und wen nicht.«

»Sagst du! Meine Mutter ist mein Ein und Alles. Wer sich meiner Mutter zum Feind macht, dem springe ich an den Kragen.« Speichel rann aus seinem Mund.

»Was redest du für einen Unsinn! Die Frauen waren doch nicht mit deiner Mutter verfeindet. Und nun rufen wir die Polizei, nicht dass Inge doch noch stirbt.« Margareta traute sich jedoch nicht, das Handy aus der Hosentasche zu ziehen und so die Knarre nicht mehr unter Kontrolle zu haben. Sebastian war unberechenbar. Total durchgeknallt.

Er kam einen Schritt auf sie zu. »Gib mir die Knarre. Traust dich ja sowieso nicht, abzudrücken. Wir werden die Wienert erlösen. Soll sie den Rest ihres Lebens traumatisiert herumlaufen? Das werde ich ihr ersparen.«

Er streckte seinen schmalen rechten Arm aus, um nach der Pistole zu greifen. Und schon hallte ein Schuss durch die Kellerkatakomben des Wohnturms.

Sebastian schrie auf und ging in die Knie.

»Der nächste Schuss trifft dich nicht nur an der Schulter. Der nächste sitzt, der trifft dich mitten in den Bauch.« Margareta hätte nicht gedacht, dass sie tatsächlich abdrücken würde. Dass sie es fertig brachte, auf einen Menschen zu schießen. Doch sie musste weiteres Unheil verhindern.

Sebastian saß am Boden, an der Gefriertruhe gelehnt und jammerte laut. Hielt sich mit einer Hand die Schulter, aus der Blut sickerte.

Margareta nutzte seine momentane Hilflosigkeit, um Stefan anzurufen. Kaum hatte sie das Gespräch beendet, spürte sie einen heftigen Tritt gegen ihren Unterarm. Die Walther P7 flog zu Boden. Ein dreckiges Lachen von Sebastian folgte, und schon sah sie die Knarre auf sich gerichtet. Pech gehabt.

»Du denkst wohl, ich bin blöd, was? Los stell dich da hinten in die Ecke.«

»In wenigen Minuten werden Stefan und die Polizei hier sein. Dann gehst du dahin, wo du hingehörst, du toller Freund.« Sie folgte jedoch seiner Aufforderung und stellte sich hinten an die Wand vor einen alten Schrank.

»Du weißt doch gar nicht, was Freundschaft bedeutet. Hast dir nur die Rosinen rausgepickt. Nur wenn keiner da war, war ich gut.«

»Du redest Quatsch.« Sie starrte ihn an, konnte nicht begreifen, wie sie jemals mit ihm hatte befreundet sein können. »Wer wäre denn die Nächste gewesen? Hast du eigentlich auch Hesse niedergeschlagen?« Margareta blickte auf die Knarre, die er mit seiner zitternden linken Hand auf sie gerichtet hielt. Nein, sterben wollte sie noch nicht.

Gernot und Fischer hatte sie grundlos verdächtigt. Ganz zu schweigen vom armen Klaus, der letztendlich ›nur‹ ein Bankräuber war.

»Tja, eigentlich sollte eine der beiden Weiber die Nächste sein, diese Conni oder Susanne. Doch die hast du ja nach dem Kochen auf dem Heimweg bewacht. Dein Oberbulle kroch hier abends auch noch rum, und im Wetterweg stand eine Zivilstreife. Da habe ich umdisponiert und dachte mir, bring ich eben Margaretas Mutter um. Dann sieht sie mal, wie das ist, wenn man der Mutti Böses antut.«

»Du wolltest meine Mutter umbringen, nur um mir eins auszuwischen? Das ist ja wohl ein Unterschied, ob man eine Abfuhr bekommt und nicht an einer Kochrunde teilnehmen darf, oder ob man niedergemetzelt wird, damit die Tochter traurig ist. Obwohl beides total krank ist. Anschließend hättest du mich wahrscheinlich getröstet, mir was gekocht und deinen beschissenen Eistee serviert. Du bist krank Sebastian, du gehörst weggesperrt. Du bist also den beiden hinterher. Hat dich die Polizeistreife denn nicht bemerkt?«

»Ich bin ja nicht blöd. Ich bin über die Höfe geschlichen und kam schon vor deiner Mutter und dem Zwerg an. An deine Mutter ranzukommen, war dann nicht so einfach. So gab ich dem Kerl eins über die Rübe. Als kleine Warnung sozusagen. Deine Mutter verschwand vorher schon blitzschnell im Hausflur. Ich wollte ihr zuerst hinterher, doch oben im Haus brannte noch Licht.« Sebastian floss nun der Rotz aus der Nase. Er lachte dämlich, schien völlig weggetreten zu sein.

»Und das Rosensalz, wozu das Rosensalz?«

»Rosensalz ist edel, ein tolles Gewürz. Übrigens auch aus Bad Sassendorf. Hat mir meine Mutter mitgebracht. Das kannten die Weiber der Kochgruppe wahrscheinlich gar nicht. Die hatten nur Pfeffer und Salz auf dem Schirm. So dachte ich mir, ich hinterlasse am Tatort ein Gläschen davon. Schau, dahinten im Regal steht noch genug davon. Hätte noch für ein paar Opfer gereicht.«

Margareta hatte es kurzzeitig die Sprache verschlagen. Der Typ war völlig verrückt.

Stefan, wo bleibst du bloß?

»Und ich sollte tatsächlich als Letzte, wenn die Kochtruppe ausgerottet gewesen wäre, in die Kiste? Warum? Was hab ich dir getan? Dich angeblich ausgenutzt? Du warst für mich ein echt guter Freund. Von wegen, ich hätte mir nur die Rosinen rausgepickt. Du hast mir so oft die Ohren vollgejammert und mir deinen Seelenmüll vor die Füße geworfen. Du warst doch völlig unten, als deine Alte dich verlassen hat. Wer hat dich denn wieder aufgebaut?«

»Ja, du hast mir geholfen. Bis dieser Fatzke in dein Leben trat.«

»Und was hatte ich mit der Kochtruppe zu tun? Ich habe den Abend doch nur veranstaltet, um den Mörder anzulocken, völlig überflüssig, wie ich jetzt weiß. Der Mörder befand sich schließlich schon bei mir im Haus.«

»Halt bloß deinen Mund. Der Wienert jage ich jetzt eine Kugel in den Kopf und dann dir. Für mich ist das Leben sowieso zu Ende. Du willst wegziehen. Außerdem hast du den Kommissar in dein Bett gelassen, obwohl er dich betrogen hat.«

»Aber du hattest doch schon vorher geplant, mich in die Gefriertruhe zu stecken. Hättest du mich auch irgendwann umgebracht?«

»Zuerst hätte ich mir das geholt, was du mir freiwillig nicht gegeben hast. Sex! Ich hätte dir schon gezeigt, was du brauchst.«

»Ist das nicht bitter? Dass du eine Frau zum Sex zwingen musst. Du bist wirklich krank. Ich habe dir nie Hoffnung gemacht, dass jemals mehr als Freundschaft zwischen uns sein würde. Rückwirkend betrachtet war diese

Freundschaft ein einziger Hohn. Dass du nicht alle Tassen im Schrank hast, war mir von Anfang an klar. Na ja, liegt wohl bei euch in den Genen. Deine Alte hat sie ja auch nicht alle. Allein wo du gezeugt wurdest. Im Kartenraum einer Schule. Aber dass du so durchgeknallt und kränker im Hirn bist als eine ganze psychiatrische Abteilung, konnte ich nicht ahnen. Dazu dein beschissenes Aussehen. Wieso sollte ich mit dir in die Kiste gehen?«

Margareta hatte das Falsche gesagt, wurde ihr klar, nachdem sie die bösen Worte ausgespuckt hatte. Ihr Hass auf Sebastian vernebelte ihre Gedanken. Eine Ausgeburt des Teufels war er für sie.

Nun fing er an zu heulen wie ein kleines Kind, zielte mit der Waffe auf Margareta und drückte mit zitternder Hand ab.

»Halt den Mund! Halt einfach nur den Mund!«

»Auf den Boden, mein Freund! Waffe fallenlassen«, hörte Margareta noch Stefans Stimme aus weiter Ferne, bevor sie ohnmächtig wurde und auf den Kellerboden knallte.

Stefans kräftige Hände packten Sebastian von hinten am Kragen und warfen ihn zu Boden. Ein Kollege nahm ihm die Knarre weg und legte dem schreienden Sebastian trotz seiner Schulterverletzung Handschellen an. Dann schleifte er ihn über den Boden in den Kellergang, um erst einmal Platz in dem engen Raum zu schaffen.

Polizeisirenen ertönten. Türenschlagen folgte. Schwere Schritte kamen die hölzerne Kellertreppe herunter. Notarzt und Sanitäter stürzten sich zuerst auf Margareta und anschließend auf die erbarmungswürdige Inge in der Gefriertruhe. Scheinwerfer beleuchteten den Keller. Ein SpuSi-Mann öffnete würgend das Kellerfenster.

Stefan konnte sich kaum von dem grausigen Anblick, der sich ihm in der Gefriertruhe bot, lösen. Erst danach wandte er sich Margareta zu, die inzwischen wieder bei Bewusstsein war. Er streichelte zärtlich ihr Gesicht. »Da hast du noch einmal richtig Glück gehabt, dass er dir nur in den Oberschenkel geschossen hat. Du hättest tot sein können.«

Vor Schmerzen konnte sie nicht sprechen, Tränen liefen über ihr verkrampftes Gesicht.

»Ist schon gut, du musst jetzt nichts sagen. Da hast du mal wieder den richtigen Riecher gehabt. Doch wir waren ihm auch schon auf der Spur. Alles wird gut.«

»Inge …?«, kam es nun flüsternd aus Margaretas Mund.

Inge Wienert hatte bereits einen Tropf am Arm. Der Arzt gab sich alle Mühe. Mit vereinten Kräften hievte man sie aus ihrem eigenen Unrat in der Truhe und legte sie auf eine Bahre.

»Ich habe ja schon viel gesehen in meiner Laufbahn als Arzt, aber das hier ist kaum zu glauben. Ich hoffe, sie wird es schaffen«, meinte der Mediziner.

Beide Frauen wurden ins Knappschaftskrankenhaus Bergmannsheil gebracht. Sebastian schaffte man in ein Krankenhaus in der Innenstadt.

32. KAPITEL

»Sie kommt zu sich!«

Waltraud war völlig aus dem Häuschen, beugte sich über Margareta und strich ihr die Haare aus dem verschwitzten Gesicht. »Kind, was du aber auch immer machst. Aber es hat dich ja keiner gezwungen, dich in den Fall einzumischen. Hoffentlich wirst du jetzt mal schlau und lässt das.«

Margareta schaute ihre Mutter an, dann blickte sie zur Seite. Auf dem Stuhl neben ihrem Bett saß Stefan und grinste. »Ach Frau Sommerfeld, sie hat uns schon sehr geholfen, Ihre Tochter. Zum Glück ist nicht mehr passiert.«

Margareta stöhnte auf. Ihr rechtes Bein war vom Knie bis zur Hüfte bandagiert und ließ sich nicht bewegen. Sie fühlte sich müde und zerschlagen.

»Du bist operiert worden. Das ist noch die Nachwirkung der Narkose, dass du so schwach bist. Die Kugel hat keine größeren Schäden hinterlassen. Die Verletzungen an Sehnen oder Gefäßen sind kaum der Rede wert. Du wirst wieder ganz normal laufen können, sagte der Arzt.« Waltraud platzte vor Stolz, dass sie schon mit dem Doktor gesprochen hatte.

Lebte sie, oder war das die Vorstufe zum Tod, fragte Margareta sich. Wieso war kein Arzt da und erklärte ihr, wie die OP verlaufen ist? Was machte ihre Mutter hier? Wer hatte sie hier hereingelassen?

»Stefan? Was ist mit Inge?« Margareta drehte ihren Kopf zur Seite und suchte seinen Blick.

»Kind, die hat auch großes Glück gehabt, die Wienert. Hat sie nur dir zu verdanken. Stell dir vor …«, wollte Waltraud gerade so richtig loslegen und fuchtelte Margareta mit ihren fleischigen Armen vor dem Gesicht herum.

»Entschuldigung, Frau Sommerfeld«, meldete sich nun Stefan zu Wort. »Dürfte ich das übernehmen? Ich glaube, das ist alles ein wenig viel für Margareta. Würden Sie uns jetzt bitte allein lassen?«

Geschockt schaute Waltraud auf Stefan hinab. »Die Schwester hat gesagt, jeder zehn Minuten.«

»Eben drum, Ihre Zeit ist um. Ich habe ja bisher kaum was gesagt, deshalb bleibe ich noch ein wenig.«

Trotz ihrer misslichen Lage, in der sie sich befand, musste Margareta schmunzeln.

Waltraud schnappte sich ihre große Einkaufstasche, deren Inhalt, der aus etlichen Säften und Kekspackungen bestand, sie auf dem Tischchen ausgepackt hatte, und wollte das Zimmer grußlos verlassen. An der Tür drehte sie sich jedoch noch einmal um. »Gretchen, ich komme morgen wieder. Gernot hat übrigens angerufen. Er will dich auch besuchen.«

»Bitte nicht«, kam es flüsternd aus Margaretas Mund.

Nun wurde es Stefan zu bunt. Er stand auf und schob Waltraud zur Tür hinaus. »Wenn Sie nicht freiwillig das Feld räumen, muss ich nach der Schwester klingeln, Frau Sommerfeld.«

Nachdem die schimpfende Waltraud davongerauscht war, setzte Stefan sich zu Margareta auf die Bettkante, nahm ihre Hand und sagte erst mal eine Weile gar nichts.

An der anderen Hand hing ein Tropf, stellte Margareta soeben fest.

»Ich habe Schmerzen im Bein.« Sie versuchte, sich auf die Seite zu drehen, was ihr jedoch misslang.

»Soll ich die Schwester rufen?«

Margareta antwortete nicht, stöhnte auf und entzog Stefan die Hand.

Noch bevor er auf den Notrufknopf drücken konnte, öffnete sich die Tür, und ein Arzt schwebte ins Zimmer. Nicht so ein Exemplar wie vor drei Jahren, als ich schon einmal hier lag, dachte sie trotz der Schmerzen, als er sich über sie beugte.

»Wie geht es Ihnen, Frau Sommerfeld? Ich bin Doktor Tang Wong. Haben Sie Schmerzen?«

Als Margareta nickte, hob er ihre Bettdecke hoch und drückte hier und da auf den Verband. »Wir geben Ihnen etwas dagegen.«

Der kleine Asiate in seinem viel zu langen Kittel sah aus wie ein Schuljunge. »Ich habe Sie operiert. Ein glatter Durchschuss zwar, doch das Projektil hat eine große Wunde gerissen, dessen Ausgang schlimmer betroffen ist als die Einschussstelle. Wir haben den Schusskanal gründlich untersucht. Keine Knochen oder Arterien wurden verletzt. Anschließend haben wir debridiert und gespült. Sie haben großes Glück gehabt. Die Gipsschiene wird regelmäßig abgenommen, damit wir die Wunden versorgen können. Heute Abend können Sie vielleicht schon kurz aufstehen und an Gehstützen ein wenig auf und ab gehen, um den Kreislauf zu stabilisieren. Natürlich dürfen Sie Ihr rechtes Bein noch nicht belasten.«

»Und wieso fühle ich mich so schlecht, wenn ich doch so ein Riesenglück hatte?«

»Das ist bei Schussverletzungen normal, dass man traumatisiert ist. Die Psyche leidet mehr als der Körper.

Außerdem sind das noch die Nachwirkungen der Narkose. Das wird schon wieder, Frau Sommerfeld!«, sagte der Asiate aufmunternd und verließ nickend das Krankenzimmer.

»Was ist nun mit Inge?« Margareta schaute Stefan fragend an. »Ist sie tot? Sag es mir!«

»Nein, Inge lebt. Sie liegt auf der Intensivstation, ist total dehydriert, hat jede Menge Wunden am Körper und dadurch hohes Fieber. Aber sie lebt und wird es schaffen, sagt der Arzt. Obwohl es ein langer Weg werden wird. Zwölf Tage in den eigenen Fäkalien in einer Gefriertruhe liegen und eingesperrt zu sein, ist wahrlich kein Vergnügen. Dass sie überhaupt überlebt hat, wo Sebastian ihr angeblich nur ein Mal zu essen und zu trinken gebracht hat, grenzt an ein Wunder.«

»Und was ist mit Sebastian?«

»Das dürfte dir doch egal sein, was aus ihm wird, diesem Schwerverbrecher. Ob sein Schultergelenk nun hinüber ist oder nicht. Sag bloß, du hast noch Mitleid mit dem?«

»Ich begreife es nicht, kann es noch nicht realisieren. Was für ein bescheuertes Motiv! Weil seine Mutter nicht mitkochen durfte. Wie krank ist das denn?«

»Da gibt es noch eine andere Sache. Das LKA war dem Vater von Sebastian, diesem Dr. Jochum, schon dicht auf den Fersen. Kunstraub im ganz großen Stil. Auf Ausstellungen hat er zusammen mit einem Komplizen Bilder entwendet und weiterverkauft. Beim letzten Mal war Sebastian dabei.«

»Darum ging es also bei seiner neuen Stelle. Die ganze Familie hat doch einen Sockenschuss.«

Margareta versuchte, ihr Bein zu bewegen, wollte sich überzeugen, dass noch Leben darin war. Die Schmerzen hinderten sie jedoch daran. Wo blieb bloß die Schwester mit dem Schmerzmittel.

»Und Gernot? Ich habe ihn falsch verdächtigt genau wie Robert Fischer.«

»Hör auf, dich zu quälen, Fischer vergewaltigte dich fast, und beide zusammen haben dich in die Friedhofstoilette gesperrt. Schon vergessen? Ach ja, Blauländer hat das gecheckt mit der angeblich dicken Versicherungssumme, die Fischer nach dem Tod seiner Frau bekommen sollte. Ein Windei. Dein Verehrer aus der Sparkasse wollte sich wohl wichtig tun.«

»Also hatte auch er kein Motiv. Und was ist mit Klaus? Der hat doch den blutigen Hammer, mit dem Barbara erschlagen wurde, im Gebüsch gefunden.«

»Ja, das war es auch schon. Dann ist er wegen des Banküberfalls geflüchtet. Mach dir doch nicht so einen Kopf. Denk jetzt mal nur an dich, dass du schnell wieder auf die Beine kommst. Dann ziehst du fürs Erste zu mir, und anschließend sehen wir weiter. Sag jetzt nichts. Du kannst deine Wohnung ja vorerst behalten, bis du dir sicher bist. Jetzt schau mich nicht so an. Nick einfach, wenn du einverstanden bist.«

Sie schaute in seine zärtlichen Augen und nickte. Was blieb ihr anderes übrig? Zurück in ihre Wohnung, in dieses Haus, in diese Siedlung? Nein, da wollte sie nicht mehr hin.

Gernot, Blauländer, Oma Erna, Robert Fischer, Zarske, Hesse, Susanne und Conni, alle hatten sie im Krankenhaus besucht. Theresa hatte ihr Blumen geschickt. Den Job in Sassendorf konnte sie erst einmal vergessen.

EPILOG

23. September

»Das finde ich aber schön, dass Sie mich besuchen. Ich habe so oft an Sie gedacht. Dass dieser junge Mann am Tag, nachdem Sie hier waren, aus der Laube geholt wurde, da steckten Sie doch hinter, oder?« Fritz Krause saß am Tisch auf der Terrasse seiner Laube und schälte mit Hingabe Äpfel. Eine riesige Kiste stand vor ihm. Die diesjährige Ernte, wunderschöne rote Äpfel von seinem eigenen Stückchen Paradies.

»Ja, ich habe ihn entdeckt und dem Kommissar den Tipp gegeben. Ich dachte, er wäre in den Mord- und Entführungsfall verwickelt. Barbara, die Frau, die man ermordet bei mir vor dem Haus gefunden hat, und Inge Wienert, die entführt wurde. Beim Täter handelte es sich jedoch um meinen Freund und Nachbarn. Zum guten Schluss schoss er mir ins Bein.«

»Ja, ich habe davon gelesen. Das ist ja furchtbar. Wie geht es Ihnen jetzt?« Fritz Krause zog sich den Reißverschluss seiner Strickjacke höher, da ihm wohl kalt war. Die Sonne schien zwar, doch das Thermometer zeigte nur 14 Grad im Schatten. Für Herbstanfang, Ende September, jedoch durchaus normal. Das Laub hatte sich bunt verfärbt, und die Sonne tauchte alles in ein goldenes Licht.

»Tja, wie geht es mir? Eigentlich gar nicht schlecht. Ich ziehe das Bein noch etwas nach. Doch dank der Physiotherapie klappt es immer besser mit dem Laufen. Meine

Psyche hat gelitten. Ich wohne jetzt in Polsum im Kapellenweg, keine zwei Kilometer von hier. Da mir die Decke auf den Kopf fiel und ich auch oft an Sie gedacht habe, entschloss ich mich, einen Fußmarsch hier zur Schrebergartenanlage Wilhelmsruh zu unternehmen.«

»Eine sehr gute Idee. Ich freue mich, dass Sie da sind. Und danke auch für den Schnaps.« Fritz nahm noch einmal die Flasche Klaren vom Tisch und drehte sie in den Händen. Seine Augen leuchteten.

»Ab Montag gehe ich wieder zur Arbeit. Das lenkt mich hoffentlich ab.«

Margareta trank genussvoll von dem Apfelsaft, den Fritz ihr hingestellt hatte. Frisch zubereitet aus seinen eigenen Äpfeln der Sorte Gala. Köstlich.

»Wie wohnt es sich in Polsum? Sie kommen aus Erle, aus der Zechensiedlung im Schievenviertel, nicht wahr? Ich las es in der Zeitung. Stimmt es, dass Sie so eine Art Hobbydetektivin sind?«

»Ja, ich habe meine Wohnung in dem Wohnturm der Zechensiedlung, lebe jedoch seit meinem Krankenhausaufenthalt bei meinem Freund in Polsum. Wie es sich dort wohnt? Bescheiden. Und Hobbyermittlerin war ich die längste Zeit. Das wird mir einfach zu anstrengend.«

Sie erzählte Fritz haargenau von ihren bisherigen Ermittlungen, ließ nichts aus, weder Onkel Gernot noch den brutalen Robert Fischer. Erzählte von den Kochfrauen, dass diese weiterkochen würden, zwei neue Mitmachende gefunden und auch sie wieder eingeladen hätten.

Fritz berichtete ihr im Gegenzug von seiner Frau, seinem Sohn und dem Leben mit den Schrebergartenfreunden. Er war glücklich, dass es seiner Frau nach einer Gallenoperation wieder gut ging. Ein zufriedener 80 Jahre alter Ruheständler.

Eigentlich könnte auch Margareta glücklich und zufrieden sein. Sie lebte seit Wochen mit Stefan zusammen in seiner tollen Eigentumswohnung. Er las ihr jeden Wunsch von den Augen ab. Harmonie pur, und doch fühlte sie sich kreuzunglücklich. Klar, die Wohnung war komfortabler als ihre kleine Altbauwohnung, allein der riesige Balkon und das wunderschöne Badezimmer. Der reine Luxus, und der Blick vom Wohnzimmer ein Traum. Felder, Wiesen und in der Ferne der Wald. Auch gegen das kleine Örtchen Polsum war nichts einzuwenden. Und doch wohnte sie nicht gerne dort. Allein die unmöglichen Nachbarn. Einer wollte mehr sein als der andere. Ein Pkw musste das neueste Modell sein und genügend PS haben, sonst wurde man von den Nachbarn belächelt. Die Urlaubsreise galt nur etwas, wenn sie ein exotisches Ziel hatte. Die Menschen um sie herum jagten ständig irgendwelchen Dingen hinterher, die sie unbedingt haben mussten. Waren diese angeschafft, begann der Run aufs Neue. Wenn sie noch an den gestrigen Abend dachte, wurde ihr schlecht. Kartenspielen mit den Nachbarn. Alle vier Wochen traf man sich entweder bei Stefan oder bei einem der beiden Paare aus dem zweiten Stock. Kathrin und Markus, er saß im Aufsichtsrat einer Sparkasse, sie war Werbemanagerin eines großen Konzerns. Manuela und Björn, selbstständige Immobilienmakler, bildeten das andere Paar. Den ganzen Abend wurde nur auf den Putz gehauen. Margareta nahm man gar nicht wahr. Wer war sie schon? Eine kleine Damenoberbekleidungsverkäuferin.

Dann gab es noch die alte Dame, die auf ihrer Etage wohnte und 60 Mal am Tag an der Wohnungstür klingelte wegen irgendwelcher Nichtigkeiten. Witwe eines Obergerichtsrats, wohlbemerkt, und eine Schlange vor dem Herrn.

Nein, das entsprach nicht Margaretas Welt. Das kann es nicht gewesen sein, sagte sie sich wieder und wieder.

Beim Abschied nahm Fritz Krause Margareta ganz fest in die Arme und drückte sie. »Komm bald wieder, Mädchen. Jederzeit!«

Sie wischte sich ihre Tränen fort und machte sich auf den Heimweg.

»Du musst tun, was du tun musst«, hatte ihr Fritz noch mit auf den Weg gegeben.

Recht hatte der gute Mann! Ich ziehe wieder zurück in die Siedlung. Da sind Menschen, die besser zu mir passen als dieses überkandidelte Volk. Normale Menschen! Okay, ein paar Proleten wohnten dort, doch was machte das schon?

Zuversichtlich, mit einem Lächeln auf dem Gesicht und einem Beutel Äpfel in der Hand, schlug sie den Weg Richtung Polsum ein. Vorbei an Wald und Feldern.

Waltraud wird sich freuen.

ENDE

REZEPTE

Die Rezepte stammen, bis auf das vom Obstsalat »Löchterheide«, alle von:

Heinrich Wächter, einem Gelsenkirchener Urgestein und einem bekannten Ruhrpottkoch. Er tritt regelmäßig im Fernsehen und Radio auf. Weitere Infos unter www.kochen-im-revier.de

Blindhuhn

Blindhuhn ist ein urwestfälisches Gericht. In früheren Zeiten, als noch andere Tischsitten herrschten, war Ruhe am Tisch, wenn der Suppentopf mit dem Blindhuhn serviert wurde. Aber es war die Ruhe vor dem Sturm …

Zutaten für 4 Personen
200 g weiße Bohnen
500 g durchwachsenen Speck
300 g grüne Bohnen
300 g Möhren
250 g blanchierte Kartoffeln
200 g säuerliche Äpfel
200 g Birnen
100 g Zwiebeln

30 g Butter
Salz
Pfeffer

Zubereitung
Die weißen Bohnen in zwei Liter kaltem Wasser am
Abend vorher einweichen. Am nächsten Tag im Ein-
weichwasser etwa 70 Minuten kochen lassen, dabei den
Speck dazugeben. Anschließend die geputzten grünen
Bohnen und die geschälten, in Scheiben geschnittenen
Möhren hinzufügen und weitere 30 Minuten kochen lassen. Erst jetzt die geschälten und in Würfel geschnittenen, blanchierten Kartoffeln dazugeben. Anschließend die
geschälten und in Scheiben geschnittenen Äpfel und Birnen hinzufügen. Den Eintopf weitere 30 Minuten garen.
Die Zwiebeln schälen und fein würfeln, den mitgekoch-
ten Speck ebenfalls in Würfel schneiden. Beides in Butter anschwitzen, dann in den Eintopf geben. Zum Schluss
mit Salz und Pfeffer würzen.

Ziegenkeule

Zutaten
1 Ziegenkeule
Salz u. Pfeffer
Öl
50 g Möhren
50 g Sellerie
1 Knoblauchzehe

200 g Zwiebeln
½ Liter Altbier
1 Lorbeerblatt

Zubereitung

Zum Braten eignet sich ein Bräter oder Schmortopf mit Deckel.

Die Ziegenkeule würzen mit Salz und Pfeffer und kräftig – aber nicht zu heiß – von allen Seiten in Pflanzenöl braten. Umgeben Sie dann das Fleisch mit den kleingeschnittenen Möhren, Sellerie und Zwiebeln, legen Sie die Knoblauchzehe dazu. Wenn das Gemüse etwas Farbe angenommen hat, mit dem Altbier ablöschen. Lorbeerblatt zulegen, Deckel darauf und ab in den Backofen. Bei 120° C garen. Rechnen Sie mit einer Garzeit von 3 – 4 Stunden. Das Fleisch ist dann mürbe und fällt vom Knochen. Den Sud passieren, binden und abschmecken. Fertig ist der Sonntagsbraten.

Bratäpfel

Zutaten für 4 Personen
4 Boskop Äpfel
4 EL Rosinen
4 cl Rum
2 EL gehackte Haselnüsse
1 Prise Zimt
50 g Marzipan

Zubereitung

Das Kerngehäuse der Äpfel mit einem Apfelausstecher vorsichtig ausstechen. Die in Rum eingeweichten Rosinen, Haselnüsse (vorher in der heißen Pfanne rösten wegen der Aromaentfaltung), Zimt und Marzipan vermengen und in die Äpfel füllen.

Die Äpfel auf ein Blech im Backofen bei 180°C 30 Minuten backen. Die Äpfel mit Puderzucker bestreuen und mit Vanillesoße servieren.

Vanillesoße

Zutaten
150 ml Milch
150 ml Sahne
1 Vanilleschote
2 Eigelbe
1 EL Speisestärke
4 EL Zucker

Zubereitung

Milch und Sahne aufkochen, ausgekratzte Vanilleschote kurz mitkochen lassen. Eigelbe, Stärke, Zucker und etwas Milch verrühren und in die kochende Vanillemilch gießen und unter Rühren binden lassen.

Endiviensalat

Zutaten für 4 Personen
1 Kopf Endiviensalat
80 g Kartoffeln
2 hart gekochte Eier
100 ml Öl
60 ml Essig
Salz
Pfeffer
Zucker

Zubereitung

Den Endiviensalat in Streifen schneiden, gründlich waschen und trocken schleudern. Die Kartoffeln schälen und garen. Die hart gekochten Eier pellen und klein hacken. Die Kartoffeln in einer Schüssel zerdrücken, die gehackten Eier, Öl und Essig dazugeben und alles gut vermischen. Mit Salz, Pfeffer und Zucker abschmecken. Die Soße über den Endiviensalat geben, gut durchmischen und auf Tellern anrichten.

Kaninchenbraten Koslowski

Zutaten für 4 Personen
1 Kaninchen
Salz
Pfeffer
Mehl
50 ml Öl
200 g Speckstreifen

Marinade:

0,5 L Weißwein

4 cl Sherryessig

1 Lorbeerblatt

6 zerdrückte Wacholderbeeren

10 Pfefferkörner zerdrückt

1 Thymianzweig

100 g Möhren gewürfelt

100 g Zwiebel gewürfelt

Zubereitung

Den Kaninchenrücken in vier Stücke schneiden, Keulen quer halbieren, Läufe ganz belassen. Die Zutaten der Marinade mischen und einmal aufkochen. In den lauwarmen Sud die Kaninchenteile hineingeben, zugedeckt über Nacht stehen lassen.

Die gebeizten Kaninchenteile durch einen Durchschlag schütten, die Marinade auffangen.

Die Fleischstücke abtrocknen, würzen mit Salz und Pfeffer, in Mehl wenden und in einem flachen Bratgeschirr mit Öl und Speckwürfeln anbraten. Das Gemüse mit den Gewürzen wieder zugeben, anziehen lassen und mit der Marinade ablöschen. Aufkochen lassen und zugedeckt im Ofen bei 180°C eine Stunde schmoren. Das Fleisch ausstechen, die Soße leicht binden und dann passieren. Abschmecken.

Die Fleischteile wieder der Soße zugeben und mit Rotkohl und Schlesischen Knödeln servieren.

Obstsalat Löchterheide von Margit Kruse

Zutaten für 4 Personen
150 g Äpfel
150 g Apfelsinen
1 Banane
125 g Brombeeren
125 Stachelbeeren (Glas)
Zitronensaft
Zucker
Walnüsse

Zubereitung
Äpfel, Apfelsinen und Bananen in Stücke schneiden, Brombeeren und Stachelbeeren dazugeben, zuckern und mit Zitrone beträufeln. Mit Walnüssen bestreut servieren.

Kalter Hund

Zutatenliste für 10 Scheiben:
250 g Kokosfett
2 Volleier
Salz
150 g Puderzucker
40 g Kakao
10 g Instant-Kaffee
2 cl Rum
1 Zitronen Abrieb
36 Kekse (360 g)

Zubereitung

Kokosfett in einem Topf schmelzen lassen (keine Hitze, wird blind). Eier, Salz und Puderzucker in einer Schüssel schaumig rühren. Kakao und Kaffeepulver unterrühren.

Rum und Zitronenschale zugeben. Kokosfett abkühlen lassen und nach und nach in die Kakaomasse einrühren. Kastenform mit Klarsichtfolie auslegen, dann Schichtweise Kekse und die Masse einsetzen. Letzte Schicht ist die Masse. Durchkühlen lassen.

Für die Kinder ohne Rum natürlich!

Weitere Krimis finden Sie auf den
folgenden Seiten und im Internet:

WWW.GMEINER-SPANNUNG.DE

MARGIT KRUSE
Schneeflöckchen,
Blutröckchen
. . . .
978-3-8392-2137-2 (Paperback)
978-3-8392-5515-5 (pdf)
978-3-8392-5514-8 (epub)

WEIHNACHTSJAGD Kurz vor Heiligabend wird eine Bank ausgeraubt und ein Auszubildender erschossen. Der Räuber, im Weihnachtsmann-Outfit, mit auffälligen Budapester Schuhen, flüchtet im Weihnachtsmarktgetümmel. In sentimentaler Stimmung nimmt Margareta Felix, den Obdachlosen, am Heiligen Mittag nach Arbeitsende mit nach Hause um ihm über Weihnachten Asyl zu gewähren. Mit ihm zusammen begibt sie sich auf Gangsterjagd. Ein Katz- und Maus-Spiel durch ihren Heimatort, spannend und skurril, beginnt …

SPANNUNG

GMEINER

MARGIT KRUSE
Opferstock
. . . .
978-3-8392-2136-5 (Paperback)
978-3-8392-5513-1 (pdf)
978-3-8392-5512-4 (epub)

DIE VERSCHWORENEN Als der Pfarrer der St.-Michael-Kirche in Ückendorf ermordet aufgefunden wird, werden bei Jens Eigenhardt unliebsame Erinnerungen wachgerüttelt. Gemeinsam mit seinen drei besten Freunden hatte er sich geschworen, niemals über das zu sprechen, was damals in der Sommerfreizeit 1985 im Bergischen Land geschah. Doch was, wenn einer der drei Freunde etwas mit dem Tod des Pfarrers zu tun hat? Gemeinsam mit Hobbydetektivin Margareta begibt Jens sich auf die Suche nach der Wahrheit.

MARGIT KRUSE
Wer mordet schon im
Hochsauerland?
. . . .
978-3-8392-1780-1 (Paperback)
978-3-8392-4823-2 (pdf)
978-3-8392-4822-5 (epub)

BEDROHLICHE BERGWELT Wer schlug dem Förster des Alten Forsthauses in Rehsiepen den Schädel ein? Wieso gab es einen Toten am Hundegrab der Isolde von der Hunau? Warum hat der Heilstollen Nordenau dem smarten Guide den Tod gebracht? Weshalb landete der Knappenchorleiter aus dem Kohlenpott vor der Duisburger Hütte mit dem Kopf im Grillfeuer?

Mord und Totschlag im Hochsauerland. Begleiten Sie die Autorin auf ihrer mörderischen Reise in ihre zweite Heimat. Wälder und Täler, forellenklare Bäche und Flüsse sowie malerische Fachwerkdörfer wollen entdeckt werden.

SPANNUNG

GMEINER

WWW.GMEINER-VERLAG.DE
Wir machen's spannend

MARGIT KRUSE
Hochzeitsglocken
. . . .
978-3-8392-1601-9 (Paperback)
978-3-8392-4491-3 (pdf)
978-3-8392-4490-6 (epub)

JE OLLER, DESTO DOLLER Margareta Sommerfeld ist genervt: Sie hat sich von ihrer Mutter zu einer Kaffeefahrt überreden lassen. Nun sitzt sie in dem mit euphorisierten Rentnern gefüllten Bus und senkt den Altersdurchschnitt. Aber sie ist nicht allein: Der Schönling Simon von Brehden passt auch nicht so recht in die lustige Reisegesellschaft. Margareta ist sichtlich angetan von ihm, doch bevor sie sich näherkommen können, entdeckt sie seinen Leichnam im Heizungskeller seiner Villa …

MARGIT KRUSE
Zechenbrand

. . . .
978-3-8392-1328-5 (Paperback)
978-3-8392-3977-3 (pdf)
978-3-8392-3976-6 (epub)

Auf einem alten Zechengelände, mitten im Ruhrgebiet, wird hinter den historischen Gebäuden ein toter junger Mann im Schalke 04-Dress gefunden. Margareta Sommerfeld, Damenoberbekleidungsverkäuferin und passionierte Hobbydetektivin, hatte den Jungen noch kurz zuvor gesehen. Ist er zwischen die Fronten einer Investorengruppe und einer Bürgerinitiative geraten, die beide um die alte Zeche »Bergmannsglück« streiten? Ein weiterer Mord macht nicht nur Margareta klar, dass Eile geboten ist ...

SPANNUNG

GMEINER

WWW.GMEINER-VERLAG.DE
Wir machen's spannend

Das Neueste aus der Gmeiner-Bibliothek

Unser Lesermagazin

Bestellen Sie das
kostenlose Krimi-
Journal in Ihrer
Buchhandlung
oder unter
www.gmeiner-verlag.de

Informieren Sie sich ...

www ... auf unserer Homepage:
www.gmeiner-verlag.de

@ ... über unseren Newsletter:
Melden Sie sich für unseren Newsletter an
unter www.gmeiner-verlag.de/newsletter

f ... werden Sie Fan auf Facebook:
www.facebook.com/gmeiner.verlag

Mitmachen und gewinnen!

Schicken Sie uns Ihre Meinung zu unseren Büchern
per Mail an gewinnspiel@gmeiner-verlag.de
und nehmen Sie automatisch an unserem
Jahresgewinnspiel mit »mörderisch guten« Preisen teil!

SPANNUNG GMEINER

WWW.GMEINER-VERLAG.DE
Wir machen's spannend